「お前のかわいらしいところを、見せろ」
きゅっと乳首をつまむのと、
耳朶を噛むのとを同時にされながら、
ささやかれる。
Illustration©Yamabuki Naruse

Tiara Label

ティアラ文庫

禁断の花嫁

兄王に愛されて

ゆきの飛鷹

presented by Hidaka Yukino

プランタン出版

イラスト／成瀬山吹

目次

※本作品の内容はすべてフィクションです。

序章　眠れる心は密やかに目覚める

つないだ手は、温かかった。包んでくれる手は強かった。優しく指を絡めてくれる彼に身を任せていれば、何も恐いことはなかった。

淑雪《しゅくせつ》の、手の甲にえくぼの浮いたぷくぷくした小さな手を握るのは、ひと回り大きな祥《しょう》紀《き》の手だ。指を絡めてぎゅっと握ってくれる彼の手のひらは、大人のもののようにごつごつと硬い。

剣や槍に弓、騎馬の稽古を欠かさないせいだ。特に指の胼胝《たこ》がこすれるのは、淑雪の柔らかい手のひらには少し痛いのだけれど、その痛みまでもが祥紀と手をつないでいるということ、しっかりと守られているということを実感させてくれて、淑雪は笑みがこぼれてしまうのをとめられない。

「あ」

つないだ手を、くすぐるものがあった。ひらりと飛んできた、淡い赤の花びらだ。淑雪が足をとめたことに気がついたのだろう、祥紀も歩くのをやめて振り返る。

「桜だな」

彼がふっと息を吹きかけると、一枚の花びらは、また風に乗った。ふたりは花びらの行く手を見やり、そして目を見合わせて、にっこりと微笑む。

そうでなくても、ふたりの足もとにはたくさんの花びらが落ちていた。踏み固められた土を彩る、春の花の色。それが、見る者の目を楽しませてくれる。

「いっぱい、降ってくるわね」

「そうだな。花の雨だな」

偲《しん》国は、春の真っ盛りだった。温かい陽射し、ぬくもりを孕《はら》む風。花々の甘い匂い。行き交う人たちの賑《にぎ》やかな話し声、弾んだ足取り。誰もが長い冬を溶かしてくれた春の到来に満たされ浮かれ、ある者は澄んだ声で、ある者は銅鑼《どら》声で、その喜びを歌う。

ここは、偲国の王都である乾城《けんじょう》だ。その中央には大きな広場があり、取り囲むようにいくつもの市が並ぶ。偲国の者、外国の者、あらゆる者たちが集まり、日々の生活を営み楽しみを求め、偲国でももっとも活気づいているところだ。

祥紀は淑雪の手を握ったまま、ゆっくりと歩く。すれ違う者たちの華やかな装い、市に並ぶさまざまの品物、あちこちで遊ぶ子供たちの様子。淑雪はその様子に目を取られ、しょっちゅう足をとめてしまう。それでも祥紀はそんな淑雪を窘《たしな》めることなく、一緒に立ち止まってくれる。そうやってふたりは、ゆっくりと歩いた。

「かわいい小姐《おじょうさん》を連れてるじゃないか、大哥《にいさん》」

すれ違った大きな体の男が、からかう声をあげた。淑雪は、ぎゅっと祥紀の手を摑む。祥紀は淑雪を引き寄せて腕を回し、引き寄せて男を睨んだ。

「何だよ、そんな怖い顔すんな」

男は、ただからかっただけなのだろう。祥紀に強く睨《にら》まれて怯《ひる》んだようだ。

「ちょっと、言ってみただけじゃないか」

祥紀は、ますます睨む視線を強くした。見知らぬ大人に話しかけられて脅える淑雪だけれども、彼の腕の中でこうやって祥紀に守られることには心底安心しているのだ。

ちぇっ、と舌打ちをして、大人は行ってしまう。息をついて、祥紀は淑雪に回した腕をほどいた。腕をほどかれてぬくもりを失ったことを惜しんで顔をあげたけれど、祥紀の頼もしい笑顔を見て安堵する。

白麻の襦《はだぎ》に、織り目も粗い桃色の上衣と裙子《くんず》。祥紀のまとっているは、生成色の緞袍《だんぽう》と褲子《こず》。よく見れば継ぎも当たっておらず縫い目も細かく、清潔に洗ってある。その装いが市をうろうろするような身分の者のまとうものではないことに気づく者は、この場にはいないだろう。傍目《はため》には幼い兄妹が仲よく手をつなぎ、親の使いで市に出てきたとでも映っているはずだ。

ふたりは、この侪国の王子と公主だった。李《り》祥紀、十二歳。李淑雪、五歳。ともに、侪国王・李貞嘉《ていか》を父に、隣国犀《さい》の公主である父王の正妃・許瑛蘭《きよえいらん》を母に持つ、同母の兄妹だ。近侍や侍女を撒《ま》き、身分を隠してこうやって市街をそぞろ歩くのは、ときおりのふたりの楽しみだった。

この雑踏の中には、先ほどのような不埒者《ふらちもの》も交ざっている。しかしこうやって行き交う人々の中を歩いていても、淑雪には何の不安もない。不埒者をひと睨みで追いやってくれた先ほど以上にしっかりと、手をつないでくれる祥紀がいるからだ。その手に身を委ねているだけで、淑雪は百人の兵に守られている以上に安心できるのだ。

「お兄さま」

つないでいないほうの手を、淑雪は伸ばした。小さな指を、並ぶ舗子《みせ》のほうに伸ばす。

「あれは、なに？」

「あれは、金魚だよ」

祥紀は、いたずらめいた笑顔で淑雪を見た。淑雪は驚き、目をしばたたいて兄を見つめる。

「あんな、小さいのに？　あんな小さなの、金魚じゃないわ」

「見てみる？」

金魚を売る舗子に近づいた。大きな盥《たらい》がいくつもあって、中には赤や黒の小さな魚が泳いでいる。いずれも鰭《ひれ》をひらひらと、魚たちも春の到来を喜んでいるかのようだ。

「ほら、ちゃんと金魚だろう？　鰭も、こんなに立派だ」

「本当……小さい方が、かわいいわ」

手をつないだまま、淑雪はしゃがみ込んだ。じっと、桶《おけ》の中に泳ぐ無数の金魚たちを眺める。

「お園林《にわ》にいるのは、もっと大きいものね。でも、こんなに小さいの、わたしだったら玻《は》璃《り》の容れものに入れて飼うわ。このひらひらの鰭が玻璃を通してお陽さまの光を浴びたら、とても素敵だと思うの」

顔をあげて、祥紀に微笑みかける。彼も笑って、幼い兄妹はきらきら光る魚たちを前に、笑顔を弾けさせる。春の一日、眩しい陽に照らされる仲のいい兄妹の顔は、美しい鰭を持つ金魚たちの輝きに負けずに麗《うるわ》しいことが覗き込まずとも誰にもわかるだろう。

「……あら？」

淑雪は、顔をあげた。通りの向こう、視界の届かない遠い場所が、何だか騒がしいのだ。人がたくさん集まって何かを囲み、さんざめいているようだ。

「あれは、なに？」

問われて、祥紀は首をかしげた。淑雪も首をかしげながら、立ち上がる。

「行ってみようか。何だろう」

ふたりは、また歩き出した。手はしっかりとつながれたまま、増える人々の間に巻き込まれてもふたりの手は離れない。祥紀の硬い手のひら、しっかりした指と強い力に守られて、淑雪は歩く。

普段から歩くのはせいぜい後宮の自分の房《へや》から母妃の房や、宦官《かんがん》に先導されて内朝《ないちょう》の兄の房まで。おまけに今履いている身分を隠すための粗末な麻の鞋《くつ》では足が少々痛んだけれど、祥紀と一緒に歩くのならば、何の苦痛にもならない。

次第に、通り抜けるのも大変なくらいにたくさんの人たちが集まっている場所を歩くことになる。ときおり人にぶつかり、しかしそんな淑雪を祥紀は優しく守ってくれて、手を引っ張ってかばってくれて、それだけで淑雪はまた幸せな気分を味わった。

「ありがとう、お兄さま」

「ずいぶん、人が多いな」

祥紀は、淑雪を引き寄せる。あ、と思う間もなく淑雪は宙に浮いていた。祥紀の肩の上に抱え上げられたのだ。

急に視界が高くなった。淑雪は慌てて彼の首もとに抱きつき、それでも大好きな兄に抱えてもらったことにまた幸福を嚙《か》みしめる。

「ありがとう……」

胸に広がる幸福感のまま、淑雪は祥紀を見下ろす。すっきりと整った相貌《そうぼう》が、淑雪を見上げている。春の陽に照らされた兄の白皙《はくせき》に満面の笑みを向け、笑顔を返してもらう。淑雪の小さな胸は、あふれてこぼれそうなほどの幸せに満たされた。

「あのね、お兄さま……」

「──処刑だ！」

誰かの叫び声に、幸福でいっぱいになった胸がどきりと揺れる。淑雪は、目を見開いた。

その先にあるもの、無数の人々に囲まれているもの。

それは、淑雪の今の目線くらいまでの高さの大きな台だった。簡素な板で組まれている。

その上にはひざまずいた男がひとり、女がひとり。いずれも、祥紀と淑雪の母くらいの年齢だろうか。

そのかたわらには、大きな男がいた。見上げるばかりの逞《たくま》しい体軀《たいく》に、丸太のように太い腕。その手には、大きな鎌が握られている。

「ひ、……っ……」

淑雪は、思わず息を呑む。

よく研がれた鎌は、陽を反射して光った。祥紀の腕の中で、淑雪は身を凍らせる。祥紀もそれを見たのだろう、淑雪を抱きあげる腕に力がこもった。まわりから、次々に声があがる。

「何だ、なにやらかしたんだ？」

「どんな悪人だ？」

「悪いやつらには見えないけどなぁ！」

よく見ると、処刑台の上にひざまずく男女はふたりとも後ろ手に縛られている。どきりとするほどに白い衣をまとい、揃って見る者の心をかき乱さずにはおかないような表情をしている。そっと、ふたりは目を見交わした。

ふたりは、微笑んだ。淑雪は大きく目を見開く。あのように縛られて、あんなに研がれた鎌を目の前にして、どうして微笑むことができるのだろう。彼らは、悪人なのではないのだろうか。悪人が、あのように優しく微笑むものだろうか。

そんなふたりを覆うような、罵《のの》り声があちこちから湧き上がる。

「悪人も悪人、あいつらは、同じ腹からの兄と妹だ！」

「同じ母親から生まれたってのに、通じ合った大罪人だ！」

「……え」

淑雪は、まばたきを忘れた。祥紀の首に回した腕に力を込める。淑雪を抱きあげる祥紀も、身を硬くした。

「行こう、淑雪」

言って、祥紀は一歩後ずさりをする。しかし淑雪は、首を横に振った。

「いいえ……お兄さま」

淑雪の声は、掠《かす》れていた。処刑台の上のふたりに目を奪われながら、淑雪は咽喉《のど》から声を絞り出す。

「見たいの」

そうしなければならないと思った。だから淑雪は、懸命《けんめい》に祥紀に訴えた。

「何が起こるのか、見たいのよ」

「淑雪……」

祥紀は、何かを言おうとしたようだ。しかし結局何も言わず、引き返すのをやめてくれた。その代わりというように、淑雪の体に回す手に力を込める。

なぜ、そのようなことを言ったのか。自分でもわからない。それでもなぜか、今から起こることから目を逸らせてはいけない、自分の目で見なくてはいけないのだという気がしたのだ。

処刑台を取り囲む者たちの声は、大きくなる。

「兄妹でだと？」

「なんと……人の道に外れたことを」

「恐ろしい。なんと穢《けが》らわしい……」

まわりのざわめきに、淑雪は祥紀にしがみついた。まざまざと感じる悪意が恐ろしい。

そして処刑台の上のふたりが淑雪と祥紀がそうであるように兄妹であり、そうでありながら通じ合ったということ——それはこれほどに人々の憎悪と怒りをかき立てることなのだ。大変な、悪事なのだ。淑雪は、大きく震えた。

飛び交う怒声の中、処刑台の上のふたりは見つめあっている。後ろ手に縛られ不自由な体勢なのに、そのようなことも気にならないとでもいうように視線をかわし、互いが目の前にいることを確かめているとでもいうようだ。

そんなふたりに苛立《いらだ》つように、なおも声が激しくなる。

「天をも恐れぬ、不届き者だ！」

「いやだ、気持ち悪い……」

「兄妹だって。しかも、同じ腹から生まれたんだぞ？」

「よく、そんな気になれるな」

「どうかしているんだ。おかしなものに取り憑《つ》かれているのかもしれん」

驚愕《きょうがく》の声に罵声《ばせい》に嘲《あざけ》り、怒る声が響き渡る。淑雪は、ますます強く祥紀に抱きつく。祥紀の腕にも、力がこもった。

「おぞましい」

「厭《いと》わしい……」

「胸が悪いな。そんなやつら、さっさと殺してしまえ！」

そうだそうだ、と声があがる。応えるように、首切り人の鎌が光った。そのきらめきに、場の者は一瞬静まり返る。祥紀も低く息を呑むのが、淑雪には聞こえた。

「殺せ、殺せ！」

「矩《のり》を犯す者は、殺してしまえ！」

「狗《いぬ》にも劣る、穢らわしいやつらめ！」

ひとしきり静かになったことが、人々にますますの勢いを与えたようだ。大きく打つ波のように騒ぎ立て揺れ動く人込みの中、祥紀に抱きあげられた淑雪は、なおも目を見開く。処刑台の上のふたりから、視線が離せなかった。

これだけ罵られ嘲られ、怒声を浴びていてもふたりは微笑んでいた。薄く、唇の端を少しあげるだけの微笑みには、まだ五歳にしかならない淑雪には理解できない感情が溢れているように感じられるのだ。

（殺されるというのに……、喜んでいるの？　何が嬉しいというの？）

首切り人が、何ごとかを言った。しかしふたりは動かず、苛立ったように首切り人が男のほうの腰を蹴る。

（悪いことをしたんでしょう？　悪い人たちなんでしょう？）

男のほうが、つんのめった。女が目を見開き、彼に寄り添う。しかし女も後ろ手に縛られているから、動きはままならない。女も前に転がってしまい、顎《あご》を処刑台の上にしたたかに打った。男が、痛みに耐える女を労《いたわ》るような表情を見せる。

ふたりとも膝と顎で自分の体を支えるという、何とも気の毒な恰好だ。それでもそんな体勢であることなど気にならないというように視線を交し、互いを労るように見つめあい、かすかな声で言葉を交しているようだ。

(悪い人たちなのに？　それなのに、どうして……？)

その姿から、淑雪は目を離せない。たくさんの者に侮《あなど》られ罵声を浴びせられるふたりの姿に、なぜこれほどに心を惹かれるのだろうか。

その理由はわからず、ただ淑雪は処刑台の上を見つめ続けた。

「人の矩《のり》を越えた者たちを、殺せ！」

「そいつらは、人じゃない！　狗だ、畜生だ！　生かしておくな！」

それらの声に後押しされたように、首切り人は鎌をひらめかせた。太陽の光を受けて、刃が目を射るほどに眩しく光った。

「殺せ！　殺せ!!」

「兄妹で通じた者たちを、殺せ!!」

「忌《い》まわしき者たちなど、殺してしまえ！」

首切り人が、鎌を握り直す。大きく振り上げる。淑雪は大きく目を見開き、まばたきも忘れてその光景を見ていた。

振り下ろされる鎌が、男の首を断った。

ひらめく真っ赤な花びらのように、空《くう》に舞い散る血飛沫《ちしぶき》。人々の喚声《かんせい》。男は目を見開き、その首は処刑台の上にごろりと転がった。

凄まじい喚声があがる。淑雪は、祥紀の首もとに強く抱きついた。祥紀も、淑雪の腰にかける手に力を込める。

首切り人は、そのまま再び腕を振り上げた。血塗れた鎌は、今度は女の首に落ちる。女は目を閉じていて、むしろ自ら首を差し出しているかのようだ。その首は鮮やかに、胴から離れた。

喚声は、耳を覆わんばかりに大きくなった。

ふたりの首が、処刑台の上に転がる。女の首がごろりと、男の首に寄った。それを見る淑雪の脳裏に、恐怖はなかった。ただ、目前の光景が視界にきつく焼きつけられたのだ。

ふたつの首は、寄り添うように並ぶ。唇同士が、かすかに触れ合った。

まるでくちづけをしているようなふたつの首は、微笑んでいた。男は、女の姿を見失うまいというように目を見開いて。女は、そんな男に守られてでもいるかのように瞼《まぶた》を伏せて、酔うような表情で。

淑雪は、ただただその光景を見つめていた。まるで焼きつけたように、脳裏にはそのさまが映る。食い入るように淑雪は、真っ赤に染まっていく処刑台の上を見つめていた。まばたきを忘れ、呼吸を忘れ、それでも淑雪は目を離せない。

(どうして——)

目眩《めまい》のするような圧迫感の中、淑雪は声にならない問いを紡《つむ》ぐ。

(どうして、あんなに幸せそうなの？　悪いことをして、殺されたのに？)

ぎゅっと、淑雪の腰にかかる手に力がこもった。淑雪は、はっと視線を落とす。目に入った姿に、息を呑んだ。

(殺されても、なぜあんな幸せそうな顔をしていられるの？)

祥紀も、じっと処刑台を見つめていた。彼の目はまっすぐに、やはりまばたきを忘れてしまっているかのようだ。

(何だか……とっても、羨ましい……)

漂う血の匂いと、興奮した者たちの声。その中にあって、淑雪の目は兄に注がれた。じっと、睫毛《まつげ》さえも揺らぐことなく処刑台を見つめる彼の脳裏には、何が渦巻いているのか。

(お兄さま……？)

こくり、と淑雪は固唾を呑み下す。今度は、兄の顔が目に焼きついて離れない。今までに見たことがないほどに厳しく、凍りついた表情——まるで、怒りを感じているかのような。淑雪は、そのような祥紀の顔を見たことがない。彼はいつも優しく、穏やかに微笑んでいるのに。

(お兄さまは、何をお考えに……？)

淑雪は、ただ祥紀の顔を見つめた。彼が何を思ってそのように恐ろしい顔をしているのか、口に出して尋ねればいいのに。しかし淑雪には、それができなかった。それを尋ねるのは、恐ろしいように感じた。尋ねてはいけないような、今の祥紀の考えに立ち入ってはいけないような――。

ふと、淑雪を支配した思いがあった。なぜそのようなことを考えたのか。どこからそのような思いが浮かんだのか、淑雪にもわからない。ただ、直感が脳裏を貫いたのだ。

(お兄さま、は)

祥紀がどのような思いで処刑の光景を見ているのか、どうして淑雪は理解できたのだろう。人の心を読むことのできる、道士のような妖力が淑雪にあるというのだろうか。

そうではない、と淑雪は感じた。

(お兄さまは、わたしと同じことを思っていらっしゃる)

それは、確信となって淑雪を包んだ。同じことを思っているからこそ、祥紀の心がわかったのだ。

(喜んで、いらっしゃる)

喜ぶ、という言葉は正しくないかもしれない。祥紀はこれほどに厳しい表情をしているのだから、喜んでいるなどありえないはずなのに。しかし淑雪の幼い語彙《ごい》からは、それ以外の言葉が浮かばなかった。

(……わたしと、同じことを思っていらっしゃる。あのふたりが幸せそうで、そのことが嬉しいって)

首を刎《は》ねられてなお、なぜ彼らは幸せそうなのだろう。落ちた首は、なおも唇を寄せ合って——まるで、死んでなお、ともにあるとでもいうように。

(あのふたりが幸せで、それを羨《うらや》ましいって考えていらっしゃる)

なぜ、祥紀はそのようなことを思っているのか。なぜ、あのふたりは幸せそうな顔をしているのか。なぜ、淑雪は彼らを羨ましいと思ったのか。

なぜ、なぜ、なぜ、なぜ。

(あ、っ……)

目の前が、大きく渦巻いた。血の匂いと喚声に混じって淑雪の体はぐらりと揺れて、それを祥紀の強い手が支えてくれた。

「行こうか」

穏やかな声で、祥紀は言った。淑雪は、戸惑いながら頷く。あれほど処刑台を凝視していた者とは思えないくらいに、勢いよく踵《きびす》を返した。抱え上げられている淑雪が、慌てて彼にしがみつく腕に力を込めなければいけないほどの勢いで歩き、人込みを抜けると淑雪を下ろす。

地面に降り立ち、淑雪は祥紀を見上げた。祥紀は先ほどのまま、厳しい顔をしている。

しかしその黒い瞳の奥に、淑雪は確かに喜ぶ色を——どう考えてもそれ以外、今の淑雪に表現できる言葉はなかった——見た。

祥紀は、淑雪の手を取る。ぎゅっと、痛みさえ感じる強さで握りしめられた。淑雪は小さな声をあげたけれど、それが聞こえなかったのか祥紀は淑雪が思わず踏鞴《たたら》を踏むほどに力を込めて引っ張って、そのまま処刑台に背を向けて、歩き出した。

斜め後ろから祥紀の顔を見つめながら、淑雪は考える。

（なぜ、お兄さまは嬉しいって……？）

先ほどまでのゆっくりした足取りを忘れたかのように、早足で歩く。それについていくのは大変だった。

（わたしも……どうして、嬉しいって思うの？　悪いことをした人たちを……羨ましい、なんて）

淑雪は懸命に足を動かして祥紀に遅れないようにしたけれど、それでも履き慣れない麻の鞋が引っかかって、つまずいてしまう。

「きゃっ！」

手は祥紀とつないでいるから、転んで道に膝を突くことは避けられた。しかし片腕で彼につり下げられるような恰好になって、淑雪は情けない顔で、祥紀を見上げる。

「ごめん」

祥紀は振り返る。手を離すと淑雪を抱きあげ、前にひざまずく。裙子の裾を、丁寧に払ってくれる。

「ごめん」

「いいえ……、わたし、こそ」

祥紀は、謝罪を繰り返した。淑雪は最初は首を横に振っていたものの、次第に何度も謝る祥紀を訝しんで眉をひそめてしまう。

「お兄さま?」

「ごめん」

彼は、つぶやいた。そのまま腕を伸ばすと淑雪に抱きついた。淑雪の腹に、顔を埋める。強く、腕に力を込めてくる。

「お、にいさま……」

「ごめん」

淑雪は、慌てた。いきなり抱きつかれて、しかもここは往来だ。すれ違う者が何ごとかと見やってくるのが気になって、しかしそれ以上に、謝りながら淑雪の体に顔を押しつける兄の意図がわからなくて、戸惑うばかりだ。

そっと、手を伸ばす。淑雪は祥紀の肩に指先で触れ、伝わってくる温かさにそのまま手を置いていた。なおも身動きしない祥紀に強く抱きしめられたまま、ためらう指先をすべらせる。

肩から彼の髪に、耳に、こめかみに。彼が感じるか感じないかというくらいに、そっと指を触れさせた。そうやって淑雪に触れられることを遮ることもなく、祥紀はただ、淑雪の指先に身を任せる。

「お兄さま……」

喘《あえ》ぐようなか細い声で、淑雪は兄を呼んだ。彼の額に指をすべらせたとき、ぴりりと何かが伝わってきたように感じて、淑雪は身を凍らせる。

脳裏を貫いたのは、先ほどの処刑の光景。後ろ手にひざまずかされ縄をかけられながら、微笑んでいたふたり。転がった首は、互いの唇を求めるように寄り添っていた。

(どうして、あの人たちはあんなに幸せそうだったの？)

幼い淑雪には、確かに強烈な印象だ。頭に残っているのも無理はないだろう。だから自然と思い出すのも、不思議なことではない。しかしこうやって祥紀に抱きしめられて、そのうえで改めてあの光景が浮かぶというのは、いったいどういうわけなのだろうか。

(あんな幸せを、味わうことがあるのかしら？　わたしは……？)

無数の口に罵られ嘲られ、首を落とされるという悲痛な運命。それなのに、淑雪は自分があの場にあることを考えてしまうのだ。

(そのとき、わたしの隣にいるのは誰？　わたしが、いてほしいと願うのは？)

「おに、い……」

そうつぶやきかけたときに、祥紀の腕がほどかれた。彼は立ち上がり、淑雪を見下ろす。その、黒檀《こくたん》色の目で見つめられて淑雪は身震いした。

(な、に……?)

淑雪には理解できない感情。それでいて、確かに伝わってくる心。祥紀の、脳裏を支配していること。

(お兄さまは、わたしと同じことを思っていらっしゃる)

視線を注がれることに、抱きしめられる以上の戸惑いと眩惑《げんわく》、そして下腹部の奥からぞくりと震えるような不可解な感覚にとらわれて、淑雪は肩を震わせた。

(あのふたりみたいな幸せは、わたしと一緒に味わいたいって。そう、思っていらっしゃる)

祥紀が、目を細める。淑雪のわななきを見て取ったのか、それともほかに彼を微笑ませることがあったのか――。

(そして、わたしも……)

突然、祥紀の感情が遮断された。先ほどは言葉もなく理解できたと思った祥紀の心が、読めなくなった。すべては彼の笑みにかき消されて、それが当たり前であるはずなのに、淑雪は胸に突き刺さる哀愁《あいしゅう》を覚える。

「……行こうか」

「は、……い」

祥紀は、再び淑雪の手をつないだ。それは優しい握りかたで、擦れる硬い胼胝が少し痛くて、しかし先ほど処刑台から離れたときのような強い力ではなかった。いつも淑雪の手をつないでくれる、祥紀の手にほかならなかった。

(なんだったの。あの、感じは。どうしてお兄さまが、わたしと同じことをお考えだと思ったのか……)

手をつないでくれる祥紀は、しかし何も言わなかった。淑雪も、先ほどのように舗子を覗き込むこともなく、立ち止まることもなく、ただ兄に手を引かれてひたすらに歩く。

(なぜ、殺されたふたりを見て、幸せそうだと思ったことを。ふたりを羨ましいと、お兄さまもお考えだなんて)

同じように踏み固められた路を行きながらも、淑雪の心は、先ほどとはまったく違ってしまっている。違うどころか、まるであの光景を目にしたことを境に、まったく別人になってしまったかのような。それでいてより淑雪に近い存在になったかのような。

(どうして、そのようなことを思ったの……?)

淑雪は、胸に手を置いた。上衣の胸もとを、ぎゅっと握りしめる。

祥紀は振り返ることなく先を歩き、その心が流れ込むように伝わってくることは、もうなかった。

第一章　清らにして淫らなる欲望

処刑台の上で見つめあうふたりは、同じ腹から生まれた兄と妹なのだとまわりの者が言っていた。兄と妹でありながら通じあった、人としての矩《のり》を犯した者たちだから、処刑されるのだと。

(兄と、妹……?)

記憶に鮮やかに刻まれた、処刑台の上のふたり。後ろ手に縛られひざまずかされ、それでも微笑んでいた、幸せそうなふたりの顔。

ぎらりと、鎌《かま》が光った。勢いよく振り下ろされたそれが、鮮やかに真っ赤な軌跡を作る。ごろり、と鈍い音がして何かが落ちた。

淑雪《しゅくせつ》は、目を見開いた。処刑台の上にはふたつの首が転がっている。ふたつは近く寄り添っていて、まるで唇が重なっているかのようだ。その顔が、淑雪の視線を奪った。

目に映ったものが信じられなくて、胸が大きくどくりと脈打つ。

（わ、たし……？）

息を呑む。血が飛んで赤く染まった唇が、弧を描いている。それは鏡や水面に映る、淑雪の顔にほかならない。

（……お兄さま……）

そして、その赤い唇に口もとを寄せている男の顔。それはいつも淑雪の手を引いてくれる、兄の祥紀《しょうき》と同じ造作をしていた。

（お兄さまと、わたし……）

どくどくとあふれ出す血に、真っ赤に染まっていく白木の処刑台。その上で、首だけになってなお唇を寄せ合うふたりは、このうえもなく幸せそうな顔をしている。祥紀と淑雪が、幸せそうな顔をして唇を寄せ合っている。

再び、息を呑んだ。首だけになった祥紀が目を細めて淑雪を見て、自ら唇を近づけた。淑雪は、そっと目を閉じる。

そうやって首を落とされたのに、なぜ動くことができるのだろうか。何よりもこうやってその光景を見ている淑雪がいるのに、首だけになった淑雪を見ているのは――。

「……あ、っ！」

自分の声で、いきなり目の前の光景が散った。心の臓が痛いほどにばくばくと鳴っていて、呼気が荒い。淑雪は大きく目を見開いていて、目に映るのは月明かりがぼんやりと照らす、見慣れた自分の房《へや》の光景だ。

(ゆ、め……?)

春も深まったとはいえ、夜はまだ寒い。それでも淑雪の頬は熱くなっていて、体の上にかけた衾《ふすま》が暑いくらいだ。何が、それほどに淑雪を火照《ほて》らせたのか。それは、目覚めた今でも鮮やかに目に焼きついている情景だ。

あの日見た、処刑の光景。落ちた首があのとき見たふたりではなく淑雪と——祥紀になっていて。

(お兄さまと、わたし、が……?)

それをはっきりと自覚したとたん、胸に広がったのは甘やかな思いだった。まるで、蜜を絡めた菓子を食べたときのような。嬉しくて、楽しくて、思わず微笑んでしまうような幸せな気持ち。

(お兄さま、と……)

同時に耳に蘇ったのは、あのときの罵声《ばせい》だ。兄と妹で通じた、人の矩を犯した者たち。狗《いぬ》にも劣る者たち。あれほどに罵《ののし》られ、処刑されるほどの罪を犯した者たちの姿に兄と自分の顔が映し出されていて、あまつさえあのような——。

「あ……、っ……!」

淑雪は、勢いよく起きあがった。まだ息は荒く、頰も熱い。それだけにまだ夢の残滓を引きずっているように感じられて、淑雪は大きく身を震った。

あのふたりのしたことは、悪いことなのに。死んで償わなくてはいけないような罪だというのに。それなのに、なぜあのような夢を見るのだろう。

「……小青《しょうせい》」

そっと、侍女の名を呼んだ。しかしいつもかたわらに侍り、隣の房で眠っているはずの小青の返事はない。いつも一番近くで世話をしてくれて、母とも姉とも恃《たの》む優しい侍女の姿も声もないことに、ますます胸の鼓動が速くなる。

「小青、……」

衾を持ち上げる手が、小刻みに揺れていいる。小青がいないなら、ほかの侍女を。侍女がいないのなら、母を。すがる相手を求めて、淑雪は臥台《しんだい》から下りた。裸足の足の先も、震えている。

足を床につけ、忍びあがってくる春の宵《よい》の冷たさに震える。履きものを捜すことも忘れて、裸足でぺたぺたと磨かれた床を歩いた。

扉を抜けて、廊《ろう》には誰もいない。壁には等間隔に燭台《しょくだい》がかかり、淡い炎が燃えているおかげで行く手は明るく、招かれるように淑雪は歩く。

後宮は、六つの宮にわかれている。さらにひとつひとつの宮が細かく区切られていて、それぞれに父である佟国王の妃たちが住む。父に何人妃がいるのか、淑雪は正確には知らなかった。

その中で正妃である淑雪の母、瑛蘭《えいらん》の宮は六つの宮のうち、金蓮宮《きんれんきゅう》と呼ばれるひと棟すべてを占めている。妃は多いとはいえ隣国・犀《さい》の公主である瑛蘭はただひとりの正妃であり、その身分を尊んで、広大な宮を自分と、その娘と、仕える侍女たちで使うことを許されているのだ。

ほかの宮のことはわからないけれど、金蓮宮なら目をつぶっていても歩ける。それでも侍女の先導なしでひとりで歩くことは初めてで、淑雪は裸足《はだし》でぺたぺたと歩いた。

先ほどの夢はまだ鮮やかに脳裏に焼きついていて、胸は大きく高鳴っていて。それをなだめてくれる母の優しさとぬくもりを求めて、淑雪は歩いた。

「お母さま……」

金蓮宮の一番奥、いくつもの衝立《ついたて》の重なった向こうが、母の臥房《しんしつ》だ。このような時間に母の寝床を訪ねたことはないけれど、眠っている母のかたわらに入り込むことぐらいは許されるだろう。そのぬくもりに包まれて、再びあのような夢を見ることなく、眠ることができるだろう。

夢を再び思い出して、淑雪はぶるりと震えた。

悪いことなのに。殺されるような罪なのに。淑雪は、罪を受けたいのだろうか。そのようなはずはない。それなのに処刑されたふたりのことが、これほどに忘れられないのは。夢に浮かぶほどに脳裏に焼きついているのは。そしてあのふたりの顔がなぜ、祥紀と自分のものになって――。

「……お母さま!」

一番奥の衝立を目指して、淑雪は駆ける。母は臥台《しんだい》で眠っているはずだ。しかしきっとすぐに目覚めて、淑雪を見て微笑んでくれるはずだ。いつものように、優しく抱きしめてくれるはずだ。

「おかあ……」

「……ふ、ぁ……」

かすかな声が耳に入って、淑雪は足をとめた。母の声だ。このような時間に起きているのだろうか。それにしても、奇妙な声だ。まるで、苦しんでいるかのような。

「お母さま?」

母は、苦しいのだろうか。あんなに苦しそうなのに、誰も介抱してやらないのだろうか。侍女たちはどこに。慌てて、淑雪は衝立の端から顔を出した。

「……あ、っ……?」

窓からの月明かりに、照らし出されたうごめく影。

それは、ひとつではなかった。ふたつの人影が、折り重なっている。淑雪は息を呑み、一歩、すり足で後じさる。

「んぁ……、ぁ、あ……」

これは、母の声だ。しかし淑雪の知っている声の調子ではない。苦しげに呻《うめ》き、悶《もだ》えているような。そのように苦しそうなのに、母とともにいる誰かは介抱するどころか、ますます母を追い立てているかのようなのだ。

（なんなの……？　いったい……）

ふたりは、臥台《しんだい》の上に折り重なっている。母が仰向けに臥台《しんだい》に横たわり、もうひとりがその上にのしかかっているような。その姿には濃く影が落ちていたけれど、窓からの月明かりに照らされてかすかに見えた。

「あ、ぁ……、も、う……」

「瑛蘭さま……」

母の名を呼ぶ誰かが、男性だということに気がついた。しかも、淑雪の耳に聞き覚えのある声なのだ。

（だ、れ……？）

「もう、やめて……こ、れ……以上……」

「しかし瑛蘭さまご自身は、いやだと言っておられない」

ふたりの、かすかな声での会話。まったく意味のわからないその中で、ひとつわかったことがあって淑雪は息を呑んだ。

(燕《えん》……宰相《さいしょう》……?)

燕呉宝《ごほう》。父王の右腕である宰相だ。背が高く立派な体軀《たいく》をしていて、こちらの心の奥までを見透かすような目つきが淑雪は苦手だ。しかし立派な政治家なのだという話だし、倖国の政《まつりごと》において欠かすことのできない重要な人物であると、常々聞いている。

(燕宰相と、お母さまが……?　な、に……)

ふたりが臥台《しんだい》の上、重なり合っている理由が淑雪には理解できない。ふたりが身をよじり、淑雪は大きく胸を衝かれて瞠目《どうもく》した。

ひとつ、目に入ったのは月明かりに照らされる母の白い胸。わがままを言ってともに湯浴みをするとき、柔らかいと喜んで淑雪が顔を埋める母の乳房が、剝《む》き出しになっている。それは月の青い光に、艶《なま》めかしく白く浮かんでいた。

ふたつ、淑雪の視界を奪ったのは、ふたりの表情。淑雪がこうやって見ていることなど微塵《みじん》も気づいていないようなふたりは互いを見つめていて、そうやって視線を交し合う顔つきには、淑雪は確かに見覚えがあった。

脳裏《のうり》を貫く、処刑の光景。縄打たれながら見つめあっていたふたり。あのときのことをまざまざと思い出させる表情を、母と燕宰相は浮かべていたのだ。

(なに、を……?　お母さま……)

表面が乾いてしまうくらいに目を見開いて、淑雪はふたりのさまを見つめていた。ふたりの忙《せわ》しない呼気が絡み合い、互いに手を伸ばして抱き合い、しきりに体を揺する。そのたびに臥台《しんだい》がかすかに揺れ、くちゅ、ぐちゃ、と音がした。五歳の淑雪の知識からは、形容しがたい音だ。そういえば、指を針で突いて出た血を舐《な》めしゃぶったときに、そういう音がするかもしれない。しかし目の前のふたりは、いったい何を――。

そして何よりも、その幸せそうな表情。

淑雪は、動けなかった。母と宰相の姿が、処刑台のふたりに重なる。それは夢に見た自分と兄の姿にも重なり、淑雪の脳裏は今まで経験したことのない混乱の中にいた。

――あれは、悪いことなのに。悪いことをしたから、あのふたりは殺されたのに。罪人たちと母たちを同じに考えるなんて、とんでもないことであるはずなのに。

それでは、母と宰相は悪いことをしているのか。優しい母と、立派な政治家である宰相が、悪いことを？　しかしこうやって闇に紛《まぎ》れ、身を触れ合わせていることが正しいことであるようには淑雪は感じられない。

そして、何よりも。

（わ、たし……）

その、悪いことをしているはずのふたりから目を離せない自分。悪いことをした者たちを見て、幸せそうだと思った自分。殺されたふたりの顔が、自分と兄のものになった夢を見る自分。

（わたしが——、わたしが）

心の臓が、痛むほどに大きく跳ねた。

（悪い子、なんだわ……）

その思いは、どんなに研がれた鏃《やじり》よりも鋭く淑雪の脳裏を貫いた。よろり、と淑雪は体の均衡を崩す。しかし裸足の足は、音を立てない。淑雪は音もなくよろめき、しかし転ぶ前に素早く踵《きびす》を返した。

「あ、ぁ……、呉宝、呉宝……っ……」

母の濡れた声を背に、淑雪は走った。金蓮宮を抜け内朝への廊を走る。途中で、夜警の衛士《えじ》たちに何人にもすれ違った。彼らは驚いて声をかけてきたけれど、淑雪は立ち止まらなかった。

王と王子の住まう内朝《ないちょう》には、先導の宦官《かんがん》なしに入ることなどは許されない。しかしひとりとはいえ慣れた廊を淑雪は走り、足が勝手に向かったのは。

（お兄さま……！）

王子の宮は、静かだった。そこにぱたぱたと小さな足音があがり、それに気づいた内朝の衛士たちが声をあげ、宮はちょっとした騒ぎになってしまった。

「淑雪さま、いけません！」

「こちらには、ご許可なしに立ち入ってはなりません」

「しかも、このような時刻ではありませんか。どうぞ、宮に戻っておやすみを」

「……お兄さま！」

体中にまとわりつく、身震いするような罪悪感。自分が『悪い子』であることは何にも比して耐えがたく、淑雪を苦しめた。

「お兄さま、お兄さま！」

その救いを求めて、淑雪は走った。そしてはっと、足をとめる。白い夜着姿の祥紀が、廊の向こうから姿を現わしたのだ。

「お兄さま……！」

淑雪は、飛びつくように彼に抱きついた。祥紀は、しっかりとした腕で淑雪を抱きとめてくれた。

「どうした、淑雪」

「お兄さま……わたし、……」

はぁ、はぁと息が苦しい。あの夢から目覚めたときよりももっと激しく打つ心の臓が痛むのを懸命に抑えようと、淑雪は激しく息をした。

「わたし、わたし……、悪い子、なの」

溢れ出るように、その言葉が形になった。声は震えていて、果たしてきちんと祥紀に届いただろうか。淑雪はそれを願い、そして伝わっていないことを願った。

「……わたし、……わた、し」

言ってしまってから、はっとした。淑雪が『悪い子』だ、などと知ったら、祥紀は淑雪を嫌うのではないだろうか。そのような危惧《きぐ》で、にわかに胸がいっぱいになる。淑雪はとっさに抱きついた祥紀から離れようとし、しかし祥紀がしっかりと抱きしめてきて、離れることはできなかった。

彼は、淑雪の耳に顔を寄せる。

「いいんだ」

耳もとで、祥紀がそうささやいた。

「悪い子で、いいんだ」

「……お兄さま？」

はっ、と大きくひとつ息をついた。ここまで一気に駆けてきて弾む胸は、祥紀の言葉への驚きに詰まった。苦しいながらも、淑雪は再びの息を吐くことができない。

「淑雪は、悪い子でいいんだ」

「……、に、いさ、……？」

祥紀は、淑雪を抱きしめる腕を強くした。逞《たくま》しく鍛《きた》えられた腕の中に包まれて、兄の温かさに包まれて、それなのにいつものように安堵することができない。

「それで、いい」

先ほど母と宰相の乱れ絡まるさまを見たときよりも、淑雪は大きく目を見開く。早鐘《はやがね》を打っている心の臓はますます激しく跳ね回り、あまりの息苦しさに淑雪は祥紀の腕の中でくずおれた。

しかし、兄の腕の力は強い。しっかりと淑雪を抱きしめてくれる。抱きあげて、そして淑雪の耳もとで、同じ言葉を繰り返すのだ。

「悪い子でいい。淑雪は、悪い子でいい」

それは、妙《たえ》なる音楽のごとくに淑雪の耳に響いた。そして沁《し》みついた。目にはあの処刑の光景が焼きついているように、脳裏には転がったふたりの首が淑雪と祥紀のものであった夢がこびりついているように。耳には、祥紀の言葉が残った。

「悪い子の淑雪が、私は好きだよ」

「……好き？」

その言葉は、混乱と戸惑いにもてあそばれる淑雪の胸に沁み入った。淑雪の心を静めるそれは、今まで自分を責めていたぶん、逆流するような幸福感となって淑雪を包んだ。

「お兄さまは、悪い子のわたしが、好きなの……？」

「ああ」

「わたし、悪い子でいいの？」

「ああ」

祥紀は繰り返した。彼の腕の中で、淑雪はそのぬくもりを、力強さを、そして弾けるように淑雪を襲う幸せの中で、淑雪も繰り返す。

「悪い子で、いいの……?」

淑雪を抱きしめる祥紀は頷き、腕に力を込める。その力に押されたように、淑雪の脳裏に抑え込んでいた思いが走った。

——悪い子でいいの? 悪いことをして殺された人たちを、幸せそうだと思っても? 羨《うらや》ましいと思っても? わたしとお兄さまがあのふたりになるような夢を見ても? 悪いことをしているはずのお母さまと燕宰相が、幸せそうだと思っても?

——そんな、悪い子でいいの?

淑雪は、そっと腕を持ち上げる。そして祥紀の背中に回した。きゅっと力を込めて祥紀を抱きしめ、その肩口に、顔を埋めた。

大好きな兄の匂いを、いっぱいに吸い込む。抱きしめられているうちに鼓動はゆるやかになり、呼気は落ち着き、胸の痛みも少なくなった。

「だって、私も悪い子だから」

そっと、祥紀がささやく。その声は
「私も、悪い子だから。淑雪が一緒で、嬉しいよ」

「お兄さまも、悪い子なの……?」

祥紀は、淑雪を抱きしめたまま頷いた。

そう、祥紀はあのとき、淑雪と同じことを考えていたのだ。そのことが淑雪には確かに感じられたのだ。

「そう。私と一緒だから、いいんだ」

(そうなのね)

兄が言ってくれた言葉を、胸のうちで繰り返す。

(いいんだわ。お兄さまも、悪い子だから。お兄さまが悪い子なら……わたしも、悪い子でいいんだわ)

そのことに安堵しながら、祥紀の背に回した腕に力を込めた。

(お兄さまと、同じ)

それは、たまらない甘美となって淑雪を包んだ。処刑されたふたりを幸せそうだと思ったことも、羨ましく思ったことも、ふたりの顔が自分と兄のものとなって夢に出てきたことも、母と宰相の重なり合う姿を幸せそうだと思ったことも、処刑されたふたり、そして夢に出てきた自分と兄に重ねたことも。

(……いいん、だわ)

大好きな兄の匂い胸の奥にまで吸い込みながら、淑雪は目を閉じた。すると脳裏を、細密画が渦巻く。処刑された男と女。兄妹だというふたりの幸せそうな表情。夢の中で落ちた首になった、祥紀と淑雪。身を絡め合わせる母と宰相。

それらがみんなひとまとめになって、淑雪の心の中で波立った。

(悪い子で、いいの……)

甘やかな思いに浸りながら、淑雪はまた深く息を吸い込んだ。

◆

剣や弓、手綱を握ることで硬くなった兄の手が、しなやかに竹簡《ちくかん》をとめた紐《ひも》を解く。細い竹の板をつなげた書巻が、からからと音を立てて目の前に広がった。墨《すみ》の色も鮮やかに、細かく書かれた文字に淑雪は目を凝らす。

「師にいただいたんだ」

どこか誇らしげに、祥紀が言った。淑雪に読める文字はまだ少ないけれど、祥紀が見せてくれるものとあっては自ずと興味をそそられて、身を乗り出して淑雪は見つめる。

「師のお考えをまとめた書巻なんだって。講義が始まるまでに、読んでおけって」

「お兄さま、これ全部お読みになれるの?」

一生懸命文字を追ったけれど、淑雪が読めた字はいくつもなかった。祥紀と目の前の書物について語ることができないのは残念だけれども、これを読んで意味を理解できるなんて自分の兄はどれほど優秀なのかと、誇らしい思いでいっぱいになった。

しかし、祥紀の表情は浮かない。目の前の書物に興味が持てないわけではないということは、文字を追う目つきからわかる。しかしそれ以外の何かが、彼の表情を曇《くも》らせているのだ。

何があったのだろうか。淑雪は胸を曇らせる靄《もや》を感じながら、眉根を寄せて祥紀を見た。祥紀は視線を返してくる。少し微笑んで、しかしその笑みが寂しそうなものであることに、淑雪の心の臓がきゅっと痛む。

「今度の正月が来れば、私は十三になるだろう。ちょうどいい歳まわりだと、父上がおっしゃって」

ぶるり、と淑雪が震えたのは、注がれる祥紀の視線の意味がわかったからだ。彼の言葉の続きが、そのまなざしから読み取れたからだ。

「私は、宮をいただく。都の西南の、一角だ」

彼は今は、内朝に一室を与えられている——つまり父たる王と同居していることになる。しかし都の一角に新しく宮をいただくということは、そこが彼の住まう場所になり、祥紀がその宮の主だ。入ることが許されるのは、主の家族。妻に成人前の息子に、娘。

妹は、同腹といえども『家族』には含まれない。

「そんなの、いや……！」

つまり、淑雪はもう祥紀と会えなくなるということだ。恐らく、公的な行事で顔を合わせることがせいぜい、言葉をかわすことなどかなわない。ましてや、今までのようにともに市に行ったりいろいろな遊びを教えてもらったりすることなどできるわけがない。

「……いや！」

淑雪は思わず、勢いよく立ち上がった。竹を組んだ椅子が音を立てて倒れる。書巻の端に手を置いたままの祥紀が、淑雪を見上げた。

それにも構わず、淑雪は叫ぶ。

「いやよ、お兄さまにお目にかかれないなんて……、ご一緒に遊ぶことができないなんて、そんなの、いや！」

「本格的に、王太子としての勉学が始まる。師がこれを私に与えられたのも、その下読みのためだ。宮をいただき、毎日さまざまな師の教えを受けるようになれば……この先ずっと、何年も、お前とは会えないだろうな」

「いや、いや！」

淑雪は何度も頭を振った。垂らした鬢《びん》が頬を叩き、結い上げた髪に挿した歩揺《ほよう》がしゃらしゃらと鳴る。

「そんなの、いや！　お兄さまと遊べない……お目にかかれないなんて、そんなこと」

そんな淑雪を見上げ、祥紀は目を細めた。その表情に、兄がすでに覚悟を決めてしまっていることを淑雪は感じ取った。

そんな表情をしている祥紀の気を変えることなどできない。否、祥紀がどう思おうが、淑雪がどう願おうが、すべては決まってしまったこと。父王の判断には祥紀も淑雪も逆らえるはずがなく、そのことをわかっているからこそ、幼い淑雪は叫んだ。

「いやよ、いやよ！」

「……私は近く、妻を迎えることになるだろう」

淑雪の言葉を無視するかのように、畳みかけて祥紀は言った。淑雪は叫びに口を開いたまま、大きく目を見開く。

「お嫁……さま？」

祥紀は頷いた。その目は、新しく宮をいただき淑雪から離れると告げたときよりも、さらに静かに澄んでいるように見えた。

「そうだ。隣の、鄧《とう》国を知っているだろう。あの国の公主だ」

公主、という言葉に心が揺れた。淑雪も公主と呼ばれる身分ではあるが、それは自分のような幼い者ではない、兄に嫁ぐ者なら美しく淑《しと》やかで――華麗なる美女に違いないと、見たこともない人物なのに、まるでかの公主が目の前にいるように思えた。

また音を立てて、淑雪の心の臓が痛んだ。とく、とくと鳴る胸を押えながら、淑雪はゆつくりと言葉を紡ぐ。

「お名前、は……？」

「さぁ」

「お歳は？」

肩をすくめて、祥紀は笑った。兄の笑いの意味がわからず、淑雪は首をかしげる。

「名なんて知らない。歳なんて。顔も声も、何も知らない」

将来、侪国を治める王になる祥紀だ。その花嫁は淑雪にはわからない政治的な意図を持って選ばれるのだろうし、ならば祥紀が花嫁の名も歳も知らなくても、不思議はない。

それでも、淑雪は少しほっとした。祥紀が彼の妻に興味がないということに、彼がかの公主を受け入れていない——彼の隣は、まだ空いているというように思ったのだ。

では、彼の隣に立つのは——空いている場所に立つべき者は、いったい誰なのだろうか。

がたん、と音がして淑雪は、はっとした。見れば祥紀が立ち上がっている。立ったままの祥紀を一気に見上げることになった淑雪は、胸もとに置いた手に力を込めた。

「……淑雪」

彼の手が、淑雪の胸に伸びた。彼の強い手が、淑雪の細い手首を摑む。引き寄せられて、大きく息を呑んだ。

「お兄さま……？」

祥紀の匂いが、濃くなった。気づけば淑雪は祥紀の胸に抱き寄せられている。彼の手は背中にすべり、ぎゅっと強く、逃げられないほどに激しく包まれた。

その力に、息を呑む。しかし祥紀は腕を離さない。

「お兄さま、なに……」

「なぁ、淑雪」

彼の声は、耳の近くで聞こえた。ふっとかかる熱い呼気は祥紀のもの、包んでくる匂いも祥紀のもの。

今まで彼と体を寄せ合ったことも、彼に抱きしめられたことも、体温と匂いを感じたこともないわけではない。しかしこのたびの抱擁《ほうよう》は、今までのものとはまったく違うように思えた。

違うとはいってもどのように違うのか、説明する言葉を淑雪は持たない――それでもこれは特別なのだと、祥紀が特にと選んだ者にしか与えないものであるのだということだけは、感じ取れた。

祥紀の、特別であること。彼が特別な者だけの抱擁を、淑雪に与えてくれていること。そのことに身のわななく幸せを感じ、深い息をつく。

耳の縁《ふち》に、祥紀の唇が触れる。いつもつなぐ手とは対照的に柔らかいそれに、びくんと震えた。

「お前は、私の秘密の花嫁になれ」

「……秘密の？」

目をしばたたかせながら淑雪は、言われた言葉を繰り返した。淑雪を抱きしめたまま、その耳もとで祥紀はささやく。

「そうだ。父上がお決めになった私の妻は、鄧国の公主。しかしお前は、私の秘密の……本当の、私の花嫁だ」

「お兄さまの、本当の……？」

ああ、と祥紀が頷いた。彼の髪が首筋に触れて、淑雪はぞくりと震える。そんな淑雪を抱きしめながら、祥紀はささやいた。

「私が選ぶのは、お前だ」

祥紀は腕を緩め、淑雪から体を離す。遠のいた体温にはっとする淑雪のまなざしを、祥紀の黒い瞳が受けとめた。彼は手を伸ばし、淑雪の小さな白い手を取った。

「お前が、私の花嫁だ」

噛みしめるように、ひと言ひと言、ゆっくりと祥紀は言った。

「お前、だけが」

「……嬉しい」

それは、思わず洩れた言葉だった。幼い淑雪の、胸のうちを表わす言葉は多くない。それでも溢れる気持ちをどうにか祥紀に伝えようと、淑雪は懸命に言葉を継いだ。

「わたしだけが、お兄さまの、お嫁さまなのね？」

「ああ」

目を細めて、祥紀はゆっくりと頷いた。彼の、見つめる淑雪の顔が映り込むほどにきらめく澄んだ瞳を見つめながら、大きく息をつく。

「秘密の……本当の、お嫁さま……なのね？」

祥紀は、再び頷く。淑雪の頬はゆるみ、胸の奥からは春を迎えて溶け出した頽雪《たいせつ》のごとく、甘く沁み入るような感情が湧き出でた。

ふるり、と淑雪は大きく身を震わせる。同時に、強く頭を殴られたような衝撃にはっとした。

――同じ母親から生まれたってのに、通じ合った大罪人だ！

大きく頭の中に響いた怒声に、淑雪は目を見開いた。あのとき――街で見かけた、処刑台。後ろ手に縛られていた、兄妹だというふたりがぶつけられていた罵り。同腹の兄妹が通じ合うことは罪なのだ。あんなふうに辱められ、容赦なく首を落とされるほどの大罪なのだ。

――人の道に外れたことを。

――恐ろしい。何と、穢《けが》らわしい。

あのときの光景は、鮮やかに淑雪の脳裏に焼きついている。次々と投げつけられていた誹《そし》り言葉がまるで昨日のことのように思い出せるのに、それでも目の前にいる祥紀が淑雪の手を取ってくれているから。彼が、彼の言うとおり淑雪が『本当の花嫁』であることを身で示そうとでもいうようにぎゅっと握りしめ、離さないとの心を示してくれていることが、耳に残る面罵《めんば》の言葉を祝福の言葉のように思わせるのだ。

「嬉しい……」

──わたしはきっと、あのときのふたりと同じ顔をしている。同じように、幸せそうな顔を。首を落とされてもなお顔を寄せ合い、ともにある幸せを隠そうともしなかったあのふたり。

──きっと、幸せそうな顔をしている。あのふたりは首だけになってなお、顔を近づけ唇を寄せ、まるでくちづけをしているかのようだったった

「……あ、……」

身を包む祥紀の匂いが濃くなった、と感じるのと同時に、唇に柔らかいものが触れた。温かいものはそっと押しつけられ、それでいてしっとりと吸いつくようだ。

「……、……あ、……」

その心地よさを味わおうと、淑雪は目を閉じた。すると祥紀の涼やかな匂いはますます濃く感じられ、唇に押し当てられた感覚はますます心地よく感じられ、包まれる愉悦に蕩《とろ》

けそうになった淑雪は、思わず体中の力を抜いた。

「あ、っ……」

しかし床にくずおれかけた淑雪の体を、強い腕が支えた。腰に回った腕はしっかりと淑雪を抱え上げ、ふたりの体は密着する。衣越しの体温が、重なり合うことでより近くに、体に沁《し》み入ってくるように感じられる。

唇はなおも重なったまま、それどころかもっと深くと求めるように、触れ合う部分の温度が上がる。吸い上げられて咽喉が鳴り、するとくちづけはますます、深くなった。

「……く、ん……っ……」

祥紀の腕に強く抱きしめられて、彼の熱っぽいくちづけを受けて。淑雪の身のうちが、騒ぐ。淑雪の幼い心を置いて、体は何を感じ取って騒ぐのか。わからないままに、淑雪は身を震わせた。そんな淑雪のわななきを押さえつけようとするかのように、祥紀の腕の力は強くなる。

「ふぁ……」

重なった唇の間から、声が洩れた。自分の声でありながら、まるでそうではないような。淑雪自身はそれを表現する言葉を持たず、それでいて祥紀に抱きしめられくちづけられる悦びに浸った。

脳裏には、首を落とされた兄妹の姿が浮かぶ。それが自分と祥紀の顔に変わった夢を、思い起こす。

（処刑されたふたりも、きっと、こんな……）

ともすれば霞《かす》みがかりそうになる意識の中、淑雪はうっとりと考えた。

（だから、あんなに幸せそうな顔をしていたのだわ。ふたりでいるときに、こんな思いをしていたのなら……一緒にいるとこんな気持ちになれるのなら……殺されることも、一緒ならば怖くないはず）

ちゅく、とふたりの唇の間で音がする。その音は全身に広がるわななきを持って、淑雪を襲った。どうしようもない疼《うず》きに身をよじらせたけれど、祥紀の腕は離れない。

（こんなに心地よくて、温かくて……このぞくぞくするものを、もっと味わっていたい）

ぞくり、と身の奥で疼くものの正体を、淑雪は知らない。こうしていることで下腹部の内側をきゅっと押されるような感覚があって思わず身をくねらせてしまうけれど、祥紀はなおも淑雪を離さない。

淑雪は、そっと手を伸ばした。祥紀の背に、手のひらを触れさせる。引き寄せて抱きしめて、すると唇の重なりが少し、ほどけた。

祥紀は驚いたのかもしれない。もう抱きしめてくれないかと思うと、そんな彼を引き止めたくて、淑雪は彼の背に回す手に力を込める。

「……ふ、ぁ……っ……」

硬いものが、下唇にすべった。きゅっと軽く噛まれて、それが祥紀の歯であることを知る。甘く噛まれる感覚は再び淑雪の身の奥を疼かせて、くねる淑雪の体を祥紀がさらに強く抱きしめてくる。

（もっと……）

声にならない声で、淑雪は呻いた。

（もっと、ぎゅっとして。気持ちよくして。お兄さまの温かさを感じていたいの。もっと、もっと近くにいたいの）

自らもまた、兄に縋りつきながら淑雪は胸のうちでつぶやく。

（ずっと、もっと……もっと、お兄さまにこうされていたい。抱きしめられて、唇を合わせられて……ずっとずっと、お兄さまのそばにいたいの）

この時間が、終わらなければいいのに。

祥紀の歯は淑雪の柔らかい唇を甘く噛み、きゅっと吸い上げ、歯の痕を舐めた。それだけの、ほんのわずかな愛撫《あいぶ》に力の抜けそうになる淑雪の体は支えられ、淑雪自身も祥紀に回した手に力を込めて、彼の腕に身を委ねた。

（わたしが、お兄さまの本当の……秘密の、お嫁さま）

くちづけは、長く続いた。淑雪が望むように長く、祥紀の腕は決して力を失うことなく淑雪を支え続ける。

まるで互いのすべてを与え、包み合うかのようにふたりは唇を合わせ、重なり合う幸せは、いつまでも続くかのように思われた。

第二章　舐めて、囓って、脈打つわたしの心臓を

それから、十一年――今年は、白亀《はくき》十年だ。

淑雪《しゅくせつ》が六歳のとき、めでたき白い亀が献上されたということを記念して年号が変わった。だから今年、淑雪は十六歳になる。

侔国《しんこく》の後宮の中心、正妃・瑛蘭《えいらん》の住まう金蓮宮《きんれんきゅう》は、常ならぬ賑《にぎ》わいの中にあった。女たちの声も、華やかにさんざめいている。

その中心は、正妃の娘・淑雪の房《へや》だ。宮にはたくさんの宮女たちが出入りし、その手で色とりどりの布に糸が、きらめく珥璫《みみかざり》に戒指《ゆびわ》、首釧子《くびかざり》に珠鐶《うでわ》が、金銀の歩揺《ほよう》が運ばれていて、冬の陽が積もった雪に反射する中、目をすがめて見なければいけないほどの光景だ。

房の真ん中、ややうんざりした顔で立っている淑雪は次の正月で十六歳の成人を迎える。彼女のまわりには幾人もの宮女がおり、さまざまの色、素材、模様の布を抱えていた。一

枚一枚を淑雪の体に当て、ああでもないこうでもないともう何時間、こうやって話し合っているることだろうか。そんな娘の様子を、瑛蘭が満足げに見やっていた。

「やはり淑雪さまには、暖かい色がお似合いかと存じます」

「そうね。上衣は黄金色に、真紅で縁取って……襦《はだぎ》は薄い山吹《やまぶき》。こちらも縁に、刺繍は金糸でね。一番腕のいい子に任せるのよ」

同意を求めるように、瑛蘭は淑雪を見た。

「裙子は何色がいいかしら？　ねぇ、淑雪。どう思うの」

「何色でも、結構だわ……」

うんざりと、淑雪は言った。何しろ朝から、ずっとこの調子なのだ。色合いは午《ひる》になる前に決まったはずだったのに、布の織りに刺繍の模様に、それでは糸はこれを、それでは合わないと衣の色を改めてすべてを決め直すこととなり、夕刻になってやっとここまでたどり着いたのだ。

「まぁ、あなたのためなのよ。これからはひとりの公主として、公務もこなさなくてはいけない身なのに。まとうものひとつ自分で決められないようでは、困るわ。この先は、お母さまがいつも助けてはあげられないのだからね」

瑛蘭の言葉に、淑雪は大きく息をつく。瑛蘭はそうは言いながらも、淑雪が口を出すとその色はいけない、その布はいけない、その縫いはいけない、あなたは年若くて何もわかっていないと言っては却下し、終《しま》いには淑雪の意見を聞くことなくすべてを決めては、そのようなことを言って淑雪を責めるのだ。

それでも、唯一の娘をこうやって着飾らせることが母の趣味のひとつであるならば、娘として反対はすまい。精いっぱい笑顔を作って、はいお母さま、と従うのが親孝行のひとつでもあるだろう。

「裙子《くんず》は、そうね。赤がいいわ。上衣の縁取りとあわせてね。布は牡丹《ぼたん》を透かし織りして。でも真っ赤ではない、ほんのり朱を効かせてね。華やかに仕上げるのよ」

はい、と宮女が瑛蘭の言うことを手もとの竹簡に書き留める。満足そうに瑛蘭はうなずき、改めて淑雪を見やった。

「次は、化粧の仕方を決めなくては。金粉も銀粉も、紅もたくさん用意しなくてはね」

「それは、もう明日ではだめなの？　わたし、もう疲れてしまいました」

「あらあら、情けないこと」

瑛蘭は責めるように淑雪を見たが、その顔に本当の疲労の色を見て取ったのだろう。仕方ない、というように息をついた。

「自分のしつらえくらい、ちゃんと決められるようになりなさい。色の組み合わせと、織りの組み合わせ。模様の合わせかたに、金粉と銀粉を上手に使った化粧の仕方。ずっと、教えてきたはずだけれど？」

淑雪も、自分に任せてもらえればちゃんとできる。そう言いたかったけれど、ことのほか身を飾ることを好み、淑雪の装《よそお》いについても何かと口を出したがるのは瑛蘭の生き甲斐のようなものであることはわかっているから、淑雪は反論せずに「はい、お母さま」と親孝行に努めた。

「では、化粧は明日にしましょう。まだまだ、決めなくてはいけないことはたくさんあるのだから。あなたも、そんな気のない返事をしていないで。ちゃんと考えるのよ」

「わかりましたわ、お母さま」

両手を胸の前で合わせ、ひざまずく。娘の礼儀がこの場にかなったものであるか見分するかのようにじっと見つめ、頷くと裙子を翻《ひるがえ》して背中を向ける。ふわり、と芍薬《しゃくやく》の香りが広がった。

「……ふぅ」

瑛蘭が侍女たちを従えて出ていったのに、思わずため息をついた。どうぞ、と声がかかり、振り返ると侍女の小青《しょうせい》が、椅子を引いて待っている。

「ありがとう」

「すぐに、お茶をお持ちいたします。お疲れでしょう」

「……もう、うんざり」

瑛蘭の前では隠していた本音を、淑雪は吐いた。小青はくすくす笑いながらしゃがみ、腰を下ろした淑雪の裙子の裾を直してくれた。

「瑛蘭さまは、淑雪さまにきれいに着飾っていただくのが大好きでいらっしゃるのですわ。しかもそれが成人されるお正月用の衣とあれば、お力が入らないわけがあるでしょうか」

「初めてわたしが王宮に伺って、王たるお父さまと、太子たるお兄さまにお目通りをするとなれば、ますますね」

今まで後宮の金蓮宮に住まい、建前としてはそこから出ることを許されなかった王のひとり娘。しかし間もなくやってくる正月で十六になり、以降自分の宮を与えられてそこに住まうことになる。宮は王城の中にあり、王城の兵に囲まれた中に住むということは変わりないとはいえ、ひとつの宮を持つということは、成人した王族だという証だ。

芳《こう》ばしい香りが漂い、侍女が茶を持ってくる。卓に置かれた白い茶器からは、宝貴茶《ほうきちゃ》の上品な香りが立ち上った。

「王陛下も、太子殿下も。淑雪さまにお会いになるのはいつぶりか。太子殿下……兄上さまとは、もう十年もお目にかかっていられないのでは？」

そうね、と淑雪は、ゆっくりと頷いた。

「お兄さまが宮をお持ちになって、太子となられてから。わたしはずっと金蓮宮だし、お兄さまが外朝《がいちょう》よりうちに入ることはおありにならないし」

言いながら、淑雪はそっと指先で唇に触れた。紅を塗るようにすっと横に動かした指を、小青は見ていなかったらしい。

「わたしも殿下に最後にお目にかかったのは、殿下がまだこちらに出入りなさっていたころ……それこそ十年も前のことですわ。お顔なんて忘れてしまいましたし、覚えていても、十年も経てば他人みたいにお変わりになってしまっているでしょうね」

小青は、楽しげに目をくるりとさせた。

「でも、ご存じです？　市では、殿下の似姿《にすがた》が人気なのですわよ」

淑雪は、何も言わずに小青を見た。ますますいたずらめいた表情をして、小青は言葉を続ける。

「何しろ、今を盛りの二十三歳。二十歳を超えられてからますます精悍《せいかん》に、武芸も学問もほかのどの王子がたよりどの官吏《かんり》の息子たちよりも秀で、そのお姿麗しく、詠《よ》まれる歌さえも端麗《たんれい》とあれば、市街の女たちも黙ってはおりませんわ」

ふぅ、と息をついた小青は、ともすれば太子の――祥紀の似姿とやらを買ったのかもしれない。後宮の女たちは後宮の門をくぐることができないというのが建前とはいえ、市に出て買いものをする女たちはたくさんいるし、淑雪もそれを見て見ぬふりをしているのだから。

「しかも、そんなかたであれば妃の数もあまたというのが常識なのに、太子さまに限っては正妃の月繍《げつしゅう》さまのみをお守りになって。お子はまだないとはいえ、その仲の睦《むつ》まじさは知らぬ者のないという」

唇に這わせていた淑雪の指が、とまった。そのことに気がついていないらしい小青は、言葉を続ける。

「そのこともあって、月繍さまの似姿もまた人気なのですわ。特に、夫の愛をつなぎ止めておきたいと願う女たちの間でね」

淑雪は、そっと唇から指を離す。宝貴茶を啜《すす》り、その馥郁《ふくいく》とした香りと味を堪能しようとした。

「淑雪さまが、これはどに美しくお育ちになったのも、道理ですわ」

うっとりとした口調のまま、小青は淑雪を見つめた。

「あの太子さまの、御妹であらせられるのですもの。おふたりとも瑛蘭さまのお血を引いて、何とも麗《うるわ》しい兄妹でいらっしゃること」

そして、ほうとため息をつく。淑雪は笑った。

「お前は、わたしよりもずっとお兄さまのことに詳しいみたいね。わたしよりも、お兄さまに仕える侍女になりたいのではないの？」

「いいえ、わたしは、おふたりが揃っていらっしゃるところを拝見したいのですわ。この侪国に咲く、見目麗しき華のようなご兄妹。よく似ておいででありながら、男と女、それぞれの美しさをお持ちのおふたりがご一緒のところは、どんな絵師の描く絵よりも美しい光景でしょうに」

「それは、月繍さまのお役目よ」

窘《たしな》める口調で、淑雪は言った。

「お兄さまに寄り添われるのは、月繍さまよ。妹のわたしがご一緒にいて、どうするの」

「そこはそこ、また別のことですわ。似姿によると月繍さまもたいそう美しいおかたのようですけれど、よく似た美貌のご兄妹おふたりが並んでいらっしゃるところが、またいいのではありませんの」

「……お兄さまのお顔なんて、忘れたわ」

再び唇をなぞりながら、淑雪はつぶやいた。

「それに、そんなに似てもいないと思うけれど？　幼いころはよく遊んでいただいたけれど……お兄さまとわたし、そんなに似ているとは思わなかったわ」

「あら、同腹の、同じ瑛蘭さまを生母となさるんですもの。似ておいでで当然ですわ」

「似ていないわ。それほどには」

毎晩眠る前、侍女が蜜《みつ》を塗って手入れをする唇は、艶やかになめらかだ。その唇を淑雪が繰り返しなぞる意味を、小青は知っているだろうか。

（知っているはずがないわ……。小青が、知っているはずは）

――祥紀の顔を、忘れてしまったなんて。淑雪は嘘をついた。ここにあって、いつものように小青を相手に茶を飲んでいても、まるで祥紀が目の前にいるかのように鮮やかに思い出せるのに。

しかしそれは、現実の祥紀ではない。淑雪が知っている大人の祥紀の顔は、小青の言うように、市街で商われている祥紀の似姿からのものだ。侍女たちの目を盗んで城門をくぐり、金の簪《かんざし》と引き替えに手に入れたものだ。それは書巻の間に挟んで、こっそりと隠してある。

淑雪の身の回りはどこも掃除や片づけの手が届くせいで侍女の目に触れないところはないけれど、祥紀の学んでいることが知りたくて自ら申し出た学問のための書巻の積んである棚だけは、小難しいことはいやだと侍女の誰もが近づきもしないのだ。

そこは祥紀と淑雪の、十年の空白を埋めるものが置かれている大切な場所。彼の学んでいることにあわせて、彼の似姿。淑雪の宝ものがしまい込まれている場所。

淑雪は、また唇をなぞった。

あのとき——もう、十年もの昔になる。あのとき深く重ねた唇は、あのままだろうか。抱き寄せられた腕の力は、優しい言葉をささやいてくれた声は。太子として忙《いそが》しい日々を送る祥紀は、すでに淑雪のことを忘れているかもしれないのに。十年も会わないままの妹など、彼にとってはいないも同然かもしれないのに。

それでも淑雪は、折に触れてはそのようなことを考えてしまう。自分はまだ、あのとき祥紀のささやいた『秘密の花嫁』であるのだと夢想してしまう。小青の言うとおり、仲睦まじい夫婦として天下に聞こえる月繍ではなく――自分こそが祥紀の真実の花嫁なのだと、夢見てしまう。

（あれは、華燭《かしょく》の典だったのだわ）

胸の奥でそうつぶやいたのは、もう何度目になるだろうか。

（お兄さまとわたしだけの、たったふたりの。誰も知らない……けれどあのとき、何よりも強いものが、わたしたちの間にはあった）

なぜなら、淑雪はどうしようもなく幸せだったから。処刑された兄妹だという男女――彼らが死してなお浮かべていた表情の意味が、わかるほどに。彼らを羨《うらや》んだ自分の心のあるべき場所が、理解できるほどに。

（お兄さまは忘れておいでても、わたしは忘れない。永遠に――あれこそがわたしのたったひとつの誓いだったのだと、大切にして生きていく）

十六になる淑雪には、縁談が来るだろう。嫁ぐのは、同じ中原に覇《は》を唱える呂《ろ》国か、醐《ご》国か。淑雪は、どこかの国と侈国がつながりより発展していくための、礎《いしずえ》となる。母の瑛蘭が、犀《さい》国から侈国へと嫁いできたように。

（お兄さまだけが、たったひとりの、わたしの、妹背）

「淑雪さま？」

小青の声に、はっとした。見れば目の前の小青は不思議そうな顔をして、淑雪を見つめている。

「どうなさいましたの?」

「……いいえ」

なぞっていた唇から指を離し、淑雪は首を横に振った。

「何でもないわ」

「また、難しいことを考えていらっしゃるのですか?」

眉根を寄せて、小青は言った。

「法とか術が、どうしたこうしたと。あのような学問、公主が学ぶべきようなことではありませんわ」

「知りたいのよ」

あのとき、祥紀が見せてくれた書巻の内容を。彼が何を学んでいるのか、何を血肉としているのか。彼が触れているものと同じことを知ることで、祥紀の近くにいられるような気がするから。それだけの思いで、淑雪は難しい書巻を読み、師について学び、あてのない学問を続けているのだ。

「……淑雪さまのお考えは、わたしにはよくわかりませんわ」

学問などとんでもない、とでもいうように、小青はぶるりと身を震わせた。

「それよりも、そろそろ夕餉《ゆうげ》のお時間にございます。お運びするように、厨娘《ちゅうじょう》たちに申しつけてもよろしいでしょうか？」

「お願い」

夕暮れの茜《あかね》の濃くなった窓の外に目をやりながら、淑雪は言った。指は、再び唇を這う。十年もの月日が経ってなお、刻まれたままの感覚をなぞりながら、手の届かない向こうにいる兄のことを考えた。

新春には雪が降り、王宮は一面真っ白に包まれた。

後宮の女たちは、正月だけは内朝に向かう門をくぐることを許される。儛国王の正妃である瑛蘭を先頭に、続いて淑雪、妃たちが皆、侍女に差しかけさせた傘の下、高い鞋で白い雪に足跡をつけながら歩く。

宮殿の中は温められていて、皆が揃ってほっとした。淑雪も、あれから何日もかけて決めた豪奢《ごうしゃ》な衣装に身を包み、今までは垂らしていた髪を高髻《こうかん》に結い上げ、重く感じるほどの化粧で彩られた顔に绡《うすぎぬ》を垂らし、小青に手を引かれて歩いている。

一足歩くたびに、しゃら、しゃらと音がする。淑雪の、角度によっては紫に見える艶《つや》やかな黒髪は蝶《ちょう》が羽根を広げたような形に結ってあった。その羽根のひとつひとつには、小さな枝をたくさん連ねた金の歩揺が挿されている。枝の先からは紫の粒宝石が連なってい て、たわわに実った果物のように輝いている。歩揺は何本も、右側と左側を向いて重ねて あるのに少しも互いを邪魔することなく、公主の紫の艶の黒髪を引き立てていた。

高髻の端からは、薄い金と紫の混ざった絹《うすぎぬ》が降りている。そうやって顔を隠すのが、成人女性としての礼儀なのだ。

絹の裾が触れるあたりには、細い白い首を彩る首飾《くびかざり》子がある。金の細い鎖を幾重にも連ね、すべてのつなぎ日には紫の石が塡《は》め込んである。公主がわずかに身動きするだけでしゃらしゃらと鳴り、輝くそれは繊細な細工であるのに遠目にも鎖骨に沿ってその形の美しさと白さをはっきりとわからせる、絶妙な形をしている。真ん中からは二本の細い鎖が降りていて、身動きのたびにしゃら、しゃら、と音がする。

引きずる幾重にも重なった裙子《くんず》は、金の混じった赤。縁には細かい、花の意匠。後ろの部分には大きく牡丹《ぼたん》が縫い取ってあり、よく見れば重なった裙子の一枚一枚に花びらがひとつ刺繍されてあって、重ねると大きく広がった大輪の牡丹になるのだ。金と銀の混じった糸は、新年の爽《さわ》やかな白い光を受けて、きらきらと輝いている。

まとう上衣は、落ち着いた黄金色。同じ金でありながら縞《しま》模様を織り出すことで濃淡ができ、淑雪が身動きするごとに深い陰影が生まれるように計算されている。それを縁取る赤の刺繍がさりげなく同じ金を混ぜてあることから、そこにもまた新しい模様が生まれ、淑雪の身のこなしも、風に衣が揺れるさままでが絵になった。

襟《えり》もとと肩口から覗く襦は、ごく淡い山吹だ。ほとんど白のようなのに、新年の風にかすかに揺らめくとその柔らかい色合いに気づかされる。半分手を隠す襦の縁には金色の縁かがりがあるが、まるで糸を張りつけてあるかのような繊細さで、細かく細かく、目を凝らさなくてはわからないほどに花の意匠を象《かたど》っている。

帯は、それらの衣をまとめるのにどっしりとした織りの金。締めてあるのは紫の締め紐で、中央に金の縁に塡《はま》った紫の宝石が飾られている。それは雪を反射して輝く陽を受けて、赤の陰影に青の陰影を持ち、きらめく角度によっては抜けるような透明に見えたりする。そんな不思議な研磨の技術者は、鄧国に多く育てられているという。

淑雪のほっそりとした指には、衣の衣装に合わせての金の戒指《ゆびわ》がいくつも嵌められている。しかし象眼《ぞうがん》されている透明の石は小さくて、年若い公主の瑞々《みずみず》しさを邪魔しない。さりげなくそこにあり、それでいて公主の指の細さを強調する。

腕にも同じ金の珠鐶《うでわ》、赤に青、紫に色、白、淡紅に黄色。きらめく宝石が埋め込まれている。小青に先導されて王宮への階段を上がったとき、幾重もの珠鐶《うでわ》がぶつかって楽《がく》のような音を奏でた。

それぞれに着飾った女たちが、しずしずと歩を進めていく。付き従う、主ほどではないとはいえやはり身なりを整えた侍女たち。新年の雪のきらめく白さを飾るのに、これほどの優美はないだろう。新しい年を寿《ことほ》ぎ清らかに真っ白な雪を与えてくれた神々も、眼下の光景に満足しているに違いない。

女たちの一行は、内朝の謁見《えっけん》の間に入る。両脇には椅子が置かれ、そこにはさまざまな色の長袍をまとった官吏《かんり》たちが座っている。礼冠に収めた髪もきちんと調え、膝に手を置き厳めしく正面を見る彼らも、後宮の女たちの華やかなさまに目を奪われずにいるというわけにはいかないらしい。ちらちらと、あるいはあからさまに目をやる者たちの、一番の注視を受けるのはやはり正妃の後ろに従っている、今日の日で十六歳になる公主だ。

いつもの簡素な装いとは違い、これ以上はないであろう華美に身を包んだ淑雪は、緊張に身を震わせていた。見る者は、成人したばかりなのに歩きかたひとつにしても落ち着き堂々としている淑雪を賛美しただろう。しかし胸の中は落ち着くどころでなく、絹の中で淑雪は何度も息を洩らした。

それは何も、初めて新年の儀に出るという緊張ばかりからではない。確かにこうやって慣れない装いに身を包み、諸官の視線にさらされて謁見の間を行くというのは緊張することだ。しかしそれよりも淑雪の胸を高鳴らせていることがあって、淑雪にはまわりの官吏たちなど目に入ってはいなかった。

（……お兄さま）

十年ぶりの、対顔なのだ。太子となった祥紀の顔を見るのだと思うと、昨日の夜は一睡もできなかった。それどころか、眠るのが惜しかった。果たして祥紀は、淑雪のこっそり手に入れた似姿のようなのか。あのように精悍《せいかん》に、凜々《りり》しく年を重ねたのか。それとも昔のころのように淑雪の手を取ってともに街を歩き、ともすれば遅れがちな淑雪を待っていてくれたときの、優しい笑顔を今も持っているのか。

母の瑛蘭は、慣れた調子で先を行く。彼女は、その美を引き立てる装いも官吏たちのまなざしも、まるでないかのような軽やかな足取りだ。そんな彼女についていくのが、恐ろしかった。この先には五段の階《きざはし》があって、その上の玉台にはふたつの玉座がある。真ん中の黒檀《こくたん》の椅子には、父王が座る。その隣の、碧梧《へきご》の椅子には王太子が。

（……、……お兄さま）

「正妃殿下、並びに公主殿下。おつきになりました」

官吏の重々しい声が響く。瑛蘭は階の前に膝をつき、頭を垂れる。侍女に手招かれ、淑雪も床にひざまずいた。大きく、赤い裙子が広がった。顔を覆う綃《うすぎぬ》が、さらりと揺れた。

「瑛蘭、陛下にご挨拶申し上げます」

『正妃』としての威厳のある声で、瑛蘭が朗《ろう》と言った。今まで公式の行事に出たことのない淑雪は、母のそのような姿に驚く。

「恭賀《きょうが》、新禧《しんき》」

なめらかで張りのある瑛蘭の声は、謁見の間に響いた。

「謹《つっし》んで、新年のご祝詞《しゅくじ》を申し上げます」

「妃にも、新しき年が麗しいものであるように」

父王、貞嘉《ていか》の声を聞くのも十年ぶりなのだ。もっとも十年前も父は政務に忙しく、後宮に来ることはあっても淑雪を訪ねてくることはほとんどなかった。祥紀とともにいるときに会ったことはあっても、こうやって声を聞くのは数えるほどしかなかったのだ。

「続き、淑雪公主」

官吏の声に促され、淑雪は顔をあげる。しかし階の上は高く、絹越しではやや暗くて、人がふたり座っていること、まわりを数人が囲んでいることしか見て取れない。

「……淑雪、陛下に、ご挨拶……申し上げます」

声が震えてしまった。この声を、祥紀も聞いている。はっきりと姿は見えないけれど、右側に座っているのが祥紀であることは間違いがなく、彼がどのように自分の声を聞いているかが、何よりも気懸かりだ。

「謹んで、初春のお慶《よろこ》びを。陛下のますますの隆盛を、お祈り申し上げます」

「公主には、大儀であった」

貞嘉が、瑛蘭に向けたときよりは少し、優しげな声でそう言った。

「初めての新年の儀、緊張もしよう。されど、立派に勤めをこなしておる」

「ありがたき……」

淑雪は、頭を下げようとした。そのときしゃらりと簪《かんざし》が一本落ちた。挿しかたが甘かったのだろう。簪と一緒に、顔を覆った絹がはずれて落ちてしまった。

「あ……」

ひらり、と薄い布が空を舞うのに、皆が視線を奪われた。淑雪は驚き、同時に王への失態だと蒼くなる。謝罪の声をあげようとして慌て、まっすぐ玉台を見上げてしまった。

（……あ、っ……）

目に飛び込んできたのは、ふたつの人影だった。

赤い長袍を身につけているのは、王だ。父の顔はあまり覚えていないけれど、真ん中の玉座にあって赤い衣を身につけているのは、王以外にあり得ない。そしてその右、碧梧の椅子に座るのは。

（……あ、ぁ……っ……）

その姿に、淑雪は視線を釘づけにされた。

誰が——誰が、佟国の王太子は、あのような顔をしていると言ったのだろう。淑雪は、棚の書巻の中に隠してある太子の似姿を思い出した。

あれも確かに端整で、精悍で、立派な美丈夫ではあった。しかし目の前にいる青と白の長袍の男性は——礼冠《れいかん》をつけた頭は小さく、髪は青めいた光沢を持って顔を飾り、やや灼《や》けた肌の色は張りつめて艶《つや》やかで。

鋭く小刀で切り裂いたように、凛とした吊り上がった目もと。見つめるだけで魂が奪われそうな、胸の奥を摑まれてしまいそうな、深い深い黒い瞳。すべての者の心の奥を読み取っているに違いないと思わせる、底知れぬ輝きを持つ刃《やいば》のような視線。その目を見た者は恐れずにはいられないのに、それでいて視線が離せない。

これ以上に目を吸い寄せるものが、この地に存在するというのか。どれほどに美しいものも、醜いものも、輝かしいものも、恐ろしいものも、これほどに視線を奪いはしない。それは迷いなく、その場の者すべてを見下ろしていた。

まっすぐに高く通った鼻梁《びりょう》に、やはり研いだ鋼で形作ったような、雄々《おお》しい意思を思い起こさせる口。彼を酷薄《こくはく》に見せる薄い唇。

何もかも、すべて。淑雪のすべてを奪ってしまう存在が、そこにあった。

(お兄、さま……、なの……?)

彼は王の隣に座しているのだ、それはあまりにも愚かな問いだった。しかし淑雪は、そう問いかけずにはいられなかった。

(お兄さま……、わたしの、お兄さま、なの……?)

あの似姿を描いた絵師は、いったい何を手本として太子の姿を描いたのだろう。あの絵は、まったく似ていない。太子の座にあって居並ぶ者たちを睥睨《へいげい》する彼は、あの似姿よりも何倍も何倍も凛々しく、雄々しく、優雅で恐ろしくて、傲然《ごうぜん》と居丈高《いたけだか》で、鍛え抜かれた鋼のように輝いている。

　現在、この中原《ちゅうげん》は乱世のただ中にある。北の犀《さい》に北西の呂、中央の佟、西の鄧、東南の皋《こう》に南の醐《ご》。その六国が我こそはと中原の覇《は》を狙っている中、このような王太子をいただく佟こそが、覇国となるにふさわしいと淑雪には思えた。

　確かにその目もと、その口もと、輪郭にかつて知っていた『兄』の面影《おもかげ》を見て取ることはできた。あの似姿も、その点は似ていたといえるだろう。少なくとも淑雪を、あれは兄の似姿だと納得させるくらいには。

　しかし、その持つ迫力。浴びせられるような気迫。彼は十年前にはなかった威厳、端厳とでもいうべきものを備え、悠然《ゆうぜん》とそこに存在した。何者にも侵すことのできないように彼はそこにあって、だからこそその姿はますます淑雪のまなざしを引き寄せた。意識すべてを奪い去り、淑雪自身がここにいるという自覚さえをも取り上げてしまう。

（あ、……っ……）

　彼は、淑雪を見た。黒玉よりもなお艶めいた、婀娜《あだ》めくまでに鋭い目が、淑雪を射貫く。それに淑雪は、自分のすべてを奪われた。

（……お兄、さま……）

　淑雪は、ただただ唖然と、そこにいた。玉台を見上げたまま呼吸さえ忘れ、ただひとりの姿に視線を引き寄せられたまま、微動だにせずそこにあった。

「……雪《せつ》」

耳の端を掠《かす》める声が聞こえる。それは邪魔してくるかのように大きく響いて、淑雪は煩《わずら》わしいと苛立《いらだ》った。さらには肩に手を置かれ、引き寄せられる。

「淑雪、こちらをお向きなさい」

「……お母さま」

声の主は、瑛蘭だ。彼女は床に落ちた簪を取り上げ、淑雪の顔から剝がれた絹の端をつまみ上げる。器用に、丁寧にかけ直し挿し直してくれた。

「大人の女が、男に顔を見せてはいけないわ」

瑛蘭は、優しく言った。そう言われて初めて、自分がとんだ不作法をしていたということに気がついたのだ。

「わた、し……」

「気をつけて」

侍女に手を取られ、ふたりはかたわらに下がる。次、王たちに挨拶をするのは後宮の妃だ。同じように輝かんばかりに着飾った女たちは、同じように祝辞を口にし、返事をもらい、そして下がる。

その間、淑雪の視線はただ一点に注がれていた。玉台の上、碧梧の椅子に座る人物。王が女たちの挨拶を受け、応える間も彼は微動だにしない。ただ玉台の上から見下ろし、まるですべて者の胸のうち、抱く魂胆や企み――動揺を見抜いているとでもいうような。

そんな彼を見つめる淑雪は、果たしてあれが兄であるのか、確信が持てないでいた。

もちろんあの人物は李《り》祥紀、侼国の王太子であると疑う余地はない。しかし人というのは、あれほど面変わりするものだろうか。彼のまなざしには、昔手をつないでくれた優しい色はまったくない。一国を率いていくことになる者の峻刻《しゅんこく》さ、冷淡にして厳酷《げんこく》な色ばかりがあり、思いもしなかった兄の姿を前に、淑雪はおののいた。

幼いころの、優しい兄。今、玉台にあって尊大なまなざしで皆を睥睨している王太子。果たしてふたりは同じ人物なのか。それとも彼は、変わってしまったのか。

（……違う）

あのころのことが、蘇る。十年前も淑雪は、あんな祥紀を見たことがあった。

（あれは……）

処刑だ。手をつないでふたりで向かった街で、処刑を見た。兄妹で通じ合ったという男と女が大きな鎌で首を落とされたとき、それを見ていた祥紀はあのような顔をしていた。

そんな彼を前に、別人のようだと思ったことを思い出す。

十年の間にあったさまざまが、彼の一側面に過ぎなかったあの部分を大きく育て上げた。

そしてあれほどに――魅惑的な男が生まれたのだ。何よりも深く黒い瞳を持ち、鋭く尖った刃のような気配をまとう男。

なおも淑雪は、玉台の上の雷《いかずち》のごとき峻厳と美麗を持った男から目が離せない。

女たちの挨拶は続いている。官吏の声に淑雪は、はっとした。

「王太子妃、月繍《げっしゅう》さま」

(月繍——さま)

黄《こう》月繍。祥紀の妻だ。淑雪の胸は、乱暴な手に摑まれたかのようにひとつ強く、大きく痛んだ。

月繍という女性が、祥紀の妻だということは知識として頭では知っている。しかし淑雪はその姿を見たことがなかった。淑雪のまわりの女たちが特に噂をすることもなく、淑雪は月繍という名さえ、特に意識することなく過ごしてきた。

「月繍、陛下にご挨拶申し上げます」

涼やかな声だ。鈴を転がしたような、とは月繍の声をいうのだろう。続く挨拶も滞りなく、淑雪のようにつかえたり言い淀んだりすることはなかった。

「王太子妃にも、よき年であるように」

何度も繰り返した、寿ぎの言葉を王は言う。王の正妃、妃たち。王太子の正妃と続いた挨拶は、ここで終わった。王太子には、ひとりしか妃がいないのだ。

夫に唯一愛されている妻として、月繍の似姿もまた売れている。そう言っていた小青の言葉が蘇った。同時に振り返り、王の前を辞す月繍の姿が見えた。

顔を絹で覆っているのは、ほかの女たちと一緒だ。彼女の装いは、夫にあわせたかのように青でまとめられていた。澄んだ湖のように鮮やかな青に、装身具はきらめく銀。結い上げた髪の艶やかさ、そしてわずかに翻《ひるがえ》った絹の隙間から見えた細い顎、白い肌――、しなやかな首。

淑雪は、低く息を呑んだ。じりっと胸を焼いたものの正体を、すぐには理解できなかった。月繍がなめらかな足取りで女たちの列の最後に並び、膝を突くのを見つめずにはいられない。

(……痛い)

胸の奥、触れることのできない部分が、きりきりと痛む。淑雪は唇を噛んだ。せっかく紅を塗って調えたのにと、小青には叱られてしまうだろう。それでも、淑雪はそうせずにはいられなかった。

(何なの、これ。……痛い。ずきずきする。耐えられない)

淑雪のかたわらの侍女が、衣擦れの音とともに立ち上がった。その動きが目に映り、淑雪は目が覚めたように思った。顔をあげると、胸の前に白い手を差し出されてはっとする。

「皆さまがた、ご退出にあられます」

しゃらり、と瑛蘭の衣が揺れた。淑やかに先を行く母を追って、淑雪も歩を前に進める。

玉台に背を向ける前に、淑雪は見あげた。そこにある姿は変わらず椅子に腰を下ろしたまま、淑雪たちを見下ろしている。

（……あ、っ……）

淑雪は思わず、胸に手を置いた。大きく跳ねた心の臓を押さえつけたのだ。

（お、兄……さま……）

祥紀と、目があった。淑雪にはそう感じられた。祥紀の黒い瞳は淑雪を見ていた。彼の鋭いまなざしにとらえられて、淑雪はぞくりと身を走り抜けるものを感じ取ったのだ。

（……お兄さま）

走った身の疼《うず》きを堪えながら、助けを求めるように淑雪は呻《うめ》いた。音にしない声が届くわけはないのに、彼が目をすがめたような気がする。淑雪の声を聞き取ってくれたような気がした。淑雪の全身を走ったわななきをも、知っているような気がした。

ここが、こういう場でなかったら。ふたりの立場が違ったら。もし互いに、何者でもないのなら。淑雪は迷わず走っただろう。床を蹴って階をあがり、祥紀に抱きついて問うただろう。

——わたしはまだ、お兄さまの秘密の、本当の花嫁ですか？

（……ああ）

そのようなことができようはずはない。しかし脳裏を過ぎったその光景に淑雪は、はっきりと自覚した。

（わたしは、お兄さまをお慕《した》いしている）

十年の月日は、その間に成長した体も心も、淑雪の想いを留めはしなかった。淑雪は今も兄の秘密の花嫁であること、彼の真実の妻であることを願っているのだ。

（昔よりも、もっと……。いいえ）

絹の鞋《くつ》を床にすべらせながら、淑雪は胸に置いた手に力を込めた。

（これは、あのころとは違うものかもしれない）

祥紀は、昔の祥紀ではなくなっていた。そしてあのころは祥紀に手を取られるたびに温かいものに包まれていたようだった胸が、今ではきりきりと痛むばかりだ。祥紀を見て心の臓を絞られるように思い、彼の妻を見て引っかかれるように感じる。

そんな痛みを感じてなお、淑雪は問いたくて仕方がないのだ。その願いは、どうしようもなく胸の中で疼くのだ。

――お兄さまは、まだわたしを、本当の花嫁と思っていてくださっていますか？

しゃらり、と綃が音を立てた。淑雪はうつむき、痛みを堪えるために、胸に置いた手にますますの力を込めた。

――わたしたちはまだ、同じものを見て同じように感じますか？

第三章　あなたの御首《みくび》に唇を

兄妹で通じた罪で、首を落とされたふたり。

ふたりの首は転がって、その唇が触れ合った。ふたりは、まるで甘露《かんろ》でも味わったかのように満ち足りた顔をしていた。幸せそうな――まるでそうあることが、至上の幸福であるかのように。

淑雪《しゅくせつ》は、びくりと震えた。自分の唇にも、何か柔らかいものを感じたからだ。はっと目を開けると、先ほどまで見ていたはずのふたつの首はない。代わりに目の前にあるのは、鋼《はがね》のごとくに峻烈《しゅんれつ》な男の顔――。

「淑雪」

目の前の彼は、ささやいた。見れば彼は首だけで、手足も胴もないのに目を開き口を動かし、じっと淑雪を見つめてくるのだ。

「淑雪」

「……おにい、さま」

掠《かす》れた声で、淑雪はささやく。気づけば淑雪にも体はなく、ただ首だけで冷たい台の上に転がっている。

「お前だけが、私の妻だ。私の、秘密の花嫁だ」

祥紀《しょうき》は、そう言った。昔とは違う、低くて澄んだ、同時に身の奥をくすぐる艶《なま》めかしい声だ。淑雪は、ぶるりと身を震った。

彼は目を細め、そうやって笑うと十年前の彼を思わせる。しかし目は鋭くどこまでも深く、淑雪の胸のうちまで見透かすようだ。彼の笑みは、何よりの魅惑となって淑雪のすべてを包んだ。

「お兄さま……」

淑雪は、手を伸ばした。淑雪の白い手に包まれて、祥紀は低く息をつく。熱い吐息が、指先にかかった。

祥紀は体を起こす。と、淑雪は彼の手にとらえられた。彼の腕は強く、淑雪の体の重みなどないのではないかと思わせる。

祥紀の強い腕は、淑雪を抱き寄せた。そうやって抱きしめられるのは初めてではない。十年前の別れの日、彼はそうやって妹を抱きしめた。しかしあのころとは腕の力も、太さも違う。今の祥紀は、淑雪の息がとまるほどに強く、身動きもままならないほどにしっかりと抱え込み、決して逃がさないとでもいうようだ。

「おに……さ、ま……」

掠れた声で、淑雪は呻いた。しかし祥紀は腕をほどかない。彼の大きな手が、淑雪の腰に這った。なだらかに弧を描く臀《しり》に触れ、そのまま背までを撫で上げる。

「あ、……ふ、ぁ……」

淑雪の洩らした声は、婀娜めいていた。自分のそのような声に驚き、しかし続けて何度も撫で上げられて生まれるのは、艶ある声ばかりを誘われる、巧みに淫猥《いんわい》な動きなのだ。

「ひぅ……う、……っ……」

大きく、淑雪は身をよじった。しかし祥紀は手を離さない。最初は大きく撫で上げたところを、今度は指を這わせるようにする。柔らかい肌を揉むように、軽くつまんで撫で上げるように、彼の指は巧妙に動く。

「いぁ……ぁ、おにい、さ……」

「あのときと、同じような顔をしている」

耳もとで、祥紀がささやいた。熱い呼気が耳をくすぐり、淑雪は大きく身を震わせる。ぞくり、と全身を痺《しび》れが走った。それは体中を伝い、淑雪はまた声を洩らす。同時に、ずくりと大きく疼《うず》いた場所があった。

「あ、……ぁ……?」

「あのとき、お前とくちづけしたとき。あのときもお前は、そのような顔をしていた」

「い、や……」

淑雪は、兄の腕から逃れようとした。しかし決して緩《ゆる》むことのない強い腕はしっかりと淑雪を抱きしめたまま、離さない。

「……感じていたのだろう? あのときも、今も」

「な、に……」

祥紀が、何を言っているのかわからない。彼の手はなおも腰をなぞり、臀の形を辿り、そしてその先、両足の間に入り込んだ。

「いあ、あっ!」

びくん、と大きく体が跳ねる。祥紀の手を遮《さえぎ》るものは何もなく、気づけば淑雪は自分が裸であること。そして自分を抱きしめる祥紀もまた何もまとっていないことに気がついた。

「な、ぁ……、……?」

彼の指には、今も硬い胼胝《たこ》があった。それが敏感な部分をなぞる。両足の間――自分でも触れたことのないところを擦られて、淑雪は幾度も身をわななかせた。

「ひぃ……う、ぁ……っ……」

「こんなに、濡らして」

彼の声が、耳をくすぐる。吐息の温度が、くすぐる息が全身を疼かせる。ふたりの体はぴったりと合わさっていて、淑雪の乳房は厚く硬いものに潰されていた。それは何もまとわない祥紀の胸で、彼の印象のままに鋼のような体は、そうやって触れるだけで身悶《みもだ》えするような官能を生み出していく。

「……淑雪」

彼の声が、耳を這う。両足の間で指が動く。下腹部が熱い。くちゅ、と濡れた音があがって、淑雪は引きつってしまうくらいに身をしならせた。

「お前は、私の本当の妻」

ささやく声が、耳を辿る。そのような部分までもが疼き、すべては彼の触れる両足の間に流れ込んでいく。そこは熱く、腫れたように敏感になって。また、くちゅりと音が立った。

「私の……秘密の、花嫁」

「あ、ああっ！」

ぐりゅ、と硬い指先で擦り上げられる。淑雪は声をあげて背を反らせ、しかし両足の間に波立つ感覚は指先までを襲い、それは淑雪のすべてを支配した。

「ふぁ、ああ！」

一瞬にして、すべてが冷える。

「……な、に……？」

淑雪は、大きく目を見開いた。

「ゆ、め……？」

見慣れた天井、見慣れた光景。衾の中は汗ばむほど熱くて、しかしはみ出た肩は冷えきっている。柔らかい褥《しとね》はぐしゃぐしゃに乱れ、淑雪は大きく息をしていた。

「なん、て……」

なぜあんな夢を見たのだろうか。淑雪は、今の祥紀のことなど何も知らないのに。それなのに、あの大きな手、低い声に厚い胸――褥の中で、熱く火照《ほて》った体がぞくりと震えた。同時に、下腹部に熱く疼くものを知る。夢の中で、祥紀に触れられた場所だ。そこは敏感に、触れてくれるものを待っている。淑雪はためらいながら、手を伸ばした。

夜着をかき分け、震える細い指が茂みを辿る。わずかに指を埋めたところにほんの少し触れただけで、大きく体が跳ねた。

「あ、ぁ……っ……」

淑雪の指では、夢の中の――そしてかつて知っていた祥紀の指には、とうてい及ばない太さと力しかない。しかしそこは、淑雪の指でもと貪欲《どんよく》に求めるように刺激を悦《よろこ》び、下腹部に大きな痺れが走る。

「……ふぁ、あ……っ……」

とたん、顎にまで伝い来るわななきがあった。拍子に軽く舌を噛んでしまい、しかしそれさえも体中に響いて愉悦《ゆえつ》になる。淑雪はさらに、指を埋めた。割れ目はねちゃりと濡れていて、怖ず怖ずと指を動かすと、くちゅ、ぐちゅと淫《みだ》らな音が立った。

（あ、ぁ……）

脳裏に浮かぶのは、母の瑛蘭《えいらん》の臥房《しんしつ》で聞いた音だ。母は臥台《しんだい》の上で、宰相の燕呉宝《えんごほう》と身を絡め合っていた。ふたりが身じろぎするたびに、このような音が立った。

ふたりが臥台《しんだい》で身を重ねるのを見たのは、あのときばかりではなかった。そしてあのときは何が起こっているのかわからなかった淑雪も、二度三度と見るたびに、さらには口さがない侍女や女官たちの噂話に、あれがどういう意味を持つ行為なのか知るに至った。

（あのようなことを……お兄さま、と……）

燕宰相が母を訪ねてくる夜は、決まっていた。それを知った淑雪は、足音を忍ばせて母の房《へや》の隅《すみ》にうずくまるようになっていた。そして指を吸ったときにあがるような音を、堪えた喘《あえ》ぎを耳に、夜陰に浮かぶ艶《あだ》めいた男女の姿を目に、それが自分と――兄であることを、幾度も幾度も夢想したのだ。

（わた、しは……）

淑雪は、『悪い子』だ。母の情事を覗き見て、それを兄との行為に重ねるなんて。それを快楽と、自らを慰《なぐさ》めるなんて。

（悪い子でもいいって、おっしゃってくださった。悪い子の淑雪が好きだって……）

「ふぁ、あ……あ、あ……」

淫らな夢なら、何度も見た。しかし今まで淑雪の知っていた祥紀は幼くて、燕宰相のように逞《たくま》しい体を持っていなかった。

今日、十年ぶりに見た兄の姿は、淑雪の脳裏に刷り込まれた。そして淑雪の脳裏は鮮やかに、二十三歳の美丈夫たる祥紀の裸体までを夢想したのだ。

淑雪の淫夢《いんむ》は、たちまちに鮮明なものになった。そしてそんな夢の残滓を引きずって、淑雪は自分の細い指を胼胝《たこ》と肉刺《まめ》でごつごつしているであろう兄の、今の手にすり替えた。それが、濡れて膨らんだ淫芽《いんめ》を擦る。

指先でかき回すと、下腹部の奥がきゅう、と収縮した。するとどっと蜜《みつ》が溢れ、淑雪の指をますます汚す。それに助けられて小刻みに指をうごめかせると、全身を伝う痺れが強く、痛いほどになった。

乱れた褥の中で、淑雪は身悶《みもだ》えた。足の指に、攣《つ》ったように力がこもる。腰をぞくりと悪寒が走る。もっと、もっととねだる意識のままに指は動き、やがて、ぱぁん、と耳の奥で熱が弾ける感覚があった。

「は、ぁ……っ……」

はっ、はっと乱れた呼気が房に広がる。気をやってもなお、淑雪は目を固く閉じていた。

夢想の中の祥紀は、達したことで敏感になった体をなおも撫で上げ、さらには腿《もも》を押し広げ、秘められた奥を——。

（お兄さま、お兄さま……！）

——同じ母親から生まれたってのに、通じ合った大罪人だ！

はっと、淑雪は大きく目を見開いた。頭の中に、幾重にも重なった声が広がった。暗い房に、何人もの人間がいるかのようだ。まるでここは十年前に見たあの処刑台で——後ろ手に縛られ、罵声《ばせい》を浴びているのは淑雪だ。

——なんと。人の道に外れたことを。

——恐ろしい。何と穢《けが》らわしい。

それらの声に、情欲に溺れていたときとは違う身震いを繰り返した。この十年、淑雪が知ったのは男と女の交わりのことばかりではない。それは同じ母から生まれた者同士には許されないということ。誰もが眉をひそめる冒瀆《ぼうとく》、禁忌《きんき》、罪なのだということをも知るに至った。

——だから？

臥台《しんだい》の中で、淑雪は身をよじらせた。

あの、兄の姿。十年ぶりに淑雪の前に現れた彼の、凜々しく雄々《おお》しく立つあの姿を前に、想いを断つことのできる者などいるだろうか。彼を愛さない者などいるのだろうか。同じ腹から生まれたる妹、濃い血を共有するというさまざまな禁忌に縛られてなお、これほどに焦がれてやまない者があるのに。燻《くすぶ》っていた想いは、十年の時を経て淑雪の胸の中で鮮やかに咲いた。

——悪いことだと、わかっている。それでも、ほしい。ほしくて、たまらない——!

「お兄さま……」

届くはずのないささやきを洩らし、吐息をこぼす。

——わたしたちはあのころのまま、同じ心をわけあっていますか?

——悪い子でも好きだと、今も言ってくださいますか?

◆

雪は夜のうちにまた積もり、白く輝く朝が来た。

寝乱れた姿で起きあがった淑雪は、新たな装《よそお》いに身を固めるべく、侍女たちに囲まれていた。今は髪を調《ととの》えられて、あちこち引っ張られる痛みに顔をしかめている。

「今日の宴《うたげ》は、気楽な恰好でいいとのおふれがあったのではないの?」

「それでも淑雪さまは、初めて公《おおやけ》の宴にお出になるのですもの。女は、見た目で舐められてはなりません」

そう言う小青《しょうせい》は、ほかの侍女たちに忙しく指示をしている。かたわらには昨日とは違う、翠の意匠の衣が用意されていた。織り込まれた金糸、刺繍された五色の孔雀《くじゃく》。細かい縫取りも縫い込まれた宝石の数々も、母の瑛蘭があれこれと手配し、しつらえてくれた目にもあやな金襴《きんらん》だ。

かたわらの卓に置かれていた、金の歩揺を手にする。それも孔雀が大きく羽根を広げた意匠が施してあって、羽根の一枚一枚に瑠璃《るり》色に光る貝が張りつけられている。その一枚を、そっと指先でなぞった。

「新年の儀のときは、綃でお顔をお隠しになっていたとはいえ」

小青が、淑雪を見やって目をくるりとさせた。

「あの場の皆さまが、淑雪さまを見てどよめいたのを、わたしは見逃しませんでしたよ。初めて公の場に出る公主がどのようなかたか、興味津々だった官吏《かんり》の皆さまも、美しき公主の噂で持ちきりだとか」

「……やめてちょうだい」

顔を熱くしながら遮るのだけれど、小青の口はとまらない。

「いいえ、わたしは誇らしいのですわ。幼いころからお世話させていただいていた公主が、これほどに美しく成長されたのが、わたしのひいきめばかりではないと証明されたのですもの」

小青は、自分の言葉に酔うように深く頷いた。

「立派なかたのもとにお輿《こし》入れされるのも、間もなくでしょうね」

歩揺をいじる、淑雪の手がとまる。

「お年のころなら、皋《こう》国の太子さまでしょうか。醐《ご》国の太子さまはまだ十になるかならないかくらいだと聞いておりますし……それでも、幼くして大変聡明《そうめい》でいらっしゃるという噂ですのよ」

淑雪は、そっと目を閉じた。きゅっと歩揺を握りしめる。

「お輿入れのときは、また華やかになりますわね。陛下の目の細め具合からして、どれほど立派な大紅衣裙《はなよめいしょう》をしつらえられるか。今から、楽しみで仕方ありませんわ」

「気が早すぎるわ、小青」

窘《たしな》める淑雪に、しかし小青は大きく目を見開く。

「なにをおっしゃっておいでですの。もう、十六におなりなのに。もう大人でいらっしゃるのですよ？　すでに具体的なお話だって、来ているに違いありませんわ」

そういった話に、淑雪は喜ばなくてはいけないのだろうか。嫁ぐことを楽しみにしなくてはいけないのだろうか。しかし淑雪に、そのようなことができるわけがない。仮初めにも笑顔を作ることができるはずがない。嫁ぐ相手が、淑雪の想う者であることは決してあり得ないのだから。

「まぁ、そんな悲しそうなお顔をなさって」

小青が、驚いたような声をあげた。

「不安におさせ申し上げまして？　けれど、お母さまも見知らぬ国に嫁いでいらっしゃったのですわよ。それに仮にも佲《しん》国の公主、どこにあってもすげなくされるということなどあり得ませんし、嫁ぎ先は外国ではないかもしれませんし」

「……そうね」

しかし、嫁がずにいられるはずはない。淑雪は、公主だ。自分の婚姻が国のためになされることなど承知だし、それが父王――兄のためになるのなら。

「まぁぁ、ため息などおつきにならないでくださいませ」

慌てた小青が、覗き込んでくる。淑雪はぱちりと目を見開き、懸命《けんめい》に笑顔を作った。小青は窺《うかが》うように淑雪を覗き込んでいたけれど、淑雪の表情に満足したのか、頷いた。

「そう、そうですわ。沈んだお顔など、今日の宴にはふさわしくありません！」

「……宴には、おに……。どなたがいらっしゃるのかしら」

話題を変えようと言ったのだけれど、小青はなおも淑雪の心を揺さぶることを言った。

「王族の皆さまは、皆ご出席ですわ」

髪を結い終わり、次は衣だ。促されて、淑雪は立ち上がった。

「ほかにも、主だった妃のかたがたはおいでだそうですけれど。陛下があまり仰々しいものはとおっしゃったらしく、そう大きなものではないそうですわ」

「……お兄さまは、いらっしゃるのかしら」

声が、上ずっていなかっただろうか。努めて低い声で、淑雪は尋ねた。

「そりゃあ、もちろん！」

衣を取り上げながら、小青が言った。

「世継ぎの君がおいでにならないなんてことが、そのようなことがあるわけがありませんわ。陛下に次いで、重要なおかたですのに。それに……」

襦《はだぎ》を着せかけながら、小青は声を潜めた。何かを含んだ、楽しげな表情をしている。

「あれほどの、美丈夫。お目にかかる機会を逃すなど、賢い女のすることではありません」

どきり、と淑雪の胸が鳴る。思わず小青の顔を見てしまう。小青は、主人がなぜ自分を見やったのかわからないように首をかしげた

「お兄さまといえども、淑雪さまだって祥紀さまのお美しさはお認めになるでしょう？」

「……それは、ええ。そうね」

襦を調えられて、襟もとを締められる。続けて上衣を着せかけながら、小青はふと眉根を寄せた。

「けれど……」

のか手をとめ、声を潜める。

「なに？」

賑やかに口を動かしながらも、小青の手がとまることはなかった。しかし何を思ったのか手をとめ、声を潜める。

「ですが、どこか……恐ろしいかたでもいらっしゃいますね」

淑雪の脳裏に、玉台の上にあった祥紀の姿が蘇る。まるで見る者を射貫くように、鋭く尖ったまなざし。深く底の見えない、黒い瞳。

「お美しさを拝見するぶんには眼福《がんぷく》ですけれど、お話をしたいという気にはなれません。遠くでそっと見つめているのが、女にとっては一番幸せであるかのように感じますわ」

まわりの侍女たちは同意するように頷いたり、仮にも王族を、王太子を言葉を飾らず批評する小青を非難するかのような表情をしている。彼女たちを見回して、小青は肩をすくめた。

「わたし、口が過ぎましたかしら」

「ここでは、ほかに聞く者もないわ。わたしも、お前たちの思っていることを知りたいもの。構わないのよ」

朗《ほが》らかな笑顔を作って、淑雪は言った。それに小青は安堵したようで、てきぱきと淑雪に衣を着つけながらまた口を開く。

「昔は……もっと子供らしくかわいらしく、快活《かいかつ》なお子でいらっしゃったように思うのですけれど」

「十年も経っているのですもの。お兄さまだって……倖国を継ぐ者として、いつまでも朗らかではいられないはずだわ。いろんな学問をなさって、いろんな官吏とも関わり合いを持って……お変わりになるのも、無理はないわ」

淑雪は、ため息をついた。小青は、それが帯をきつく締めすぎたせいかと思ったようだったけれど、淑雪は違うと首を横に振った。

衝立の向こうから、声がする。侍女のひとりがそちらに向かい、母の瑛蘭がやってきたと淑雪に告げた。

「まぁ、美しく仕上がったじゃないの」

瑛蘭も翠《みどり》の装いだったが、淑雪のものよりももっと濃い緑色だ。刺繍の模様は黒で統一されているところが、大人の落ち着きを感じさせる。瑛蘭によく似合う色合いだと、淑雪は微笑んだ。

「お母さまも、素敵よ」

「言うわね、淑雪。でも今日の主役は、あなたですからね」

え、と淑雪は顔をあげた。瑛蘭が、楽しげに淑雪を覗き込んできた。

「成人を迎えた公主の、うちうちのお披露目よ。今日は。お前を見たいと誰もが願っていることでしょうよ。陛下も、お前を自慢したくて仕方がなくていらっしゃるの。そしてお前は、陛下の大切な珠《たま》」

瑛蘭の声が、少し潜められた。どきり、と淑雪は母を見やる。

「どこの王子に娶《めと》せるがいいか、どの臣下に下げるがよいか。あなたはそうやって着飾って、男たちの気を惹《ひ》くの。歌も舞いも、詩も琴《きん》も、すべてはそのために身につけたのですからね」

「……お母さま？」

母の言うことは、もっともだ。淑雪にもその覚悟はある。しかし母の、その言い方が淑雪には引っかかった。

（男たちの気を、惹く……？）

それはあまりにも、奔放《ほんぽう》な物言いではないだろうか。侍女たちの中にも、瑛蘭の言葉に驚いた顔をしている者たちがある。

（それではまるで、身を売る娼婦ではないの）

歌や演奏などの芸、そして体を売る娼婦という存在を、淑雪は書物で読んで知っていた。しかしそれは身分などない下層の民たち——王族である自分が、同じような行為を求められるとは思ってもみなかったのだ。

（でも、そうなのかもしれない）

瑛蘭は、歩揺《ほよう》の位置がおかしいの帯の結び目が曲っているのと、侍女たちに注意を与えながら自ら直してくれる。それに身を任せながら、淑雪は考えた。

（娼婦たちは、お金のために望まない男と交わる。わたしたちは、国のために望まない、知りもしないかたのもとに嫁ぐ）

その考えに、淑雪は少し笑った。どうしたの、と問うてくる瑛蘭に、何でもないの、と肩をすくめた。

（同じだわ。こうやって公主と呼ばれ、尊ばれ、尊重してくれる者たちがたくさんいるからこそ……わたしたちのほうが、性質《たち》が悪いわ）

淑雪は、侍女に別の歩揺を持ってくるように申しつけている瑛蘭を見た。瑛蘭が、宰相の燕呉宝と通じていることは後宮の者なら誰でも知っている。ともすれば、内朝にもその噂は広がっているかもしれない。仮にも王の妃でありながら、その王の右腕たる宰相と関係するなんて――誰も淑雪の前で、瑛蘭を非難はしない。しかし皆、陰では悪しざまに言っているのを知っている。そんな母の心を、淑雪は思った。

（お母さまが、羨《うらや》ましい。想うかたとご一緒にいられて。たとえそれが、矩《のり》を越えていたとしても……）

自分の頭を過ぎったその言葉に、どきりとした。脳裏に浮かんだのは、昨日見た玉台の上の麗しき姿。青と白の衣に身を包み、鍛《きた》え抜かれた鋼《はがね》のような、淑雪の兄――。

――同じ母親から生まれたってのに、通じ合った大罪人だ！

淑雪は思わず、額に手を当てた。もう何度も、夢にさえ出てくる誰かの声が、頭のうちに響いたのだ。

「どうしたの、淑雪」

気づかう声をかけてくれる瑛蘭に、淑雪は笑顔を作った。首を振ると、挿《さ》し直してもらった歩揺がしゃらしゃらと揺れる。

「気分でも悪いの？　何だか、顔色が」

「大丈夫。何でもないの」

明るく笑って、淑雪は言う。そんな娘をなおも心配そうに見ていた瑛蘭は、やがて頷いて淑雪の手を取った。

「それでは、そろそろ行きましょう。まずは軽くお食事をして。陛下がおいでになるのは夕刻でしょうから、それまでは女たちだけで楽しむように仰せなのよ」

瑛蘭は、いつも明るい。娘の前で苦しげな顔、悲しげな顔を見せることは今までにもなかった。それだけ満ち足りた生活を送っているのか、娘の前では苦しみを見せないようにしているのか。それをまだ読み取ることのできない自分は、まだまだ子供なのだと実感せざるを得ない。

衣擦れの音とともに、侍女たちに先導されて母娘は廊を行く。すれ違う女官たちが脇に寄り、頭を下げる。彼女たちの装いもいつもより華やかなのは、今日の宴のためなのだろう。自分たちも着飾り、いつもは清楚《せいそ》を旨としている女官たちも華やいでいるとなれば宴の賑わいが想像できて、淑雪の心も、自然に浮き立ってくる。

「お母さま」

ひとり娘の手を取る瑛蘭は、その娘の呼びかけに振り向いた。

「今日は、どなたがいらっしゃるの？　お兄、さまがおいでなのは、聞いたけれど」

「陛下に、宰相。三公《さんこう》に九卿《きゆうぎよう》。皆、いらっしゃるわ」

さらりと、そのうちのひとりとの関係をまったく匂わせない口調で瑛蘭は言った。その話しかただけを耳にして、彼女が王を夫としながら宰相と関係しているなど、聞き取れる者はいないだろう。

「秀香《しゆうこう》さまに、慶旬《けいしゆん》さまもおいでと聞いているわ」

蘇《そ》秀香は、王の側室のひとりだ。慶旬はその息子で、王にとっては第二王子に当たる。

「慶旬さまは、おいくつでいらしたかしら？」

「十三よ。なかなか聡明な王子で、すでに趙書《ちようしよ》も修めているのですって」

「十三歳で？　それは……確かに、聡明なかたでいらっしゃるわ」

趙書とは、思想家・趙之鳳《ちようしほう》によって記された思想書である。内容は人の心のありかたを説くものだけれど、主に君主たる者を訓育する目的で書かれたものとして、侉国王・李貞《りてい》嘉《か》は息子たちにその修学を勧めている。

趙之鳳は、最近まで存命していた人物である。彼はこの乱世にあって、中原において主流である学問に革易《かくえき》的な異を唱えた。主君が徳を磨き義を明らかにすべしとした今までの思想に反し、君主は家臣が背こうにも背けぬ法を作り、それを術として操るべしと説いたのである。

家臣の主君に対する情を期待せず、その背かぬことを恃《たの》むではなく背くべからずを恃むべし。そうやっていっさいの固定観念や希望的観測を捨て、人間のあるがままを見据えようとする、革新的な思想であった。

十年前、淑雪が最後の別れをしたときの祥紀の手もとにあったのは、趙書であった。あのころから祥紀は、趙之鳳についての勉学を始めていたのだ。

趙之鳳が亡くなったのは五年前、そのときは王も声をあげて泣いたと聞くし、盛大な葬儀が営まれたらしい。

女である淑雪は出席を許されなかったし、趙之鳳と直接会ったこともないけれど、その著作はすべて諳《そら》んじている。小青は公主が学問など、といい顔をしないけれど、祥紀が学んでいることだと思えば、物語を読むよりもずっと興味深いものだと思うのだ。

「第二王子にふさわしく、法も術も治《とげ》めているというところね」

瑛蘭の物言いにはあからさまな刺があって、淑雪は思わず母を振り返った。瑛蘭は美しい顔に険を走らせていて、王の別の妃への敵愾心《てきがいしん》を露わにしている。母にも並みの女の感情があるのだと、淑雪は妙な感慨に囚われた。

宴は、内朝の奥の間で行なわれることになっている。ずっと幼いころ、淑雪は後宮から内朝までを一気に駆け抜けたことがあった――あれは、母と宰相の関係を初めて知ったとき。内朝に住まいを持っていた祥紀のもとに向かったのだ。

幼い足でよくあれだけ走ることができたと、思い出しても感心する。あれからは一度もそのようなことはしていないし、内朝に入るのは昨日の新年の儀が、初めてと言っていい。

宴の間は、美しく飾りつけられていた。窓の縁は赤く塗られ、金色の『囍』の文字を模した装飾がつり下がっている。床には赤い毛氈《もうせん》が敷かれ、白に青、緑に桃色、黄色に褐色の、羽根を詰めた円座が置かれていた。今日は椅子ではなく床に座って足を伸ばし、くつろぐことが目的の宴だということがわかる。

「妃殿下、公主。どうぞ、こちらへ」

女官に案内されて、瑛蘭は翠の、淑雪は白の円座に腰を下ろした。目の前には小さな丸い卓があって、その上の皿にはさまざまの美味しそうなものが載っている。砂糖をまぶした赤と白の餅《もち》に、乾燥させた果物の薄切り。続けて赤く塗られた茶器を持ってきた女官が、急須から香り高い花茶を注いでくれる。

「ほしいものがあれば、お言いなさいね」

「ありがとうございます、お母さま」

瑛蘭の言うとおり、次にやってきたのは秀香と慶旬だった。彼らは淑雪たちの前にひれ伏して、大礼を取る。慶旬はなるほど、聡明そうに輝く瞳を持った子供だった。同じ血を引くはずだけれど、祥紀の幼いころには似ていない。鷹揚《おうよう》に挨拶を受けた瑛蘭は儀礼的に、彼女たちにも菓子を勧めた。

しばらくは、女と子供たちだけの宴が続いた。奏でられる音楽も陽気で軽いもの、舞手たちが披帛《ひはく》を翻して踊るのも、軽快な足さばきの楽しげなものだ。それぞれの侍女たちも席を与えられ、甘味と音楽、舞を楽しんでいる。

その場の空気が変わったのは、先触れの声があがったときだ。王がやってきたことを告げる声に、皆がいっせいに立ち上がる。淑雪も、衣擦《きぬず》れの音とともに背を正した。

「皆、気を楽に。今日は無礼講だ」

悠々《ゆうゆう》と、王が言う。しかし皆は礼を取り、王は苦笑してそれを見ていた。

淑雪も、ひざまずいて床にひれ伏す。立ち上がり、手をあわせて頭を下げると、またひれ伏す。

最後の礼を終えて立ち上がったとき、淑雪が見たのは黒地に赤い刺繍の施されている長袍をまとった男だった。ゆっくりとした足取り、見上げる体軀《たいく》。黒い黒い、深い瞳。

（お兄さま……！）

宴の間に入ってきた彼は、時間をかけてまわりを見やった。皆は慌てて、先ほど王にしたものからは一段下がった礼を取る。王太子は何も言わずにそれを見ていた。

彼は何も言わないのに、その冷たく光る刃のような視線は彼の前に立つ王よりも威厳《いげん》と迫力を持っている。それに圧されるように、反射的に王への挨拶の礼を取った侍女もいたのを淑雪は見た。

淑雪は、どうにか間違わずに王太子への礼を取ることができた。しかし彼が入ってきたときから——正確には、その瞳が淑雪を見たときから。心の臓が、どくどくとうごめいていた。必死に何度も息を呑まなければ、口から出てしまうのではないかと危惧《きぐ》するくらいに跳ねる胸をどうにか抑え、礼を終えた淑雪は顔をあげた。

（あ、……っ……！）

黒い瞳が——祥紀の、吸い込まれそうに黒い瞳が淑雪を見つめていた。そのまなざしは淑雪を射貫くようで、淑雪の心の臓は、今度は鼓動をとめてしまったかのようだ。

（お兄、さ……ま……）

呼びかけようにも、声にならない。彼は、まるで淑雪の何かを窺《うかが》うようにじっと見つめている。しかし声を出すわけでもなく近づいてくるでもなく、ただ検分するように淑雪を凝視《ぎょうし》しているのだ。

（あ、ぁ……）

その視線が、体中を撫《な》でるようだ。しかし淑雪は、身をよじることもできない。彼のまなざしは吹雪のように、淑雪の体を凍らせてしまったかのようだ。

祥紀が淑雪を見つめていたのは、そう長い間ではなかったはずだ。誰も不審そうな様子を見せてはいない。それでも淑雪にとっては、何刻も経ったかのように感じられた。

そうやって淑雪を視線で凍りつかせておきながら、祥紀は突然まなざしを逸らせる。はっ、と淑雪が目で追っても、もう淑雪などいないかのように、歩き始める。

大きな歩幅で広間の奥に向かう彼を女官が慌てて先導しようとするが、女官など目に入ってもいないように彼は颯爽《さっそう》と歩き、黒の円座の上に腰を下ろした。

今日の彼の装いにあわせたのか、円座の上にあって彼は、この場の『王』だった――仮にも、真実の佟国王、貞嘉をその隣に見ておきながら、思うべきことではない。しかし彼がこの場の王であることは、明白だった。

その場にある者は皆、祥紀を見つめている。その姿の玲瓏《れいろう》、威厳をこそとささやきあっている。再び始まった楽も舞も、何も言わず衣擦れの音さえ立てていない祥紀の前にあっては霞《かす》んでしまったように先ほどまでの華やかさを失っている。

「淑雪さま、どうぞお席に」

侍女に声をかけられ、淑雪はふらふらと座っていた円座に腰を下ろす。王が――むろん、上座に座す貞嘉のことだ――現れたことに、酒壺を持った女官たちが現れる。

女官たちは王から順に盃《さかずき》を満たし、淑雪の手にした杯《はい》にも注いでくれる。その間もずっと、淑雪の視線は斜め前に位置する王太子の座――祥紀だけに、注がれていた。

「どうしたの、淑雪」

声をかけられて、はっとする。淑雪は慌てて何でもないと言い、手の中の杯を干した。白い酒は思ったよりも強くて、一気にくらりと目眩がした。

「それにしても、月繡《げつしゅう》はどうしたのかしら」

そう言われて初めて、兄の妻の存在を思い出した。そう、彼の隣には王太子妃である黄《こう》月繡の姿がなくてはならない。しかし桃色の円座は空いていて、卓に置かれた菓子の皿だけが、取り残されたようにぽつんと置いてある。

「気分でも悪くしたの？　誰か、聞いていない？」

「月繡さまは、お加減が悪いと聞いております」

そう言った侍女を横目で見た瑛蘭は、ため息をつく。

「そう？　子でもできたのかしらね。そうならば、いいのだけれど」

淑雪の胸が、先ほどとは違う衝撃で大きく跳ねた。そう、月繡は祥紀の妻だ。この十年間子はできていないけれど、いつだってできる可能性はある。それ以前に、月繡は祥紀の腕に抱かれる者――子のできるような行為をかわす相手なのだ。

じりり、と淑雪の体の中で燻《くすぶ》るものがあった。それが、熱く腹の奥を灼《や》く。しかし、嫉《しっ》妬《と》など――見抜かれてはいけない。妹が、兄の妻に嫉妬など。祥紀のためにも、淑雪自身のためにも、それは誰にも知られてはならない想い。

淑雪の、空いた杯に新たな酒が注がれる。淑雪は自分の心を誤魔化すように次々と杯を空け、秀香や侍女たちと話す瑛蘭が驚いた声をあげるのに、はっとした。

「まぁ、淑雪。どれだけ呑んだの？」

え、と淑雪は母を見た。そういえば、どうにも視界が霞んでいるように思う。

「顔が真っ赤よ。呑み慣れないものを、たくさん呑むから」

「淑雪さま、露台《ろだい》においでになってはいかがでしょうか。酔いも醒《さ》めますわ」

秀香の勧めに従って、淑雪は立ち上がる。するとふらついてしまい、慌てた小青に支えられた。

「まぁまぁ、若い娘が不作法なこと。お前、ついていってやりなさい」

小青は返事をし、淑雪の手を取ってくれた。しかし、淑雪は首を横に振る。

「いいの、ひとりで行くわ」

「ですが、そんなに酔っておられるのに」

「構わないわ」

この場にはいない月繡を憎む気持ちが、大きく胸に巣くっている。息ができないほどに苦しい。酔いのせいだろうか。今、小青とふたりになっては、胸のうちを吐露してしまうかもしれない。

「ひとりで、行くから」

「淑雪さま……！」

「ついてこないで」

おぼつかない足取りで、淑雪は露台に向かう。すれ違う侍女たちは、道を空けて頭を下げた。幾人か、気づかうような声をかけてきたけれど淑雪はそれらを無視して、露台へと至る扉を開けた。

ふっ、と身を包んだのは冷気だ。とたん、酔いが一気に醒めたように思う。淑雪は目を見開いた。

目の前には、輝く銀が広がっていた。眩《まぶ》しくて目をすがめてしまうほどなのに、太陽の明るさとはまったく違う。

淑雪は空を見上げ、丸く灯った月があることに気がついた。月明かりが白雪に反射しているのだ。昼間の明るさとも、燭台《しょくだい》の灯に照らされた夜とも違う幻のような光景に、淑雪はただ目を奪われた。

「美しいな」

背後からかかった声に、大きく胸が跳ねた。驚いたのは、ひとりだと思っていたのに急に声をかけられたからばかりではない。その声が、下腹部の奥にまで響く、深く低く、沁《し》み渡るようなものだったからだ。

　淑雪は、凍りついた。酔いなど、すっかり醒めてしまっている。背後に人が近づいてきた。ふたりの距離は指一本ほどになって、しかしこれほど近づけば感じるはずの体温が伝わってこないのはなぜなのだろう。

「美しい」

　声は、そう繰り返した。淑雪の背後に立ち、ともに雪を眺めているようだ。彼の吐いた息が、白く目の前を濁らせた。

「こちらを向け、淑雪」

　淑雪の心の臓は、大きく跳ね上がってとまった――ように感じられた。

（お兄さまが、わたしの名を、呼んだ）

「こちらを向くんだ」

　糸で操る人形のように、ぎくしゃくと淑雪の体は動いた。淑雪は、がくがくと震えている。しかそれは、冬の冷気のせいではなかった。

　ゆっくりと振り返った先に、あった黒い瞳――圧倒されて淑雪は息を呑み、床を蹴ろうとして。しかし、意志とは反対に体は動かなかった。

　この、何よりも深く黒く、吸い込むような魅惑を湛えた瞳が目の前にあって、心を揺り動かされない者があるのだろうか。あれば、それは人ではないに違いない。そしてこれほどに蠱惑《こわく》的な目を持つ者も、また常の人であるわけがない。

「淑雪」

目の前には、兄がいた。李祥紀。倖国王太子。何よりも、淑雪を虜《とりこ》にする魔性の生きもの――。

「お前には、何が憑《つ》いている」

祥紀が目を細めてそう言ったので、淑雪は瞠目《どうもく》した。祥紀は、くすりと笑う。その笑いさえもが、身の奥に響く魅惑を孕《はら》んでいた。

「どのような魔が、お前を乗っ取っている。そうでなければ、ただの人間がそれほどに美しいはずはなかろう」

「美し……?」

淑雪は、ふるりと身を震った。祥紀は、一歩近づいた。ふたりの距離が、互いの吐息のかかるほどになる。

目眩《めまい》がする。酔いは醒めたと思ったのに、あれは気のせいだったのだろうか。それとも目の前に立つ祥紀が、淑雪の新たな酔いを呼び起こしたのだろうか。淑雪の足からは力が抜け、踏鞴《たたら》を踏んだ。

ふわり、と甘いような涼やかなような、艶《なま》めかしい香りが身を包んだ。力強いものが背に触れる。ぐい、と引き寄せられる。

「趙書《ちょうしょ》を学んでいるらしいな」

その吐息も、酒よりも豊潤に淑雪を酔わせる。彼に抱き寄せられ、顔を近づけられて淫らな楽《がく》のように響く声を聞かされている。淑雪は、唇を震わせた。

「八姦《はっかん》を述べろ」

「一に曰《いわ》く同牀《どうしょう》、二に曰く在旁《ざいぼう》、三に曰く父兄……」

すらすらと、淑雪はすべてを述べた。いかに動揺していても、酔っていようと、諳《そら》んじているものは考えずとも口に出る。

「何をか同牀と謂《い》う」

「曰く、貴夫人、愛孺子《あいじゅし》、便僻好色《べんぺきこうしょく》、此《こ》れ人主《じんしゅ》の惑《まど》うところなり」

「愛孺子……」

そうつぶやいて、祥紀はまた目を細めた。彼は笑ったのだろう。しかしその瞳に宿る鋭い色は、彼の笑顔を見る者を安らかにしない。それどころかあまりの魅惑に恐ろしさを抱かせ、それでいて逃げられない、その前に自然、ひれ伏してしまう圧力を孕《はら》んでいる。

「お前は姦を用いて、人主を惑わせる者だ」

彼は、もうひとつの手を伸ばした。淑雪の細い顎《あご》を取る。くいと上を向かされて、はっと唇が開いた。そこに、まるでくちづけせんばかりに近づいた薄い唇が、艶《つや》めいた声で言葉を吐く。

「私の、愛孺子。王たる者を惑わす、魔もののめが」

ごくり、と息を呑んだ。祥紀は淑雪を、堕落させる悪魔だと言っているのだ。違う――魔ものは、祥紀のほうだ。彼が、淑雪を惑わせる。息もできないほど、まばたきも忘れるほどに虜にしてしまう。

「十年離れていてなお燻《くすぶ》る熾火《おきび》を、業火《ごうか》にするか。お前が私を滅ぼすか。私が、お前を苦しめるか……」

歌うように、祥紀はささやく。淑雪を抱き寄せる腕に、力を込める。

「腹を据えろ、淑雪。私は、お前を自由にはしない。お前が襤褸《らんる》のようになろうとも、骨の髄《ずい》まで食ってやる」

「お兄、さ、ま……」

上ずった声で、ささやくことしかできない。何を――祥紀の荒々しい言葉は恐ろしくて、それでいてその姿以上の魅惑となって淑雪を酔わせる。先ほど呑んだ酒など、ものの数にも入らない。淑雪の兄の存在以上に、射貫くような官能を持って人を酔わせる毒が存在するだろうか。

さわり、と凍った風が吹く。それが祥紀の匂いを払ってしまう。そのことが惜しく、思わず彼の腕から身を離した。しかし腕は強い縄のように淑雪を縛る。顎にかかった手に力がこもり、冷たく冷えた唇が重なり――。

「――祥紀さま」

ふたりの間を貫くような声に、びくりとした。触れ合いかけた唇が、遠のく。淑雪を支えた腕もゆるみ、祥紀は振り返った。

「冀攸《きゆう》」

その名は、知っている。宴の間の扉を開けて立っているのは、祥紀より少し背の低い男だった。肌の色が白いことときりりと吊った目が印象的だ。

周冀攸《しゅう》。祥紀の近習である男だ。十年前も冀攸は祥紀に仕えていて、そのころは短い髪の童姿だった。十年経って彼も目の前のような美丈夫に成長したのだと、淑雪は妙な感慨にとらわれた。

「陛下がお呼びです。月繍さまが、おいでになられました」

──月繍。その名に、淑雪の胸は大きく跳ねた。

「そうか」

ひとつ息をついて、祥紀は淑雪から離れた。彼の腕の力が、体の厚みが、艶めかしい声が、豊潤《ほうじゅん》な香りが離れていく。そのことにほっとしながらも、それでも淑雪はそれを惜しいと思っている。

(月繍さまのもとに、行かれる……)

祥紀は、もう淑雪を振り返らなかった。大きな歩幅で露台を横切り、冀攸が待つ扉を抜けた。

冀攸が、ちらりと淑雪を見る。そのまなざしに淑雪はびくりと背を震わせた。あれは、おぞましい生きものを見る目。穢らわしいと、苦々しいものを吐き出すような顔。

ふたりは、扉の向こうに消えた。再び扉は閉じられて、淑雪は雪風の中に取り残される。

それでも淑雪に、寂しさは訪れなかった。寒さも感じない。目を閉じるまでもなく、今なお目の前にいるかのような祥紀の存在感が、淑雪のすべてを包んでいたからだ。まだ彼に見つめられているような、強く抱きしめられているような、くちづけされんとしているような――。

(でも、あれは……お兄さまのすべては、月繡さまのもの)

淑雪は震え、それは全身を覆い尽くすわななきとなった。月繡のことが頭にあってなお、祥紀の言葉が耳から離れない。彼の言うとおり、自分が襤褸《ぼろ》のように食い尽くされ、骨の髄までをしゃぶられて、原形を留めない燃え殻のようになるところを想像した。それは、恐ろしいまでの甘美――身震いがとまらなくなる。

(お兄さま……!)

兄と呼ぶことさえも、歓喜だ。今はもう目の前にいない人を胸のうちで繰り返し呼び、その甘さに酔いしれて、身じろぎせずにはいられないような愉悦に浸りながら、淑雪はなおもくちずさむ。

(お兄さま、お兄さま……!)

自分自身を抱きしめて、淑雪はそこに立っていた。やがて火照《ほて》った体も初春の寒さに冷え切り、小刻みに震える顎が痛むほどになり、心配した小青がやってくるまで、淑雪はただそこに立ち尽くしていた。

第四章　墜落、堕落、奈落

差し出された盆の上には、玻璃《はり》の盃《さかずき》が載っている。祥紀《しょうき》は大きな骨張った手でそれを取り上げ、満たされていた清水を一気に干した。

もう一杯、と尋ねる冀攸《きゆう》にもういいと言い置き、組んだ足を組み替えた。口もとに拳を押し当て、黙り込む。

新年の宴《うたげ》は終わり、表はすでに明るくなり始めている。しかし珠簾《しゅれん》は下げられたまま、房は壁の燭台《しょくだい》に照らされて薄暗い。祥紀はゆったりとした朱色の緞袍《だんぽう》に着替え、裸足の足には軽い絹の鞋《くつ》を引っかけている。それだけで充分なほどに、房の四隅に熾《おこ》った爐《ろ》はあかあかと燃えていた。

祥紀の前、冀攸がひざまずく。水はもういいと言ったのに何を、と眉根を寄せる祥紀を、冀攸がじっと覗き込む。

「……妙な気を、お出しになりませぬように」

「何だ、妙な気とは」

目だけを動かして、冀攸を見やる。冀攸はあからさまに不快を示した顔をしていて、祥紀は笑ってしまった。

この近習《きんじゅ》は、まったく心を隠さない。誰もが恐れ遠巻きにする㑨国王太子を前に、ずけずけとものを言うのはこの男くらいだ。それは十年以上になるつきあいゆえなのか、もともとそうした性質の男なのか。しかし昔は、もう少し健気な近習らしかったと思うのだけれど。

「お戯《たわむ》れでも、あのようなことをなさいませんように。そうでなくても、かつてはあれほど祥紀さまに懐《なつ》かれていた妹ぎみ。万が一のことがあってはなりませんから」

「万が一、だと?」

なおも笑みを浮かべたまま、口の端《はし》を歪めて祥紀は言った。鋭い目つきのまま、冀攸は祥紀を責めるような顔つきをする。

「あなたを前に、心を動かさずにいられる女はいない……男でさえそうだということをご存じで、あえて妹ぎみを誘惑するようなことを」

「確かめただけだ」

そう言った祥紀を、冀攸は疑わしげに見やる。どこまで自分は信用がないのだと、祥紀は苦笑するしかなかった。

「女として、充分成熟しているかを。あやつには、役に立ってもらわねばならんからな。この侉国に益をもたらす国の、狒々《ひひ》爺《じじい》どもを籠絡《ろうらく》するに足る女の魅惑を備えているか。それを我が目で確かめたかったことの、何が悪い」

「それなら結構ですがね」

ため息をついて、冀攸は肩をすくめる。

「しかし、あの公主にはどうにも危ういところがおありです。昔からそうでしたが……久しぶりにお目にかかって、改めて思いましたよ。あの目にはやや、並みならぬおかしな色が宿っている」

「何が言いたいのだ。はっきり言え」

さすがの冀攸も、公主を貶《おとし》めるようなことは言いかねたのか。口ごもり、言葉を選ぶように冀攸はゆっくりと言った。

「何しろ……、血が、血ですから」

「淫蕩《いんとう》の血筋か？」

祥紀が言葉を飾らずそう言うと、冀攸はあからさまに顔を歪める。そんな冀攸に、祥紀は声を立てて笑った。

「淑雪《しゅくせつ》も、そして私もな。しかし安心しろ、お前が心配しているようなおかしなことにはならん。仮にも同母の兄妹だ。しかも、父親までも同じかもしれぬのだからな」

その言葉に含んだ共通認識を、祥紀と冀攸は視線だけで確かめあった。

父親が同じであるのは、当然だ。ふたりの父親とは、侉国王・李貞嘉《りていか》であるはずなのだから。しかし祥紀は、貞嘉のことを父と言ったのではない。冀攸も、その意味をわかっている。

祥紀も淑雪も、父は宰相《さいしょう》の燕呉宝《えんごほう》である可能性が高い。燕宰相はもちろんふたりを生んだ瑛蘭《えいらん》でさえも、そうでないとは言いきれないだろう。しかしやはりどちらかの父は侉国王かもしれないし、ふたりは父が違うかもしれない。

祥紀と淑雪、それぞれの父親が誰であるのかを証《あかし》立てるものは何もない。兄妹の顔立ちは——瑛蘭には幸運なことに——ともに母に似ている。しかし王宮の口さがない者なら、一度は噂したであろうことなのだから。

「……何しろ、おふたりとも瑛蘭さまによく似ておいでになる。今でこそ、それぞれに資質が表に出ておいでですけれど、幼いころなどはふとした拍子《ひょうし》に見違えることなども。父親が誰なのか、見かけからは誰もわからない」

「そう、母上に似て、美しい」

にやり、と口の端を持ち上げて祥紀は言った。

「淑雪は、美しく育った。見たか、あれほどの美貌は、やはり母上の不義のゆえであろうな。奔放《ほんぽう》と淫靡《いんび》の悪が凝り固まって、あのような華となるのだ」

満足げに笑う祥紀を、冀攸が目をすがめて見やる。祥紀が淑雪におかしな気など抱いていないことを確信して安堵《あんど》したのか。

「私が、あの悪の華を咲かせてやる。美しき花は、その開くべきふさわしい院子《にわ》があるのだ。私は……そうだな、趙《ちょう》老師に鍛えられた庭師だ。この手の鋏《はさみ》は、中原《ちゅうげん》という院子《にわ》をいかに剪定《せんてい》するか、その機会を今か今かと待っているのだ」

鋏を動かすように、祥紀は指をうごめかせた。そしてちらりと、冀攸を見やる。

「淑雪は、かわいい妹だよ。かわいい……そう、私が中原の覇王《はおう》となる、その駒と動かすに、このうえなくふさわしい。そして淑雪は、やってくれるだろう」

祥紀のつぶやきに、冀攸は満足したように頷いた。兄弟以上に近くにいるこの近習の望みはひとつ、主が佟国のみならず、この中原を支配する大王へとのし上がることなのだ。

「まずは淑雪を使って、誰を喜ばせるべきか？　醐《ご》国の爺さまか、呂《ろ》国の能なしか。呂国の鉱山は魅力だが、その前に醐国の爺《じじい》が死ぬだろう。あの爺が黄泉《よみ》に行く前に淑雪を入り込ませて国の内部を握らせ、醐国の覇《は》を得るのが先か……」

淑雪の成人が、祥紀の中原制覇の第一歩だ。父王は穏便《おんびん》にまわりの国々とつきあっていきたいと考えているようだけれど、祥紀はそうではない。中原に興るほかの五国——すべてを治め、一国として己《おのれ》が覇をなす。それはいつのころからか、祥紀の抱く野望だった。

「淑雪は、まったく美しく育った。私の期待以上に、な」

また、足を組み替える。房《へや》の隅の爐が、じゅ、と音を立てた。冀攸が立ち上がり、爐の様子を見に行く。彼は手を叩いて女官を呼び、何ごとかを申しつけている。

その後ろ姿を、祥紀は見つめていた。冀攸を見やりながらも、脳裏に浮かぶのは白雪の中で佇《たたず》んでいた、妹の姿。酒に頰《ほお》を赤く染め、月の女神もかくやとの風情《ふぜい》で、大きな黒い瞳を不安げに揺らし。それでいて母譲りの淫蕩は、はっきりとその目に現れていて――。

「……悪い子、だ」

そうつぶやいて、祥紀は拳を口もとに押し当てた。

◇

小さな手燭《てしょく》を右手に持って、淑雪は廊《ろう》を歩いていた。

新年の宴の日から、三日。あれから雪が降り続き、しんと凍える夜には、どれほど着込んでも寒さから逃げることはできない。

淑雪の足は毛皮の鞋が守ってくれていて、それでも体を伝ってくる寒さを完全に断つというわけにはいかなかった。淑雪は、歩く。一歩一歩が震えているのは、しかし寒さのせいではなかった。

肩からはすっぽりと、羽毛の入った厚い上衣をまとっている。それは膝まである長いものだけれど、その下は夜着だ。薄い絹の、一枚仕立ての衣。髪は結わずに長く下ろし、大きな白絹を一枚被っている。歩揺も珥璫《みみかざり》ひとつもなく、寒さに白くなった唇にも紅はない。淑雪のそんな恰好も、もっともだ。今は、深い夜夜中《よるよなか》。王宮中が眠っている。起きているのは夜番《よばん》の衛士に、蝙蝠《こうもり》に猫。そして、悪行をなす者たちばかり。

後宮の端の廊から下り、衛士の守っている門は避けて後宮の女官たちが使う小さな通用門を出る。さく、さくと雪を踏む音も懸命に潜めながら、建物の陰に隠れては誰の目にもとまらないようにこっそりと歩く。広大な庭のあずまやのひとつひとつに飛び移るように足早に駆け、誰も自分を見咎《みとが》めていないことを確かめては早足で歩き、また身を隠し、そうやって王城の広大な敷地を横切った。

しんしんと冷える寒さの中ではあったが、懸命に歩き、また見つからないように神経を配っていることで、淑雪自身は暑いくらいだ。それでも体中がわななないてしまう。凍えながら、同時に汗をかきながら二刻《こく》をかけて、淑雪は王城の敷地の反対側に出た。ひとつ、大きな宮の前に立って大きく冷たい空気を吸う。

宮の門前には、衛士がいた。ふたりの男は現れた女にぎょっとしたようで、声をあげようとするのを淑雪が押しとどめた。

ふところから、ふたつの金の塊《かたまり》を出す。衛士たちがさらに驚いた顔をしたが、淑雪がうなずくとためらいながらも金塊を懐に入れる。かすかにきしる音とともに、門を開いた。

門をくぐった淑雪は、はぁ、と息を吐いた。目の前に真っ白な靄《もや》が浮かぶ。それを突っきり、宮への階を上った。両足を擦り合わせて、雪を落とす。そして足音を殺しながら、廊を歩いた。

この宮に入ることは初めてだけれど、併国の宮はどこも同じような作りをしている。生まれたときから後宮で育った淑雪が、どこにどのような房があるかの見当をつけることはそう難しいことではなかった。

そして、宮の主の臥房《しんしつ》がどこであるのかも。

静かな暗い廊を行く自分は、まるで幽鬼《ゆうき》のようだと思った。そう、淑雪はこの世ならぬもの――ならば、このような時間に彼のもとを訪れることを許されるだろうか。

ゆらり、と夜着の裾《すそ》を揺らして、淑雪は立ち止まった。幾重にも立てられた、衝立《ついたて》。ひとつひとつを抜けて、淑雪は縫うようになおも歩いた。そして天蓋《てんがい》から紗《しゃ》の垂れた、大きな臥台《しんだい》の前で立ち止まる。

あたりは、しんと静まり返っていた。じ、じじっ、とときおり聞こえるのは壁の燭台と、房の隅の爐の音。それ以外は耳が痛くなるほどの静寂の中、淑雪はただ立ち尽くしていた。

(あ、っ……)

がん、がんと頭が痛んだ。それは寒すぎる場所を歩いてきたせいか、そのままこの温められた房に入って、体がついていかないのか。それとも紗の向こうにある姿を思って、どうしようもなく跳ねる心の臓の動きにつられてのことか。

「……さま」

小さな、本当に小さな声で淑雪はささやいた。それは、燭台の立てる音よりも小さな声だ。房の中で、動くものは何ひとつない。

「……お兄、……」

そう言いかけて、淑雪は口を噤《つぐ》んだ。きゅっと唇を噛む。そして、少しだけ大きな声で言った。

「祥紀さま」

そうささやいてから、どれほど時間が経っただろうか。一刻も二刻も経ったように思った。もう一度、声を立てようか。そう思ったとき、ばさりと布の音がした。

「誰だ」

低く、体の奥にまで響く声。淑雪は、ぐっ、と息を詰まらせた。上ずりそうになる声を堪え、できるだけ平静な声で答える。

「月繍《げっしゅう》でございます」

「……月繍、だと？」

訝しげな声は、もっともだ。妻が夫の閨をおとなうことなどあり得ないのだから。しかも、こんな夜更けに。

紗が開く。人影が現れる。横になったままの白い夜着の男が、姿を現わす。

淑雪は、被っていた布をしゅるりと引き下ろした。溶けた雪が、布の先からぽたぽたと落ちる。目の前の男が、大きく目を見開いた。

「淑雪……」

「いいえ」

彼の言葉を封じるように素早く言って、淑雪は首を横に振った。結っていない髪の先からも、冷たいしずくが垂れ落ちた。

「わたしは、月繡です」

臥台《しんだい》から起きあがった祥紀は、大きく眉根を寄せている。淑雪は、一歩彼に近づいた。そして、冷たい呼気でささやいた。

「月繡です。あなたの、妻の」

「月繡……、だと……？」

彼がそう言うのに、ぎゅっと強く胸を摑まれた。彼は、そのようなやや掠れた低く蠱惑《こわく》的な声で彼の妻を呼ぶのだろうか。いつもそうやって、彼女を臥台《しんだい》に呼び招くのだろうか。

その苦しみに耐えながら、淑雪は繰り返した。

「はい。月繡、です」

もう一歩、彼に近づいた。布を床に落とし、羽織っていた上衣を脱ぐ。房は暖かく、夜着一枚でも寒さはなかった。

「月繍です。あなた……」

祥紀が目を細めた。美しい黒い瞳をすがめ、じっと射貫くように淑雪を見つめる。本当に鋭い刃で貫かれたかのように、胸がずくりと大きく疼いた。

そのまなざしに、淑雪はおののく。十年ぶりに彼を見たとき、そして宴のとき、露台《ろだい》で見つめられたとき。あのときの動揺が体中を駆け回ったけれど、淑雪は渾身《こんしん》の力でそれに耐え、彼を見つめ返した。

長い長い、時間が経った。しかしともすれば、それはほんの一瞬だったのかもしれない。

「そうか、月繍」

祥紀が、ゆっくりと口を開く。彼は身を起こして臥台《しんだい》に座り、鍛えられた腕を伸ばした。大きな強い手で、淑雪の手首を摑む。

あっ、と淑雪はかすかに声を立てた。抗えない力は淑雪を引き寄せ、気づけば彼の厚い胸に身を寄せている恰好だ。筋肉のついた腕に抱き寄せられて、体中の血が沸き立つ。

「あ、おにい……」

「月繍」

つい『お兄さま』と呼びかけそうになった淑雪の声を塞ぐように、祥紀が言う。淑雪は、はっと口をつぐんだ。そして顔をあげる。先日もやはり間近で見た、だからといって慣れるはずのない、研がれた鋼《はがね》のようなまなざしを全身に受けて淑雪の身は強ばった。

「何を、緊張している」

くすくすと笑いながら、祥紀は言った。その笑いに、淑雪は確信する。彼はその腕に抱いているのが、自分の妻ではないことをわかっている。わかっていて、淑雪の仕掛けた遊戯に乗ろうとしている。そのことがまざまざと伝わってきて、淑雪は震えた。

腕の中の体のわななきを楽しむように、祥紀はまた笑った。

「このようなこと……今さらだろうが。なぁ、月繍？」

「……は、い……」

淑雪の唇は、小刻みに震えた。それでも懸命に、声を継いだ。

彼は、罪を犯そうとしている。淑雪の罠に嵌《はま》るという罪を。明らかな真実から目を逸らせる、たわいない遊戯――遊戯の皮を被った、奈落の罪。それを祥紀は楽しんでいる。自分から仕掛けておきながら、淑雪は彼を恐れた。それでいて、逃げられない。淑雪にはもう、退路がない。

――同じ母親から生まれたってのに、通じ合った大罪人……。

「祥紀さま……！」

淑雪は、祥紀の胸に身を寄せかけた。なめらかな絹一枚の下に、彼の体がある。張りのある肌、厚く張りつめた胸、艶《なま》めかしい香り――くらり、と淑雪は酔った。

「……月繡」

彼は、ささやいた。そうして淑雪の顎に、指をかける。

力強い親指が、淑雪の唇をなぞった。硬い指先は、あのころの記憶のままだ。柔らかい唇を押し潰されて、それだけで感じて淑雪は熱い息を洩らす。

心の臓が、痛いほどに打っている。これほどに身を寄せては、祥紀に気づかれてしまうのではないか――それが恥ずかしくて、淑雪は身をよじった。しかし祥紀の腕が、素早く腰に回る。

「あ、っ……」

そのまま強く、抱きしめられた。腕の力に苦しくなった呼気は、さらに重なってきた唇に押しとどめられる。くちづけは強く、熱い唇に淑雪はすべてを奪われた。

「ん、くっ……！」

くちづけをされているということよりも、苦しさに淑雪は逃げようとする。しかし祥紀の腕はがしりと淑雪をとらえて、逃がさない。腰を撫《な》で上げられた。薄い夜着は彼の手の熱さを伝え、呼吸のできない苦しみの中で淑雪は喘《あえ》いだ。

唇を割って、舌が入り込んできた。それもまた熱く、弾力を持って唇の形をなぞられる。吸い上げられ、また舌を這《は》わされた。翻弄《ほんろう》されるままに淑雪は短い呼吸とともに、彼の舌を受け入れる。恐る恐る自分の舌でそれを舐めると、ちゅく、と濡れた音がした。

（お兄さま……ぁ……）

声には出せない喘ぎを、胸の中でこぼす。そうやって呼びかけることで、淑雪の身の緊張が少し解けた。逃さないとでもいうように、祥紀は淑雪を抱きあげる。臥台《しんだい》に膝を突く淑雪は抱き寄せられ、横たわる祥紀の上に身を重ねながら、唇を吸い上げられる。

「ふ……く、ん……っ……」

続けて舌を吸われ、軽く歯を立てられた。それにひくりと咽喉《のど》を鳴らすものの、そんな隙さえも許さないというようになおも祥紀は舌を吸い立て、唇を噛んでくる。少し強く力を込められて、じん、と疼くそこからは体中に伝わる刺激があって、淑雪はしきりに荒い息を洩らした。

「ふぁ、あ……、っ……」

祥紀の手が、後頭部に這った。彼の指は髪をからめとり、そのまま淑雪の頭を固定してしまう。そうやってくちづけを深くされることに応えて淑雪も舌を差し出し、彼を求める。

ぐい、と髪を引かれ、角度を変えられると唇はますます隙間なく重なり合い、そのまま少しずらして上唇を噛まれた。淑雪は彼の下唇に歯をすべらせ、するとまた噛まれ、痕を舐めて濡らされ、震える体は強い腕に抱きしめられた。

「あふ……、ぁ……ん、……」

そうやって互いの唇を、舌をもてあそびあう。房にはぬちゅ、くちゅと濡れた音があがり、あたりがしんと静かなだけに、その音はますます艶《なま》めいて耳に届く。口に与えられている感覚とともに、その音が聴覚に絡んで、ややもすれば別の感覚が生まれ始めた。

淑雪を抱きしめていた腕が、すべる。あ、と思う間もなく彼の手は下肢に至り、上に伏せているせいで突き出した恰好になっている淑雪の臀《しり》を撫でた。

「ひぁ……！」

祥紀の手は、巧みに動いた。柔らかい丘を撫で、腿との付け根をなぞる。そのままそっと、指先だけで双丘《そうきゅう》の狭間《はざま》に触れてくすぐり、淑雪がびくりと体を跳ねさせるのに、すぐに手を離してしまう。

「あ、……っ……」

思わず、惜しむ声があがった。重なった唇が、弧を描く。それに彼が笑ったのだということを知ったけれど、くちづけだけで疼《うず》き始めた体を、これほどに密着している彼から隠せるはずがない。

そのまま何度も、臀を撫で上げられる。しかしその指はばらばらにうごめき、柔らかい肉に食い込んでは引っかくように刺激された。同時に口腔《こうこう》に入り込んだ舌に歯列を舐められ、歯茎《はぐき》をくすぐられ、また舌を吸われては生々しい音があがる。

耳に響く音に、体の奥からの炎が燃え上がった。勢いを帯びた火は体の表面を這い回り、重なった唇から中に入り込んで淑雪を大胆にする。重なった体をすり寄せると、そこから、また新たな熱が生まれた。

「……こちらも、濡れてきたな」

「え、っ……？」

撫で上げてくる手の動きとともにそうつぶやかれ、淑雪は顔をあげる。ちゅぷ、と唇が離れ、ふたりの唇の間に銀色の糸が伝う。房を薄明るく照らす燭台にきらめくさまを見つめていた淑雪は、いきなり全身を走った衝撃に声をあげた。

「んぁ、あ……っ……」

夜着越しに、両足の間に触れられたのだ。布を一枚隔てているからもどかしく、しかし彼の指が開き始めた花びらを軽く擦《こす》るだけで、そこが蜜を孕《はら》むのがわかる。

「あ、ぁ……っ、あ……」

祥紀の手が、素早く布を巻き上げる。そのままくちゅり、と音を立てて彼の指が入り込んできた。

「……あ、そ……こ……」

何度も、そこを自分で慰めた。細い指を祥紀の指と夢想し、かき混ぜた。そのたびに蜜は生まれたけれど、これほど溢れるようではなかった。そして淑雪は、自分の想像など幼く拙《つたな》いものであったことを知ったのだ。

「やぁ、あ……あ、あっ！」

彼の指は、音を立てて秘裂に溢れる蜜をすくう。粘ついたそれを快感に膨らみかけた花びらに絡めるように指がてんでに動き、擦り上げる。つま先までに響く快感を受けて、腰がびくびくと震えた。祥紀の上に四肢《しし》で立ちながら、しかし手も足もがくがくと震えてしまいうまく支えていられない。

「淫《みだ》らな形をしている」

淑雪の耳に、掠れた声が響いた。

「体も、頭も……お前はこんなに小さいのに、ここだけは、すぐに淫らに大きく膨らむ。少し触れるだけで、こんなに感じて。……お前は、天性の淫乱だな」

「そ、な……、ぁ……」

ふるふる、と淑雪は首を振った。しかし祥紀は、笑うばかりだ。蜜口を指先で掻き、ますますの蜜を誘い出すようにされる。指が花びらを挟み、擦り立てては淑雪の声を誘い出す。指の硬い部分に擦られるのがたまらなく、わななきは顎《あご》にまで達する。口をきちんと閉じていられなくて、濡れた唇に透明なしずくがしたたった。

「上の口も、下の口も、とは言うが」

小さく笑いながら、祥紀は言った。淫唇を擦られ、つままれ引っ張られ、そうやって表面を刺激されているだけなのに、淑雪はもう息も絶え絶えだ。

「こちらからも、蜜をこぼすか。愛おしいな、お前は……」

祥紀は唇を寄せてきて、開いたままの淑雪の唇をちゅっと啜った。先ほどまでの濃密なくちづけで敏感になったそこは、それだけで甘い疼《うず》きを生む。それだけでは物足りなくて、淑雪のほうから食いつくようにくちづけた。

「ん……ふ、っ……」

唇をあわせて、吸い上げる。彼の唇に、歯を立てる。追い立てられる快感に制御が利かず、かりっと音が立って、気づけば舌に血の味を感じた。淑雪には痛みなどない。ということは、祥紀の唇を噛んでしまったのか。

「ごめ、な……、さ……」

唇を離した祥紀が、自分の唇をぺろりと舐める。その仕草があまりにも艶めかしくて、淑雪は目をみはった。と、同時に下肢に這う指が強く花びらを擦ってきて、大きな声があがってしまう。

「……また、濡れた」

楽しげに、祥紀がつぶやいた。

「お前は、男を喰って悦《よろこ》ぶのか？　まるで魔ものだな……そう、淫魔《いんま》だ」

「ぁ、や……ぁ、あ……っ、ん！」

それはなにに、と問い返す余裕もない。祥紀の硬い指は、柔らかい花びらの奥をかき回す。

蜜口をいじられ、しかし形をなぞるようにされるだけ。その奥、確かに疼く場所に指が届かないことを焦れったく思いながら、それでも腹の奥から疼く感覚、自分が何を求めているのかがわからない。ぐちゅぐちゅとかき回されること、花びらを挟まれて引っ張られ、揉み込むようにうごめかされ、そうやってそこばかりをいじられることにもどかしく呻くばかりなのだ。

「あぁ、……ん、ふ……ぁ、あ……」

淑雪は、腰を揺らめかせる。すると自分で一番感じるところに祥紀の指を誘導することになり、そこには硬く節くれ立った指が触れた、その先——尖りきった淫芽に触れられたとたん、淑雪は大きく身を跳ねさせる。

「や、っ……あ、ああっ！」

体に、雷《いかずち》が走ったように思った。淑雪は顎を反らして身をわななかせ、しかし続けてそこを擦り上げられて苦しいくらいに追い立てられた。

「ん、ん……ん、っ、ぁ、あ……」

しきりに身をよじるも、そうすることでますます彼の指を誘っていることにしかならない。祥紀の指が、芽をつまむ。花びらはほかの指でもてあそばれ、淑雪の花は硬い十本の指にかき乱される。

「もう、いじら、な……ぁ、あ……」

った。

「嘘をつけ」

ふっ、と祥紀の笑いが唇を掠《かす》めた。蜜を絡めて淫唇を擦り、撫で上げ、つまみ、芽は指先で転がされて押し潰され、つままれて引っ張られ、そうされると四肢はすっかり力を失った。

「や、ぁ……ぁ、ん……」

淑雪の腰が、祥紀の下肢に重なる。と、新たな刺激に淑雪は大きく目を見開いた。

「う……く、んっ……、っ……」

芽と花びらをもてあそぶ指はそのままに、大きく太く、濡れたものが秘裂を割ったのだ。

それは、先ほどからいじられている蜜口にぴとりと吸いつく。まるでそうされるのを、待っていたかのように。

「ふ、……ぅ、あ……」

「淫らな魔ものは、男を誘う術を知っているとみえる」

唇を重ねられた。まだ、血の味がする。それにぞくりと、背筋を這う快楽を知った。

「それとも、今までに何度もこうしたのか？　この、濡れた孔《あな》に男を誘い込んで」

「ち、が……」

「自ら腰を動かして、中をかき回すようにしたのか？　濡れた音を立てて、淫らな肉で男を喰い締めて」

「や、ぁ……、違、う……」

夢に祥紀の姿を見ながら、そこに指を差し入れたことはあった。しかし誓って、受け入れたことのあるのは、自分の指だけ。

「違い、ます……、誰も……、お兄さま、だけ……」

「月繍」

『お兄さま』と口走った淑雪を窘めるように、祥紀が言った。淑雪は、はっと口をつぐむ。思わず洩《も》らした言葉をかき消すように自ら彼にくちづけ、祥紀の唇を吸い、そのままくっと、息を詰めた。

「……祥紀さま」

初めて男を受け入れるとはいえ、そこは糖蜜《とうみつ》をかけられたように濡れている。その奥の疼きを治めてくれるものは、今先端だけを食んでいる男の欲望――誰に教えられるわけでもないのにそのことをわかっているのは、やはり彼の言うとおり淑雪は淫魔であるのか。男を誘う、淫らな生きものなのか――。

「ふ、く……、ん……っ……」

淑雪は息を詰め、かすかな声をあげるとゆっくりと腰を下ろした。ずく、と花の中心を狂暴な肉が裂く。

それは、痛みを伴った。しかし痛みさえもが快楽だ――与えてくれるのが、祥紀だから。

それが、文字通り何度も夢に見た祥紀の欲芯とあれば、この身に受けるのは悦び以外の何なのか――。

「ひぅ……、っ……」

自ら祥紀を受け入れようとする淑雪を、彼は遮《さえぎ》らなかった。さりとて急かすこともなく、ただじっとしている。きつい花芯を太い欲望が通るのを、淑雪は額に汗を浮かべながら耐えた。切り裂く痛み――祥紀の存在を、全身で受け入れること――。

「……っ、ん……、ぅ……」

ぎち、と未熟な肉が軋みをあげる。それは全身に響き、淑雪は歯を食い縛る。それでも兄を我がものとする悦びが勝り、ゆっくりと、しかし確実に、淑雪は淫芯を呑み込んでいった。

「ふ、ぁ……ん、っ……」

張りつめた箇所が通ると、痛みが少しましになった。そのことに安堵する淑雪の足はふっと力を失い、そのまま、座り込む恰好で深くまでを受け入れた。

「……、……ぁ、……!」

ずくん、と奥で弾けるような痛みがあった。同時に、膨らみきった花びらに擦れる強いざらつき――脳天までを貫く、強烈な爆発。

「ぁ、あ……あ、ああ……っ……」

淑雪は、声を失った。大きく目を見開き、しかし視界には何も映っていない。淑雪のすべては、呑み込む熱い欲芯のことだけ。凄まじい勢いで腹の奥、そしてそのまま全身に広がる痛みを超えた衝撃に、身を委ねるしかなかった。

（お兄さま、お兄さま……おにい、さ……ぁ……）

「……ぃ、う……、っ……」

ぐちゅり、と繋がった部分が音を立てる。続けて何度も、接合部分を揺らされて、ぬちゃ、ちゅ、と水音が激しさを増すのを、淑雪は遠い意識で聞いていた。

「……月繍」

祥紀の声が綴《つづ》るその名に、はっとする。とたん、世界が色を取り戻した。淑雪は目を見開いて目の前の祥紀を見つめ、彼が苦しげに眉根を寄せているのを見た。

「痛むか」

彼は尋ねて、淑雪は首を横に振った。それは虚勢ではない。全身を覆う耐え難いまでの疼きはあったが、それは痛みではない――充足だ。自分がずっとほしかったものを手に入れたのだという実感が、淑雪の脳裏を駆けめぐった。

「……もっと、ほしいの」

愛しい男を全身で呑み込んでいること、求めていたものを手に入れたという満足はある。しかしこの先どうすればいいのかわからない淑雪は、わななく唇でそう訴えた。

「ほしいの……、もっと、深く。たくさん。あなた、を……ください」

苦しげな顔をしていた祥紀は、ふっと微笑んだ。目をすがめた笑みは、獲物を手に入れた猛禽類《もうきん》のよう——ぞくり、と背を震わせた淑雪は、続く衝撃に声をあげた。

「——あ、あ、あぁっ！」

大きく、突き上げられたのだ。自分でも理解できない体の奥を突き立てられて、淑雪は大きく背を反らせる。祥紀の手が伸びて、逃がさないというように強く、淑雪の腰を支えた。そのまま彼は、残忍なほどに容赦なく下肢《かし》を突き上げ、淑雪の体内をかき回す。

「あ、あん、ん……あっ、は……」

半分ほどが抜け出て、またすぐにすべてがねじ込まれる。同時に開ききった花びらを擦られ、蜜口のきつい肉を扱かれて、淑雪は髪を振り乱した。張り出した先端は淑雪の媚壁《びへき》を擦り、ぐりっと進んでは突き上げ、また引き抜く。今度はほとんどすべてが出て行ってしまうくらいに抜かれてしまい、淑雪ははっきりとしたせつなさを感じて声をあげた。

「だめ、ぇ……、だめ、抜かな、い……、で……」

ふっ、と低い呼気が聞こえた。深く黒い瞳は、今まで淑雪の見たことのなかった色を湛《たた》えている。そう、あれは淫欲だ——男と女が交し合う欲望。身を重ね合い、ひとつになって感じる充足——幸せ。

（あ、っ……）

淑雪の脳裏を過ぎったのは、幼かったあの春の日。祥紀と手をつないで出かけた、市街。白木の処刑台。首を落とされた男と女。首だけになったふたりが浮かべていた笑み。

（あの、ふたりの……心）

何度も見た、母と燕宰相の交わる姿。母のあげていた艶めかしい声。満たされ蕩《とろ》けた、淫靡な表情。目と耳から、淑雪を揺り動かした——。

「あふ……、ふ、ぁ、あ、ああっ！」

太い部分が敏感な肉を擦り軋《きし》ませ、粘ついた音を立てながら出入りする。張りつめた欲芯は媚肉をかき分け、ぐちゅぐちゅと扱きながら奥に進む。疼く腹の奥をずん、ずんと突かれ、そのたびに淑雪は獣じみた声をあげた。

「っあ、あぁ……あ、あぁ、ん……っ、っ！」

ぐちゃ、ぐちゅと繋がる部分が音を立てる。濡れた肌がぶつかる音、激しい抽挿《ちゅうそう》は勢いを失わず、これ以上はない部分を擦り立てられたと思っても、新たに突き上げられるたびに知らなかった愉悦がある。指先、つま先まで溶けた鉄のような熱が溢れた。

深くまで呑み込むと、尖った芽が茂みに擦られる。それもまた、身悶えするような悦楽になった。

「あ、っ……あ、あぁん……、い、さ、ぁ……」

掠れた喘ぎをこぼしながら、淑雪は胸を突き抜ける思いに身を焦がす。

（幸せだって、思える……この先、どんな目にあったって……）

くちゅ、と音を立てて秘裂《きし》が軋む。蜜口が蕩けて欲望に絡みつき、もっととねだって淫液を増す。

（お兄さまが、お兄さまと……こう、した……、奥の奥まで、拡げられて……）

淑雪の内壁は祥紀の熱杭《ねっくい》に絡みつき、もっともっとと先をねだる。自分の意志ではないそんな動きも、また淑雪を満たしてくれるものだ。

（こうやって、ひとつに……満たしあった記憶があるのなら、たとえ、殺されたって……）

「あ、ぁ……ぁ、ん、ん……、ん……」

幸福を味わう淑雪の心を表わすように、内部は淫らにうごめいた。愛おしい楔《くさび》に吸いつき絡みつき、もっともっと奥へといざなう。自分自身にもはっきりと感じられるほどに淫《いん》猥《わい》な動きは、しかし留《とど》めることはできなかった。そのようにうごめく自分の体が恐ろしく、この先どうなってしまうのかと恐れながらも、淑雪を引き止めるものは何もない。

なおも声をあげて、淑雪は兄を求める。

「もっと、……ねぇ、もっと、深、く……」

掠れた声で呻き、手を伸ばした。と、思わぬ強い力で引き寄せられ、淑雪は驚いて大きく目を見開く。

「……ああ」

獲物を駆る獣の目をした祥紀が、呻くように言った。同時に、唇を塞がれる。強く押しつけるだけのくちづけは、しかし奥を貫かれる官能と同じほどに強く深く、淑雪の心に刻みつけられた。

最奥の、一番敏感な部分を突き上げられる。重なった唇が震えても、くちづけはほどけない。下肢と唇と、柔らかな肉で触れ合いながら、祥紀は容赦なく淑雪を貫き続けた。

「……月繍」

喘ぐ声で、彼はささやく。彼がどのような声で妻を呼ぶのか——胸を疼かせた嫉妬《しっと》さえも今の淑雪には愉悦となって、淑雪はまた新たに蜜をこぼした。溢れるぬめりが、祥紀との繋がりを深くする。

「あ、……ふ、っ……」

ぴちゅ、と音がして唇が離れた。しかし離れた唇は、ほんのわずかの動きで再び触れあえるほどに近い。焦点の合わない深い黒い目は細められ、彼は蕩けるようなささやきをこぼした。

「悪い子だ……」

「……え？」

その言葉に淑雪が目を見開く間もなく、祥紀は腰の動きを速くした。大きく揺すり上げられる。そうすることで新たな力を得たかのような熱杭に擦り立てられ、貫かれ、ぐちゅぐちゅと淫らにかき回された。敏感な芽を、花びらを押し潰されて、淑雪は身悶《みもだ》える。

「だめ、も……だ、ぁ……め……」

訴えは聞き届けられず、なおも攻め立てられた。祥紀の腕に強く拘束されたまま、淑雪は黒髪をのたうたせる。

祥紀は淑雪の腰から腕をほどき、細い体を抱きしめてきた。壁一枚向こうには厚く積もった雪がすべてを吸い込む凛冽《りんれつ》の中、汗にまみれたふたつの体はひたりと重なりあい、なおも熱い唇を吸いあい、与えあい奪いあい、互いの淫らを味わって――。

「月繍、……っ……」

祥紀の腕の中、淑雪は大きく背を反らせた。祥紀の全身が大きく震え、同時に腹の奥に灼熱が放たれる。

「あ、ぁ……ぁ、……、……」

咽喉《のど》を痙攣《けいれん》させながら、淑雪はすべてを受けとめた。媚肉は喜んでそれを飲み下し、腹の奥が焼けつくように熱くなる。

「……は、ぁ……、あ、あ……」

それは、祥紀の情熱――彼の心。身の奥でそれを受けとめた悦びに淑雪はいつまでも、艶めいた淫らな声をあげ続けた。

◆

甘く涼やかな——艶めいた、官能をそそる香り。

それが強く立ちこめるのを、淑雪は背後から感じていた。

「あぁ、あ……ん、っ、あ、あ……」

くちゅ、ぐちゅと淫らな音があがる。そのたびに淑雪は乱れた声をあげ、熱くこもった息を吐いた。

「ん、んぅ……ぁ、あ……は、ぁ……」

太く張り出した先端が、濡れた媚肉をかき分ける。ずん、ずんと突かれて目眩《めまい》が起こるほどに感じてしまう。突き上げられるのと逆の動きで淑雪は腰を動かし、するとそれは擦り上げられる感覚をより鋭くする。指先にまで注ぎ込まれるぞくぞくとした感覚に、淑雪は何度も全身を痙攣させた。

大きな手が、淑雪の両の乳房を摑んでいる。強すぎる力は痛みでもあったけれど、同時に身悶えする快楽でもあった。

「おに……、あぁ、祥紀……さ、まぁ……」

「月繍」

彼の指は、尖りきった乳首をいじる。つまんで引っ張り、ころころと転がされた。そうされるたびにそこはきゅう、と収縮し、たまらない疼きを孕んで全身に広がる。思わず体中に力がこもり、すると背後から低く呻く声がした。

艶めかしい、祥紀の声。彼が興奮を隠していないことが淑雪をますます高ぶらせる。彼の手が、ぎゅっと乳房を押し潰した。それに悲鳴を上げて咽喉を反らせると、彼の鋭い歯がうなじに突き立てられる。

「は、ぁ……あ、ああっ！」

同時に、繋がった部分が軋みをあげる。太すぎる楔がさらに奥を突き上げ、淑雪はせつない声をあげた。もっと淫らにかき回してほしくて、腰を回す。その動きにあわせて媚肉がうねり、楔に絡みついた。敏感な肉が捻れることで新たな快楽が生まれ、それでも、もっと。奥の奥を祥紀の灼熱で埋めてもらいたい。淑雪は、子供のように首を振った。汗に濡れた髪が空に弧《こ》を描く。

「あぁ、ん……あ、あっ！　や、ぁ……祥紀、祥紀さ、ま……」

「月繍、もっと、淫らに……私を、喰え」

ずん、と強く突き上げられる。ひっと咽喉を嬌声《きょうせい》が破り、しかし同時にずるりと引き抜かれる。濡れそぼった音と、空虚にぶるりと身を震った。そのまま再び突き上げてもらえると思ったのに、祥紀はうなじに立てた歯に力を込めるばかりだ。

「どうしてほしい……？　月繍」

彼は、甘く名を呼んだ。それでいてその声は乱れ、決して普段は聞かせない音だ。それを耳にしていることに充足を得、しかし体は対照的な餓《う》えに大きく震えた。

「あぁ、お願い……、おね、が……」

「何を？」

意地の悪い声が、耳を這う。彼の歯が、耳の端にすべった。かりりと噛まれ、同時に乳房を強く揉みしだかれる。彼の硬い手のひらで、乳首が潰れる。擦られて、腰にまで這うぞわりとした感触に淑雪はまたわななく。

「あ、ぁ……、や、……お願い、お願い……」

「だから、何をだ。……言え、月繍」

「んんぁ……、あ、祥紀、さまを……」

ぐちゅ、と接合部分が音を立てた。彼が腰を突き立てたのだ。しかし欲望は内壁を少し擦っただけで、また浅くに抜け出てしまう。

「やぁ、……祥紀、さ、の……、もっと、深く……」

「私の、何を？」

耳もとで、彼がくすりと笑う。熱い呼気と、淫らな自分を笑われているということにたまらなく官能を刺激され、腹の奥がずくりと疼いた。そこを満たしてくれるのは、ただひとつの熱だけ。

「祥紀さま……を、祥紀さまの……、を……」

羞恥を堪えて、淑雪は呻《うめ》いた。その言葉ははっきりとした形にはなっていなかったけれど、祥紀は満足そうに吐息をついた。

「奥、まで……、突いて。入れて、深くまで……」

「悪い子だ」

彼の言葉に、淑雪は目を見開く。悪い子——祥紀が与え、淑雪が悦んだ言葉。それに確かに、祥紀は淑雪を抱いているのだと実感し、それに彼が満足しているということ、淑雪を賛美しているということを感じ取り、知らず淑雪は微笑んでいた。

「はや、く……」

彼の手が、乳房から離れた。右だけが彼のぬくもりと刺激を失い、せつなく疼く。しかしその手は淑雪の敏感になった背をすべり、腰を這い、そうやってますますの官能を追い立てながら、繋がった部分に触れた。

「んぅ……、ん、っ！」

二本の指が、太いものを受け入れ拡がりきった蜜口に触れる。溢れる蜜の粘りを借りて指を突き込み、限界を超えてそこを開いた。

「いやぁ……あ、あ……だ、め……」

「嘘を。また、新たな蜜が溢れている」

淑雪の耳の縁を、熱い舌で舐めあげながら祥紀は言った。

「糸を引いて、とろとろにして……。淫らな女だ。ここを、こんなに熱くして」

「あっ、……あ、そ、んな……言わない、で……」

ひくひくと淫らに震える花びらを、指先で擦られる。上下にぬるぬると擦り立て、内部に引っかけるように指をかけると、きゅっと引っ張る。次いでくわえたままの欲芯で扱かれて、蜜口はますます甘く蕩ける。

「いっ、や……、ぁ、あ……、だめ、だ……め……」

「気をやるか?」

耳の中の、迷路のようになった部分を舐めあげながら祥紀はささやく。

「ここをいじられて……、気をやるといい。ほら……、こんなに震えている」

「っ、あ、やぁ、……ぁあん、っ……」

びくん、と身が痙攣する。ぐちゅぐちゅとかき回され、欲芯でも擦られ、次いで左手で乳房を、尖《とが》りきった乳首を。そしてまたかりりと耳を嚙《かじ》られて、淑雪は全身を引きつらせた。自分の体が、自分のものではなくなる瞬間。すべてを、祥紀に奪われてしまう刹那《せつな》。

「……ぁ、あ……っ、あぁ……!」

ひくひく、と彼を呑み込んだところを震わせながら、淑雪は達した。頭が真っ白になる感覚。ここがどこだかわからなくなり、肌にまとわりつく吐息がぞくぞくするほど熱く、それでももっと、もっととねだりたくなる官能が、あとからあとから湧いてくる――。

「まだだ」

残酷な声で、祥紀がささやく。

「まだ、もっと深く……もっともっと、気をやりたいのだろうが。私を、深く受け入れて」

「んぅ……う、ぁ……は、い……」

息も絶え絶えになりながら、それでも淑雪は頷いた。ひくひくとうごめく秘所は、中途半端に呑み込んだままの熱杭を求めている――それが最奥を突き、深い部分で弾けて熱を浴びせかけてくれるのを――何度も味わった。しかしそのたびに今まで思いもしなかった官能を味わわせてもらえるその瞬間を夢想し、淑雪は全身を震わせる。

「想像したな」

祥紀が、艶めいた声でささやいた。それにかっと全身を火照らせた淑雪は、頬にすべるぬめりに大きく目を見開く。

「……甘い」

淑雪の頬を舐めた祥紀は、つぶやく。

「お前は、どこもかしこも甘いな。しかし、知っているか。甘い李《すもも》から取れる毒は甘美で、そしてとてつもない劇薬だということを……」

「あぁ、あ……っ、あ、！」

熱く滾《たぎ》り、そそり勃《た》つ祥紀自身が、蜜壺《みつつぼ》を裂く。何度か前後してぬるぬると蜜液を塗り込めるようにして、そして一気に突き立てられる。

「――ぁ、ああっ！」

最奥さえも突き破りそうな勢いで、内壁が擦り上げられた。淑雪は乱れた呼気と艶めいた叫びを上げ、抽挿《ちゆうそう》の衝撃に何度もびくびくと体を震わせる。先ほど気をやったときのように頭が真っ白になり、しかし強く乳房を摑まれて我に返った。

耳もとには、凝らした祥紀の熱い吐息がかかる。舐められて濡れたところにそれが響き、淑雪は受け入れた部分をぴくぴくと痙攣させた。

「あ、や……太、い……、おおき、の……ぉ……」

求め続けた情人を、全身で受け入れる悦びは何にも勝る。全身を駆けめぐる鼓動は彼のものと重なり、まるでふたりがひとつになっているような錯覚にとらわれた。

幸福――願い続けた祈りは淑雪を満たし、その充足に思わず心のうちが破れて、溢れる。

「もっと、も、っと……ぉ、ねぇ、お兄さ、ぁ……」

「月繡」

真実を口にしかけた淑雪を、祥紀の婀娜《あだ》っぽい声が遮る。それにはっとするも、しかし同時に強く突き上げられ、淑雪はまた彼以外のことを忘れてしまう。

「あまり……締めるな」

まるで音楽の律動のように、ぐちゅ、ぐちゃと繋がった部分が音色を奏《かな》でる。淫らすぎる楽《がく》は淑雪をとらえ、熱い楔《くさび》が内壁を擦るのと同時に感じ取って身を悶えさせる。

「そんなに早く……、私がほしいか？　そのように搾《しぼ》り取って、お前の奥に放たせて、早く終わらせてしまいたいと？」

「いやぁ……、ぁあ……っ……」

これ以上はないと思われたのに、祥紀はさらに自身を張りつめさせ、淫らな動きで淑雪を翻弄《ほんろう》する。後ろから突き上げられる体勢は、芽の裏側の敏感な部分をも擦り上げ、それが耐えがたい快感になる。

そのまま一気に上り詰めようとでもいうような突き上げに、淑雪は大きく背をしならせる。祥紀が耳に、その後ろの柔らかい肉に、うなじに舌を這わせた。その痕に噛みつかれ、同時に最奥を擦り上げられて淑雪の中が激しく小刻みにうごめく。

「あぁ、あ……あっぁ、あ……」

ぎゅっと乳房を摑まれて、手のひらで敏感な神経を刺激された。感じる部分をすべて暴かれる感覚に身を震わせ、すると呑み込んだ部分をきゅっと締めつけてしまう。祥紀の、淫らな呼気が耳朶《じだ》を撲《う》った。

「ん、んんっ……、お、に……祥紀、さま、祥紀さまぁ……」

先ほど気をやったばかりなのに、再びの絶頂が訪れようとしている。自らそれを引き寄せようと、淑雪は祥紀の抽挿とは逆に腰を動かす。すると奥を突かれる感覚がより深いものになり、一体になったような感覚が増す。愛おしい兄とひとつになっている実感がたまらない幸せとなって、全身を襲う。

「あぁ、あ……ぁん、ん……、や、ぁ……」

奥を突かれるたびにどうしようもなく感じ、官能に焼き尽くされそうになる。艶やかな黒髪が律動にあわせてさらさらと踊り、煽《あお》られるように祥紀が息を吐くのが聞こえた。

ちゅく、ちゅ、と音を立てながら、淫らな腰遣いで淑雪を追い上げ、同時に体内の祥紀も育っていく。今にも弾けてしまいそうなほどに熱く、欲を孕《はら》んで張りつめるのに、祥紀はなおも淑雪を追いつめる。

「すごいな……、お前は。絡みついて、柔らかくて熱くて……」

「い、や……？　いやですか、こんな、わたしは……」

自分の淫らを指摘されるのは今さらだけれど、にわかに淑雪は不安になった。首を振《よじ》ったのは、祥紀の顔が見たかったからだ。どのような顔をして、淑雪の体を味わっているのか――淑雪は、彼を満たしているのか。

「……こんなに、濡らして。震えて。悪い子だ」

「あ、っ……！」

悪い子。祥紀の、何よりの讃辞《さんじ》に淑雪は悦びの声をあげる。乳房を揉みしだいていた手が、離れた。それが淑雪の腕を掴み、あ、と思う間もなく体を起こされた。

ふたりでつながったまま、臥台《しんだい》の上に膝を突く恰好になる。その体勢で下から突き上げられると、また新たな官能があった。

「ふぁ、あ……ん、っ……」

唇が重なった。彼の弾力のある唇が淑雪のそれを包み、強く吸い上げる。薄い皮膚の下に隠れている敏感な神経は、その刺激を受けとめて甘い官能に変えた。

「ん、ふぁ……、ぁ……」

するりと、舌が入ってくる。淑雪の薄い舌をからめとる彼のそれは、淫らを呼び起こすための器官のように巻きついて、引き抜かれそうに吸い上げられた。

「く、ん、っ……、ぅ、う……」

くちゅくちゅと舌を絡め合わせながら、下から何度も突き上げられる。濡れた双方を絡み合わせながら、淑雪を抱き起こした腕がするりと前にすべってきた。

「や、ぁ……、っ……！」

彼の指は淑雪の腹部を辿り、臍《へそ》のへこみをくすぐってその先、淡い茂みに触れる。尖《とが》りきった芽に触れる。ひくっ、と震えた下半身は呑み込んだものを締めつけ、その熱さにまた達しそうになった。

「ぁ、あ……あ、っ……」

「ここを……ここも。お前の感じる部分、すべてに触れながら……黄泉の淵《ふち》を見せてやる」

「はぁ、あ、ああっ！」

祥紀の硬い指先が、張りつめて腫れた芽をつまんだ。ひねるように強くされ、それでも痛みは感じない。繋がった部分を突き上げられぐちゃぐちゃと音を立てられ、秘芽を擦られ尖らせられ、同時に左の乳房は強く揉み込まれて乳首も手のひらで擦られて。

腹の奥が、きゅうきゅうと疼く。内壁が痙攣する。最奥を突き上げられてそれをすべて呑み込むように媚肉をうねらせ、全身を淫らな色に染め上げて——。

「ふぁあ、あ、ああ……ん、っ……」

「——いくぞ」

耳の縁に嚙みつかれる。淑雪は、大きく息を呑む。びくん、びくんと跳ねる淑雪の身の奥で、祥紀が今まで感じたことがないくらいに大きく張りつめ、淑雪を焼き尽くす灼熱《しゃくねつ》と化して大きく震えた。

「あ——んぁ、あ、あああっ！」

すべてを吐き出すまで、祥紀は淑雪を離さなかった。強い腕に固く抱きしめられ、隙間なく重なった濡れた肌が溶け合って流れ出し、ひとつになってしまうような感覚にとらわれたまま、淑雪は何度も荒く淫らな息を吐いた。

「……ぁ、あ……ん、っ……」

「ふ……、っ……」

ふたりの呼気が混ざり合う。互いのまなざしは惹《ひ》きつけあうように絡み、自然に唇が重なった。絶頂に震える唇が、そっと触れる。先ほどのように舌を絡め合わせるような激しいものではない、子供のように重ねるだけのくちづけは沸騰《ふっとう》しそうなほどに高ぶった淑雪をなおも追い立て、淑雪は祥紀に縋《すが》りついた。

「ねぇ、もっと……」

なおもくちづけをねだる淑雪を、祥紀は笑う。しかしそれは淑雪を愛おしむような優しげな笑みで、まるで昔の、幼いころのような表情だ。それに見とれる淑雪は、目も眩《くら》むような情愛に酔った。

「おに……、……祥紀さま……」

——そのとき。

かつん、と、房に響いた音に淑雪は、はっと身を硬くする。淑雪を抱きしめたまま、祥紀が低い声をあげた。その声は佟国王太子のもので、先ほどまで淫らな呼気を吐いていた月繍の夫のものではなかった。

「何だ」

「祥紀さま」

臥台《しんだい》を覆う紗の向こうから聞こえたのは、周《しゅう》冀攸の声だ。淑雪は息を呑み、祥紀は彼女から腕をほどく。ずるり、と粘ついた音とともに、彼の熱が去っていった。淑雪は低く呻きをあげて、臥台《しんだい》に突っ伏す。

「あ、う……」

くわえ込みしゃぶり尽くして味わっていた熱を失い、空洞になった体がせつない軋みをあげた。一方の祥紀は、まるで何ごともなかったかのようにかたわらに脱ぎ捨てた夜着を取り上げると、手早くまとう。未だ燻《くすぶ》る快楽の残滓《ざんし》に震える淑雪を振り返らず、勢いよく紗を開いた。

冀攸が、臥台《しんだい》の前にひざまずいていた。淑雪のおぼつかない目は、それでもはっきりと彼が眉をしかめたのを見た。しかしそれがどういう意味であるのかを考える余裕は、淑雪にはない。

「何ごとだ」

「佟国王、崩御《ほうぎょ》にあらせられます」

臥台《しんだい》にうつ伏せたままの淑雪は、遠く茫然《ぼうぜん》と、冀攸の言葉の意味を考えた。

「死んだか」

祥紀が、くくっと小さく笑う。臥房《しんしつ》からは情交の気配がすっかり消え、淑雪は、ただ冷えた空気の中で大きく何かが動き始めるのを感じ取っていた。

顎を逸らせて、祥紀は冀攸を見やる。

「我が佟国は、今より三月《みつき》の喪《も》に服す。その間秘密裡に、軍を腰抜けの呂《ろ》国に向かわせろ。予定通り、呂国を領する」

ひと息に、祥紀は言った。

「犀《さい》国には遣いを。母上の故国だ、次の佟国の王たる予の即位を祝福する旨の宣布《せんぷ》を、中原に広めさせろ。そして、醐《ご》国」

そして、となおも祥紀は続けた。

「あそこの爺には、淑雪を嫁《とつ》がせる」

祥紀の口から自分の名が出たことに、欲情に酔った頭が突然はっきりとした。臥台《しんだい》の中で、淑雪は大きく震える。

「醐国に向かわせている間諜《かんちょう》に、その旨を伝えろ。喪が明ければ使節をやる。醐国王には、決して否やを言わせるな」

「御意」

冀攸は短い返事をし、その場を去る。臥台《しんだい》を下りた祥紀は、冀攸の去っていった衝立の向こうに目をやっている。その後ろ姿を、伏せたままの淑雪は見つめていた。

「淑雪」

祥紀は淑雪に背を向けたまま、そうつぶやいた。月繍ではなく、『淑雪』——名を呼ばれ、淑雪は大きく身震いする。

「私のために、働け。淑雪には、それができる」

「……はい」

羽虫の鳴くよりも小さく、淑雪は答えた。それが聞こえていたのか否か、祥紀は何ごとかを考えるようにしばらく立っていたが、やがて夜着の裾を翻《ひるがえ》し、臥房《しんしつ》を出ていった。

祥紀が何を企てているのかを、淑雪は知らない。ただわかったのは、大きく変わる倖国の命運。中原の行く末。そして、淑雪自身の運命――。

また大きく、淑雪は背筋を震わせた。

第五章　愛するのみで背負いし罪

傪《しん》国王・李貞嘉《りていか》は、四十八歳で崩御《ほうぎょ》した。

若いとはいえない年齢だけれど、さりとて寿命が来るには早く、病を得ていたわけでもない貞嘉の突然の死の原因は、さまざまに噂された。

曰く、毒を盛られたのだと。しかも貞嘉の若いころから少しずつその皿に毒を忍ばせ、長い時間をかけて彼を殺した者があるのだと。

その下手人は、誰なのか。

後宮ではびこる噂の中、当初一番に疑われていたのは、宰相《さいしょう》の燕呉宝《えんごほう》であった。才ある臣下が凡庸《ぼんよう》な君主に飽きたらずに殺し、権力を我が手にと願ったと考えるのは、妥当《だとう》な線であったからだ。

しかしその噂は、国中が喪《も》に服している三月《みつき》のうちに否定された。燕呉宝もまた、死に至ったからだ。

燕宰相は廟《びょう》の前で自らの咽喉《のど》に刃《やいば》を突き立て、主君のあとを追った。彼を国王殺害の下手人と疑っていた者たちは皆、心中で彼に詫《わ》び、疑いの声は忠臣の冥福《めいふく》を祈るものに変わった。

となれば、貞嘉を死に至らしめたのは誰なのか。

「……祥紀《しょうき》さまだと言う者もありますけれど」

そっと、声を潜めて小青《しょうせい》が言った。彼女に髪を梳《す》かれながら、淑雪《しゅくせつ》はびくりと肩を震わせる。

「その理由がありませんわ。何しろ、祥紀さまは王太子。そうでなくても祥紀さまは、今までずっと宰相同様に王を補佐なさっていたのですもの。わざわざ父ぎみを、お手にかける理由がありましょうか」

黒く艶《つや》やかな淑雪の髪を、愛でるように丁寧に梳かしながら小青は続けた。

「まぁ、実際のところ何があったかなんてわかりませんけれど。それに陛下の妃がたや侍女たちは大わらわですけれど、淑雪さまづきのわたしたちや、女官たちは引き続き後宮に残るようにとのお触れですもの。何も、変わることはありませんわ」

至極呑気《しごくのんき》に、小青は言った。

淑雪は黙っていたけれど、父王を弑《しい》したのが兄である可能性は否定できなかった。冀攸《きゆう》が臥台《しんだい》にいた祥紀に貞嘉の死を報告したとき、彼には何の動揺もなかった。それどころかまるで書巻に書かれたものを読むように、冀攸に指示を与えたのだ。まるで、その報がもたらされるのを知っていたかのように。

——あの兄なら、あり得る。

そう考えてしまう自分を嫌悪した。しかし十年の時を経て再会した祥紀は、野望のために父を手にかけることなどためらわないとしても何の疑いもないような酷薄《こくはく》と苛烈《かれつ》の化身であった。その猛火のような偉力に取り込まれて、淑雪は兄妹の矩《のり》を越えて強く惹《ひ》きつけられたのだから。

黙ったままの淑雪を、小青が心配そうに覗き込んでくる。

「淑雪さま？　また、ご気分がお悪いのですの？」

「ええ、少し」

そうつぶやいただけで、腹の奥から迫り上がってくるものがあるように感じた。淑雪は、ぎゅっと胸を押える。

「いけませんわね、ここしばらくずっと。お食事も進まなくて。やはり一度、侍医に診ていただいたほうが……」

「だめよ！」

淑雪は叫んだ。小青が驚いて、櫛《くし》を取り落としてしまったほどの声だ。

「あ、ごめんなさい……」

「いえ、あの。……淑雪さまが、そうおっしゃるなら」

小青は戸惑いながら、櫛を拾い上げる。それは控えている侍女に渡し、新たな櫛を持ってくるように告げている。

「ですが、王がお隠れになってもうすぐ三月《みつき》ですわ。喪《も》が明ければ、醐《ご》国に嫁がれる御身《おんみ》。くれぐれも、おいといなさって」

「ええ、ありがとう」

髪を梳き終わり、服喪中のことなので歩揺《ほよう》もなく簡単にまとめるだけの形に結われたとき、女官がやってきたことが告げられる。

「淑雪さま。朝餉《あさげ》をお持ちいたしました」

ふわり、と漂ったのは甘い粥《かゆ》と、香草の匂い。淑雪は低く息を呑んだ。腹の奥から迫り上がる悪心が、強くなったからだ。

「……いらないわ」

ようやっと、淑雪は言葉を絞り出した。

「ですが、昨夜の夕餉《ゆうげ》もお召し上がりになりませんでした。せめて、羹《あつもの》だけでも……」

「いいの、いらないの。……お願いだから、下げてちょうだい」

呻くようにそう言う淑雪に首をかしげる小青は、しかし淑雪の願うとおりにしてくれた。

とても、食欲などない。淑雪はもうすぐ愛する兄のもとから離れ、父ほどの年齢の醐国王のもとに嫁がなくてはならないのだ。兄から離れることも、夫となる者があまりの年長であることも、淑雪の心ふさぎの原因だ。しかしそれが兄の命令であるならば、淑雪には抗う術もない。

そのような淑雪の心には気づいてもいないような小青は、見当違いの心配をしている。

「今日はすぐにお衣装の仕立てが始まりますわ。ご婚礼のお衣装のお見立てをしていただかなくては……。一日かかりますのに、お食事をなさらなくてはお辛いのでは」

「大丈夫よ。食べたくないの。食べたほうが、辛いわ」

できるだけ笑顔を作ってそう言って、淑雪は立ち上がる。するとくらりと目眩《めまい》がして、その場に座り込んでしまった。

「淑雪さま！　ですから、やはり侍医に……」

「いいの……、いい、から」

小青に支えられて立ち上がりながら、淑雪はふと考える。

（……月のもの、まだ、来ていないわ）

淑雪の月のものは不定期で、必ず一月に一度見るとは決まってはいない。だから思わぬときに衣を汚してしまったりして、慌てることも多いのだけれど。

（最後にあったのはいつだったかしら……？　確か、お父さまがお亡くなりになる前……）

どきり、と大きく胸が跳ねたのが、支えてくれている小青には気づかれてはいないだろうか。さらにはそれよりも大きな不安にとらわれて、気を失わないのが不思議なほどに目の前がくらんだ。


後宮の奥には、闇婆《やみげあ》と呼ばれる者が住まっている。

何でも俈国の興りのころ後宮で妃に仕えていた女官であったということだけれど、それならとうに百歳を超えている。化けものでもないかぎりそれほどに長く生きている者があるはずはなく、だからそれはただの噂であろうけれど、何にせよその年齢も出自も定かではない、謎めいた存在であることは確かだ。

すでに春を迎えたとはいえ、夜は冷える。冷たい空気の中、震えながら淑雪はひとり、後宮の奥への廊《ろう》を歩いていた。

闇婆の住む棟は、後宮の最奥のさらに先、小さな庵《いおり》のような建物だ。日に二度、女官が食事を届けているということだけれど、それ以外は闇婆がどのようにして過ごしているのかを知る者は少ない。それでも闇婆がそこにあるのは、その存在を必要とする者が絶えずいるからなのだ。

曰《いわ》く――秘密を抱えた女たち。その秘密は人によってさまざまだけれど、誰にも相談できない悩みを持ち、その解決を求める女たちは、ひとり密かに闇婆を訪ね、彼女を頼る。そして闇婆に解決できない問題は、何もないのだ。

今まで淑雪は、闇婆のことを噂にしか聞いたことがなかった。まるで怪談のような闇婆の話を幼かった淑雪に聞かせてくれた侍女は、まさか自分の話が今の淑雪の助けになるとは思っていなかっただろう。

ついこの間まで雪に埋もれていた園林《にわ》に下りる。足音を潜め、闇の中に佇《たたず》む庵を目指す。それは簡素な木の建物で、闇に紛れているせいか小さな窓から化けものが顔を覗かせていても不思議ではないと思われた。

淑雪は、固唾《かたず》を呑む。ここしばらく食が進まないせいで体力がなく、立っているのも辛いのだ。しかし今から闇婆を訪ねるという緊張のほうが勝《まさ》って、しばらく扉の前に立ち尽くしたのち、淑雪は小さく声を立てた。

「……もし」

そうつぶやいて、それ以上なんと呼びかけていいか、迷った。うろうろと視線を迷わせている淑雪は、低く忍び寄るような声に、飛び上がりかけた。

「開いてるよ」

しわがれた声だ。確かに、婆と呼ばれるにふさわしい。淑雪は迷い、しばらく手を空《くう》に躍らせたあと、建てつけの悪い扉を苦労して開いた。

中は、暗かった。奥に小さな灯がある。淑雪の拳ほどの範囲がぽつんと明るく染まっているだけで、あとは漆黒の闇だ。

その灯を受けて、奥に座っている者の顔が半分だけ見えた。皺《しわ》だらけの老女だ。本当に百歳を超えているのか、淑雪にはわからなかった。

「あの……、ごきげんよう」

何と声をかけていいかわからず、戸惑いながら淑雪はささやいた。

「わたしは……」

「言わなくていい」

しわがれた声音に似合わず、ぴしりと貫くようなきびきびとした口調だ。淑雪は、思わず背を反らせた。

「お前さんが誰かは、わかってるよ。何をしに、ここに来たのかもね」

「それは……」

淑雪は戸惑った。となれば月繍《げっしゅう》と偽っての祥紀との秘めた閨《ねや》ごとは、衆人《しゅうじん》に知れたことなのだろうか。一番身近な侍女である小青には気づかれていないようだけれど、小青以外の者は皆知っているのだろうか。

不安に揺れる淑雪をなだめるように、闇婆は言った。

「心配しなくていい。あたしは、知ってる。けれど、お前さんのところの呑気《のんき》な侍女も、情人に死なれて嘆《なげ》いている母親も、知っちゃいないよ。安心おし」

安心しろ、と言われて安心していいものか。なおも困惑する淑雪の前に、闇婆は何かを差し出してきた。

手に取ると、それは片手を広げたほどの大きさの浅い器だった。なぜこのようなものを、とますます淑雪は混乱する。

「そこに、お小水を取りな」

器を手に、淑雪はまばたきをした。そんな淑雪に苛立ったように、闇婆はちっと舌を鳴らす。

「小便を入れろって言ってるんだよ。でないとお前さんのほしがってる答えはやれないよ」

淑雪は息を呑む。排泄なら、覚えている限りの幼いころから人目に晒されてのことに慣れている。房《へや》の隅《すみ》に置かれた陶磁の器を両足の間に置いて、その間衣を持ち上げている侍女、終わったあと布で拭《ぬぐ》う侍女、器の中身を処理する侍女と、常に人に囲まれてきた。しかし初めて会った謎の老女の前で、しかも手伝ってくれる侍女もなしに。淑雪は、羞恥《しゅうち》に目眩がした。

「早くおし。あたしは、あんまり気が長くないんでね」

しかし今、頼れるのは闇婆しかいないのだ。淑雪は、できるかぎり庵の隅に身を寄せた。

暗い中、苦労して衣をたくし上げ、どうにかこうにか闇婆の言うとおりにことを済ませたあとは、走ってもいないのに息切れがした。

「こちらにお持ち」

淑雪は、からくり人形のようにぎくしゃくと、器を闇婆に渡した。彼女はそれを床に置き、どこからか白い布を取り出した。ためらいもなく器の中に指を浸け、濡れた指を布に擦りつける。それをじっと見たあと匂いをかぎ、指を舐めたので淑雪は仰天《ぎょうてん》した。

「孕《はら》んでるね」

こともなげに、闇婆は言った。その言葉が頭の隅々にまで沁《し》み込むには、少しばかり時間がかかる。闇婆の言う意味に気がついたとき、淑雪はその場に座り込んでしまった。

「そ、んな……」

孕むと言えば、その心当たりはひとつしかない。淑雪はとっさに、下腹部に手を押しつけた。

ここに、子が——兄との、子が。

「おや、あたしゃ言い間違えたかね」

笑いを含んだ声で、闇婆は言った。とぼけた口調でそう言いながらも、淑雪が動揺するのを楽しんでいるようだ。彼女は、わかっていてそう言ったのだろう。全身を震わせながら、淑雪は大きく目を見開く。

「お前さんの孕んでいるのは、人間の赤ん坊ではないよ」

再び、その言葉を脳裏《のうり》に沁み渡らせるのには時間がかかった。孕むといえば、ほかに考えられるものはないのに。赤ん坊ではないというのなら、いったい何を。

「それなら……、何だと、いうの？」

震える声でのとぎれとぎれの問いに、闇婆はまた顔を歪《ゆが》める。ほんの少しの灯のもとなのに、その顔は妙にはっきりと目に映った。

「因業《いんごう》の胤《たね》」

皺に囲まれた目を細めて、闇婆は言った。

「お前さんの孕んでいるのは、因業の胤——そういう意味での、赤ん坊だ。血の濃い男と女の交わりは、より強い因業を生む。女はそれを孕み、男はそれを受ける」

ゆっくりと、どこか歌うように闇婆は言った。そのような言葉は聞いたことがない。知らない言葉であることがよけいに不安を煽《あお》り、淑雪は目の前が真っ暗になった。

闇婆は、皺に囲まれた目をじっと淑雪に向ける。そんな彼女を見つめながら、わななく声で淑雪は問うた。

「因業、とは……なに？」

「おやおや、侈《しん》国一の才女と謳《うた》われるお前さんが、わからないのか」

『侈国一の才女』と言う闇婆の言葉には皮肉の刺《とげ》があって、淑雪は眉をひそめた。淑雪の心に細波《さざなみ》を立てたことを楽しむように、闇婆は笑う。

「まぁ、お前さんの知識は趙之鳳《ちょうしほう》の教え。あの、人間不信で実際的な偏屈者《へんくつもの》は、このようなことは教えてはくれまい。世の中には、こういうこともあるってことを」

くつくつと楽しげに笑い、闇婆は指を組みあわせるとやはり歌うように言った。

「よきこと、悪しきこと。その因《よ》って来《きた》る、もとになるものさ」

淑雪は、固唾を呑んだ。下腹部に置いた手に、力がこもる。

「お前さんの孕んでいるのが、よきことの胤か悪しきことの胤か、それはあたしにもわからない。お前さんたちが願うのならば、よきこと……」

そこで言葉を切って、闇婆はまた笑った。

「けれど、生まれるのは悪しきことかもしれない。どちらを招くのかは、知るのは天のみ」

この暗い小舎では決して見えない空を仰ぐように、闇婆は上を向いた。

「お前さんの孕んだのは、どちらだろうねぇ。よき胤か、悪しき胤か」

さも楽しげに、闇婆は笑う。その笑いに淑雪は、ぞっと背を震わせた。

「お前さんたちは、男と女でありながら、同時に佟国の王子と公主だ。そのふたりが、因業の胤を孕むとはねぇ……」

淑雪は、腹に手を置く。そこにあるものの真実が知れはしないかとぎゅっと押える淑雪は、まばたきを忘れて闇婆を見つめる。

「それは、お前さんたちだけの問題じゃない。侔国の命運が、お前の腹に宿っている。お前さんたちは、侔国の命運を握った。それはよきこと、悪しきこと、いずれの赤ん坊となって生まれ出ずるか」

闇婆は手をほどき、やはり皺だらけのそれをぎゅっと握った。

「この国の行く末を見届けるまで、あたしもまだまだ死ねないね」

闇婆は、また笑った。その笑いは、心の底から楽しそうだ。しかし淑雪は、闇婆の笑い声が大きくなればなるほど恐怖に囚われてしまう。そんな淑雪を追いつめるように、闇婆は言った。

「見せておくれ。この国の、先行きをね」

それ以上を聞くのが怖かった。淑雪は、ゆらりと立ち上がる。足取りがおぼつかないのは、ここしばらくまともに食事をしていないせいばかりではなかった。

庵《いおり》を出て行きかけて、淑雪は後ろから声をかけられた。

「知ってるんだろ。闇婆は、ただじゃ面倒は見ないよ」

はっ、と淑雪は足をとめた。振り返って闇婆の前で袂《たもと》を探り、小さな金の塊を取り出す。それを手に、闇婆は顔に皺を増やした。

そのまま、淑雪は外に出た。吹きすさぶ冷たい風が、淑雪を包む。切りつけてくるような風を身に浴びながら、淑雪は園林《にわ》を歩いた。

（闇婆の、言ったこと……）

彼女は、淑雪の宿した因果の胤とやらはよきものでも悪しきものでもありえると言った。

しかしああやって笑う闇婆を見ていると、それがよきものであるとはどうしても思えないのだ。

淑雪は、腹部を押える手に力を込めた。

（これは、罰ではないの……？）

妹でありながら兄を求めた罰、欲望に取り込まれるがまま、兄の体に溺れた罰。禁忌《きんき》の交わりを恐れずに、ゆえに因業の胤とやらを孕んだ。そしてそれは――。

ひたり、と冷たい風が吹く。

淑雪は、足をとめた。目の前には、池がある。さすがにもう氷は張っていないものの、張りつめた表面は見ているだけで冷たそうだ。澄んだ水の中、魚も底でじっとしている。

ふと――。

風が、耳もとでひゅうと鳴った。その音が、甘くもせつなく淑雪を包む、何よりも愛おしい者の声に聞こえた。

『月繍《げっしゅう》……』

祥紀が、閨《ねや》で淑雪を呼ぶ声。

（お兄さま……！）

にわかに淑雪は不安になった。因業の胤を孕んだという自分は、面変わりしてはいないか。祥紀が称えてくれるとおりに、まだ美しいか——勢いよく、淑雪はしゃがみ込む。池の面に顔を映そうとし、同時に何かに、強く引き寄せられるように感じた。

「あ、っ……」

何かが、淑雪を招き寄せたのだろうか。体が大きく揺れる。足が、石からすべった。

どぷんという音が響き、それとともに淑雪は、自分が骨までを凍えさせる水の中に落ちていることに気がついた。

(冷たい、冷たい、冷たい——痛い！)

身を切る風よりも水は冷たく、たちまちに全身が凍りついた。歯の根があわなくなる。指先が痛くなる。そして。

(痛い……、痛い、痛い……！)

水の中、淑雪はぎゅっと下腹部を押えた。きりきりと、まるで鋭い刃物で切り裂かれ、さらに中を刃先で抉られるような痛みが迫り上がってくる。

(助けて、お兄さま……、お兄、さま……！)

刃物を持つ手は容赦なく、淑雪の腹の中をざくざくと切り刻む。

(痛い、痛い……、い、た……っ……)

繰り返すうちにもう、全身に至る痛みのことしか考えられなくなる。だんだんと痛みを感じる神経さえも鈍くなり、やがて淑雪は、意識を失った。


気づけば、淑雪は臥台《しんだい》の上にいた。

自分が臥台《しんだい》に横たわっている、と気がついたのと同時に、下腹部をきりりと貫く痛みに悲鳴を上げた。手を、ぎゅっと摑んでくる者がある。

「淑雪さま！　お気がつかれましたか！」

「小青……」

淑雪の声は掠れていて、果たしてちゃんと形になっていたかどうかも怪しい。小青は、温かい手でなおも強く手を摑む。

「よろしかったこと、本当に……お命があって、本当によかった」

彼女の声が、震えていることに気がついた。見れば、小青は泣いている。

「わたし、は……？」

「池に、落ちていらっしゃったのですわ！」

小青は悲鳴を上げた。

「どうして、池などにおいでだったのです。しかも、あんな時間に。いつの間に、お房《へや》をお出になったのですか？」

淑雪は、そっと腹部に手をやった。平たく薄い腹には、巻き布が巻かれている。中には小さな温石が入っていた。

淑雪が目覚めたことを知らせた者があったのだろう。ややあって、やってきたのは侍医だった。助手の女官を引きつれていて、その姿に淑雪は脅えた。

「お目覚めになって、何よりです」

淡々と侍医は言って、淑雪の腕を取った。脈を診ているらしい。次に淑雪のうなじに指をやり、そして手が腹部にすべったとき、淑雪は小さく悲鳴を上げた。

「冷たい池に落ちられたのですから、すっかり体を冷やしておられる。特にお腹には温石を巻いて、引き続き温めるように。お腹を温めれば、血が巡って全身も温まります」

なぜ淑雪があのような時間にあのような場所にいたのかを知るよしもない小青は、神妙にしている。自分がうかうかしていたから主人を危険な目にあわせてしまったと悔いているようだ。侍医が言うことに、粛々と従っている。

「わたしが至らないばかりに。申し訳ございません、淑雪さま」

侍医たちは、去った。続けて入ってきたのは、温かそうな湯気の立つ椀を盆《ぼん》の上に載せた女官だ。

「お召し上がりになれます？　粥《かゆ》を、用意いたしましたけれど」

相変わらず食欲はなかったけれど、いらないと言えば小青はまた心配するだろう。せめて粥の椀を受け取るだけは受け取ろうかと、淑雪は体を起こした。

「……きゃっ！」

違和感に、腰回りを見回す。臥台《しんだい》の白い敷き布の上には赤い汚れが広がっていた。

「まぁ、淑雪さま！」

月のものが来たのだ。臥台《しんだい》を汚してしまった羞恥《しゅうち》とともに、淑雪は安堵した。闇婆の言うとおり、子は孕んでいなかった——侍女たちが新しい衣や敷布を持ってくる騒ぎの中、淑雪は安堵と、改めての不安に取り憑《つ》かれる。

——それでは、因業の胤とはいったい。

「——なりません！」

突然、衝立の向こうから大きな声が聞こえて驚いた。淑雪も小青も、はっと房の出入り口を見る。

侍女が、踏み込んできた誰かを制しているようだ。大きな足音が聞こえる。力強い、男の足音。

「……お兄さま」

そこには、取るものもとりあえずというように、乱れた長袍をまとった祥紀がいた。淑雪は、腹の痛みも忘れて目を見開いて彼を見やる。

祥紀は、大きな歩で淑雪の横たわる臥台《しんだい》にまで歩いてきた。小青が慌てて立ち上がって頭を下げるのを、邪魔だと言わんばかりに押し退ける。きゃあ、と声をあげて小青が床に転がった。がちゃん、と椀が落ちる音が響く。

「お兄、さ……ま」

祥紀の目は、怒りに燃えている。常の姿も烈火を抱いているような彼なのに、そうやって怒りを隠さないさまは、思わず怯んでしまうほどだ。彼の視線にとらえられて、淑雪は身動きもできない。

大きく、祥紀は手を振りかざす。次の瞬間淑雪は、頬に強烈な痛みを感じた。

「おやめください、祥紀さま!」

「やかましい！　お前たちは、下がれ！」

小青の叫びに、祥紀は怒声を上げる。彼は、淑雪の頬を殴ったのだ。痛みと驚愕《きょうがく》に臥台《しんだい》に倒れそうになる淑雪を、祥紀の強い腕がぐいと抱きとめた。

引き寄せられた耳もとに、祥紀の唇が寄せられる。

「池に落ちた、と……?」

彼のその言葉に、淑雪は大きく身震いした。

「妖しげな者のもとに足を運んだというではないか。後宮に住み着く、毒虫のような婆」

「、れ、は……」

「趙師の門下たるお前が、あのような者を訪ねるなどと。何が、お前を惑《まど》わせた」

「あ、ぁ……」

淑雪は、唇を震わせる。確かに、彼の言うとおりだ。闇婆など、存在を認めることさえ愚かしいことだというのに。しかし淑雪の脳裏にはそれ以上に彼女をおののかせることが過ぎり、それを恐れて、ぎゅっと祥紀に抱きついた。

「お兄さま、お兄さま……」

「つまらぬ者に、頼るな。おかしな考えに、惑うな」

淑雪を抱きしめる祥紀の腕は、ますます強くなった。彼は誰にも聞こえないようにささやきながらも、その声は熱を帯びて淑雪を包む。

「ですがわたしは、因業の胤を孕んだと……、それは、我が国の行く手を左右すると……」

「因業の胤」

ふん、と嘲笑うように祥紀は言った。

「何とでも、言わば言え。お前の腹に宿るは、私の子以外にあり得ない」

祥紀に抱きしめられたまま、淑雪は大きく目を見開いた。祥紀の唇が、かすかに淑雪の耳に触れる。

「……あ、っ……」

「お前との子なら、私がどれほど望んでいるか。お前との、愛の形だ……何よりの、お前からの贈りものだというのに」

愛の形。淑雪からの、贈りもの。淑雪の胸は打ち震えた。祥紀は、淑雪を愛してくれている――淑雪が祥紀を愛するように。思わぬ事実は淑雪を動揺させ、同時にたまらない幸福感となって、祥紀に抱きしめられている体を包んだ。

しかし、と淑雪は首を振る。

「で、も……、血の濃い男と女の交わりは、国を揺るがすまでの因業を生むと……」

声をも震わせて、淑雪はささやく。祥紀の強い腕は温かく、しっかりと淑雪を抱きしめてくれる。

「お兄さまのゆかれる道を遮《さえぎ》るものなど、許されません……。そしてわたしは、我が国の、お兄さまのお役に立って、醐《ご》国に嫁ぐ身。だか、ら……」

「だから、何だ」

淑雪のか細い声を、叩き斬るように祥紀は言った。

「因業がどうした。そのようなものに惑わされる私だと思っているのか」

強い声だった。淑雪は祥紀に抱きしめられながら、まさかとの思いにとらわれる。

「お前が、お前と私の子が、いかなる因業を背負っていようと、悪しきものを振りまこうと……私にはそのようなものは効かん。そのようなもの、嘲笑《あざわら》ってやる」

わななく唇で、お兄さま、とささやいた。そんな彼女の震えを押えるように、彼の腕の力は強くなる。

「淑雪」

震える淑雪の声を押さえつけるように、祥紀は言った。

「お前は、愚かだ」

「……あ、……」

祥紀の腕の中で、淑雪は大きく震える。なおも祥紀は、強い声で淑雪を包んだ。

「どうしようもない……悪い、子だ」

その言葉に、びくりと震えた。悪い子――祥紀は、悪い子の淑雪を好きだと言ってくれた。淫らを悦ぶ淫奔《いんぽう》を、受け入れてくれた。そんな淑雪を、抱きしめてくれた。あのころの幼い想いが蘇って――。

淑雪は、手を伸ばした。祥紀に縋りつく。彼の妻ではない、淑雪が自分を抱きしめることを、祥紀は拒まなかった。

彼の肩口に顔を埋め、彼の匂いを存分にかぐと、自然に胸の奥が熱くなってくる。溢れ出るほどの感情は、幸福だった。すぐに鼻の奥がつんと痛み、視界が潤《うる》む。

「お兄さま……」

震える声でつぶやきながら、淑雪は涙を流した。それは温かい奔流《ほんりゅう》となって、次から次と淑雪の頬をすべり落ちる。

「お兄、さま……、愛しています。誰よりも、何よりも……お慕いしています」

祥紀は答えなかった。しかし苦しいほどに込められた腕の力は、淑雪の愛に応えてくれている。それを、淑雪は間違いなく感じ取っていた。

「愛しています……、お兄さま、お兄さま……」

それ以外の言葉を知らないかのように、淑雪は繰り返した。祥紀の腕の力は、緩まない。何よりの淑雪の愛――世界のすべてよりも愛おしい存在を抱きしめて、淑雪はいつまでも涙を流し続けた。

◇

偺国の外朝、朝議の間。

最奥の玉台の上、王座は空席だ。その一段下に備えられた王太子の椅子には第一王子の李《り》祥紀が座り、かたわらにはその近習、周冀攸《しゅうきゆう》が控えている。

偺国前王・李貞嘉《りていか》には、ふたりの男子があった。正妃の息子・李祥紀と、妃、蘇秀香《そしゅうこう》の息子・李慶旬《りけいしゅん》だ。

玉台の下に並んだ椅子、一番手前に座るのが第二王子の慶旬だ。まだ十三歳にしかならない少年ではあるが、すでに趙書を始めとしたさまざまな書を修め、秀才と名高い。

かの王子の母、蘇秀香は亡き王の妃のひとりであり九卿太僕《きゅうけいたいぼく》たる蘇子馭《そしぎょ》の娘である。彼女は、祥紀の母・犀《さい》国の公主である正妃・許瑛蘭《きょえいらん》に引けを取る身分ではない。続いては、主だった臣下が揃って敷かれた薄縁に腰を下ろしていた。皆静まり返り、次の言葉を待っている。

彼らを睥睨《へいげい》する祥紀は、臣下たちが彼の言葉を待って焦《じ》れ、早く、と急かす表情を隠さなくなるまで時間をかけた。誰もがたまらず、祥紀の言葉を待たずに声をあげそうになる者が隣の席の者に窘《たしな》められるに至って、その様子に口の端を持ち上げた祥紀は、やがておもむろに口を開いた。

「呂国の領有は、完遂した」

おお、と喚声が上がる。祥紀はしばし口をつぐみ、朝議の間に響き渡る声に耳を傾けた。それが治まったのち、再び低く声を紡ぐ。

「かの国の王には我が腹心・侑希昇《ゆうきしょう》を据《す》え、臣心・民心の掌握もなしえたとの報告。かの国の鉱山の利権も把握。近く、呂国の領地はすべて佟国と塗り替え、国名も改めさせよう」

臣下たちのざわめきが起こる。声には歓声と、いささかの戸惑いがあったが、それは充分、祥紀の予想していた反応であった。祥紀は握った拳を口もとに当て薄く微笑みながら、臣下たちの声を聞く。

内紛に揺れ支配者の定まらなかった呂国の平定とその鉱山の占有は、貞嘉の代からの野望ではあった。しかしさまざまな要因のゆえになしえなかったそれを、祥紀が服喪《ふくも》のわずかな期間を縫って果たしたのだ。

祥紀はちらりとかたわらの冀攸を見やり、目が合った。ふたりは臣下たちの反応が思うものであることを確認し合い、目の光だけで笑いあった。

「しかし、殿下……！」

臣下たちの中から、ひときわ大きな声があがった。その声はほかの讃辞《さんじ》のものとは違い、非難の色を含んでいたからこそ朝議の場の中で特に大きく耳を衝《つ》いた。

「故王は……、貞嘉さまは、無理な進攻など望んでおられなかった！」

白いものの交じった髭の印象的なその家臣は、旺儀九《おうぎきゅう》という名の、三公司空である。王といえどもないがしろにできない地位の官吏《かんり》であり、また亡き父のさらに父といってもいいほどの年齢の旺司空を、祥紀は目をすがめて見やった。

「貞嘉さまのお望みは、あくまでも呂国からの流民の保護との対価としての、鉱山発掘の権利の一部。あくまでも、常套《じょうとう》を重んじておいででした。しかし祥紀さまのやり方はあまりに苛烈《かれつ》……それでは我が国は、呂国という火種を抱えたも同然」

「そのために、呂国王の首をすげ替えたのではないか」

旺司空の言葉を押さえつけるように、祥紀は言った。

「そなたの言う常套では、結局は父上のご存命中、呂国の鉱山の併合はなしえなかった。その弁は、何とする」

祥紀の言葉に、旺司空はぐっと詰まったような声をあげた。そんな彼に畳みかけるように、祥紀は言葉を続ける。

「呂国が、かの国からの流民の保護の要求の代わりに、鉱山の占有権を申し出てくる。父上はそのように呂国王の意志を枉げるべく、裏からさまざまに策を講じなされた。しかし、ご存命中にはなさるに至らず。それを予が、三月《みつき》でなした。呂国王の首もすげ替え、これで中原に佟国の支配領土を広げるも叶い、それを見た他国がいかに我が佟国の評価を変えるか。誰の目にも明らかではないか」

一気にそう言った祥紀に、口を挟む者は誰もいなかった。旺司空も、歯を食い縛りながら祥紀を見やっている。

ひとつ、息を吸った祥紀は歌うように、なめらかに言葉を継いだ。

「此《こ》れその人を恃《たの》むは自ら恃《し》むに如かざるを明かすなり。人の己《おのれ》の為にするは己の自らの為にするに如かざるを明かすなり」

趙書の一部を諳《そら》んじてみせ、祥紀はにやりと笑う。他人を宛てにするよりは、自分自身を頼りにしろ。自分の力で処理すべきだ。そういう、師・趙之鳳の教えである。

祥紀は、視線を玉台の一段下の椅子に向けた。座っているのは旺司空と同じほどの歳の男だ。彼は祥紀と旺司空の言葉の応酬《おうしゅう》に、明らかに戸惑いの色を浮かべている。

「太尉《たいい》は、いかに考える。予に賛《さん》するか。それとも予は、間違っているか？」

「小官は……」

三公太尉、張猛丹《ちょうもうたん》は、祥紀と目をあわせない。声もびくびくと震えている。仮にも三公太尉ともあろう者が自分の孫ほどの、未だ正式な即位もなしていないただの王子を前にこれほどおどおどした態度を取るしかできないなどとは。前王の朝廷を支える者たちの質も知れたものだと、改めて愛想を尽かす気持ちでため息をついた。

祥紀は、冀攸に目をやる。一瞬のまなざしの動きだけで会話をする。そして玉台の下に並ぶ臣下の中、年若い面々に視線を注ぎ、冀攸とそうしたのと同様、目の光だけで言葉を交わした。

ほんのわずかの視線のやりとりで彼らとの意思を確認して、祥紀は再び臣下たちに向き直った。主には前王の家臣たち――そして、弟の慶旬。さらには少ないながらも、慶旬を支持する者たちだ。

「あと、七曜《しちよう》の巡りをもって服喪は終わる。同時に淑雪の輿《こし》入れだ。醐国は中原最大の地。それだけに異民族との交戦も多く、されど予の訓練してきた軍の威力を持ってすれば、平定は造作もない。淑雪を手がかりに醐国に介入し、華北の呂と華南の醐、そしてこの侈国と、中原の中央地帯を征圧する」

「……兄上！」

甲高い声があがった。まだ声変わりも充分に終わっていない、少年のものだ。

「何だ、慶旬」

弟の声に、祥紀は彼を見やった。慶旬は、まるで大人のようにきりりと凛々しい目を兄の祥紀に向けた。

「兄上は、ご自分のことを『予』とおっしゃる。しかしまだ、即位をなされておりません。そのうえでご自分を王と称し、国を動かす大事をすべて独断でなされている。それはいささか、僭越《せんえつ》にすぎませんか」

年若い子供は、しかしさすが秀才と言われるだけはある。すらすらと言葉を述べた。その裏には、彼を支持する家臣たちの入れ知恵もあるのだろう。

慶旬は祥紀を睨みつける。しかし祥紀は、にやりと笑っただけだった。

「僭越とは、どちらがだ?」

その祥紀の言葉に、慶旬は眉をひそめる。祥紀が何を言おうとしているのか予測がつかないのだろう。彼は迷うように視線をうろうろとさせ、そっと目をやったのは、後ろに座っている三十絡みの男――尚書台尚書令《しょうしょだいしょうしょれい》・禅賈突《ぜんことつ》だ。彼もまた、困惑した顔をしている。

「慶旬」

はっきりとした声で、祥紀は言った。

「父上の子ではないお前が、なにを言うか」

「……は?」

慶旬を始めとして、その場の者があっけにとられただろう。表情を変えなかったのは、祥紀の腹心たち。そしてもうひとり、広間の最奥にひっそりと座る者。

驚く者たちが声をあげる前に、祥紀は広間中に広がる声をあげた。

「不義に身をやつすは、我が父、故王の情愛に背きての忘恩の限り。不義の末に生まれし王子が、正統なる後継者に僭越と諫《いさ》めるなどと。不躾《ぶしつけ》にもほどがある」

響き渡った声が余韻《よいん》をなくしたころになってやっと、朝議の間はざわめきに包まれた。

「慶旬さまが、不義の子だと？」

「秀香さまが不義をなしておられたと？」

「そんな、ばかな。不義を行なっておられたのは……」

そんな声の中、大きく目を見開いて凍りついたように身を硬くしているのは、慶旬だ。身に覚えのない罪に啞然《あぜん》とする王子の後ろ、先ほど彼と言葉をかわした禅買突が、顔を真っ赤にして立ち上がった。

禅は拳を握っていた。それをわなわなと震わせ、絞り出すような声で呻くように叫んだ。

「燕呉宝の子が……！」

禅の声は大きく響き、それを聞き逃した者は誰もいなかっただろう。祥紀は座ったまま、ゆっくりと目をすがめる。なおも、禅は声をあげた。

「不義の子はどちらだ！　王太子・李祥紀は宰相の子。瑛蘭妃の不義の子であり、妹ぎみの淑雪さまも同様に、宰相の子というではないか！」

がたん、と大きな音があがった。祥紀が立ち上がったのだ。碧梧《へきご》の椅子が、祥紀の勢いに耐えかねてひっくり返った。さらに大きく響き渡った音に、皆が肩をすくめる。

「禅賈突」

低く、這うような声はまわりの者を凍らせた。冀攸でさえもびくりとしたのを、祥紀は感じた。視線はまっすぐに禅にやったまま、祥紀は椅子を蹴り倒した勢いを忘れたかのように、冷たく低い声を紡ぐ。

「我が母、許瑛蘭——犀国公主を侮るとは。それは、それなりの覚悟があってのことなのだろうな」

「——は、っ……？」

何を言われたのかと、禅は驚いたようだった。祥紀は、すっと腕を伸ばした。長袍の袖が揺れる。彼の指は、真っ直ぐにある男を差した。祥紀よりも少し年長、侪国の者にしては変わった形の礼冠《れいかん》を被った男だ。

「犀《さい》国使節、江《こう》勅躬《ちょくきゅう》」

祥紀の言葉に、禅は大きく目を見開いた。勢いよく、江と呼ばれた男を振り返る。

「聞いたか。今の言葉を。犀《さい》国の公主は不義の女だと、淫奔《いんぽん》だと。不義の子をなして平気な顔をしていると。犀国そのものを愚弄《ぐろう》しているとしか思えぬ物言いだな」

「何も、そこまで……」

禅は顔色を失っている。大きく目を見開いて祥紀を見、犀国使節であるという江を見、その顔色はますます蒼白になった。

「江使節、犀国王の名代《みょうだい》として問う」

なおも、誰の耳をも逃さない声で祥紀は言った。

「犀国は、佟国の次代の王を、正統なる先王の嗣子《しし》・祥紀と認めるか。それとも秀香妃の不義の子・慶旬と取るか」

「もちろん、祥紀さまにございます」

江勅躬は、胸の前に手を置き恭《うやうや》しく会釈《えしゃく》しながら、言った。

「慶旬さまはお年若く、未だ王たるに熟さず」

江は、禅を見やった。すがめた目で睨みつけられて、禅はおののいた様子を見せる。

「何よりも、臣下に恵まれておられませぬ。瑛蘭さまは、我が主・犀国王の掌中の珠《たま》。もっともかわいがっている愛嬢。そのようなおかたを侮られ、某《それがし》も我慢なりませぬ。このような場で、他国の公主を貶《おとし》めて憚《はばか》らぬ人物を臣下に持つとは。慶旬さまの王子としての資質も知れますな」

大きな声で一気にそう言った江は、禅を、そして慶旬を見やる。慶旬は十三歳の少年らしい脅えた様子で、その足はがくがくと震えている。

「なるほど」

頷きながら、祥紀は慶旬を見やる。彼の震えがますます大きくなるのを見届けて、見る者にもどかしさを感じさせるほどにゆっくりと段を下りる。かつ、かつと鞋《くつ》の音を立て、慶旬の前に立つと、じっと彼を見下ろした。

「兄上……！」

すがるような慶旬の声には応えず、祥紀はじっと慶旬を見下ろしている。慶旬の脅える様子を嗤《わら》うでもなく、慰するわけでもなく、ただじっと彼を見つめていた。貫くような鋭い視線に、慶旬の怯えはますます大きくなったようだ。

「不貞の子が」

明らかな侮蔑《ぶべつ》を孕んだ声に、慶旬がかっと目を見開いた。慶旬は、勢いよく立ち上がる。鋭い音が、朝議の間を裂いた。その場の者は皆、あっと声をあげる。

慶旬が手を大きく広げ、大きく息を吐きながら震えている。目の前に立っている祥紀の頬はわずかに赤く腫れていた。慶旬の手が、祥紀の頬を叩いたのだ。

「……慶旬さま！」

禅が、おののいた声をあげる。祥紀は、叩かれた頬を自分の手の甲で撫でた。にやり、と笑った表情に、慶旬が大きく目を見開く。

「私は……、私、は……」

「侍衛ども！　であえ！」

　祥紀は叫んだ。

「王に、手上げた者がある。王を傷つける者だ。この罪、万死に値する！」

　声に応じて、武装した侍衛たちが幾人も、荒々しい足音とともに駆け込んでくる。彼らは祥紀のわずかな手の動きだけで、素早く慶旬をとらえた。

「な、何を！」

「離せ！　慶旬さまを離すんだ！」

　慶旬の抵抗も、禅の抗議も、通じなかった。侍衛たちは禅をもとらえ、筆よりも重いものを持ったことなどなさそうな彼を三人がかりで押さえ込む。間髪容れず、祥紀は侍衛たちに命じた。

「すぐに、後宮にも手を回せ。不義を働いた、乱倫《らんりん》の妃を逃がすな」

「やめろ……母上に、手を出すな！」

　叫んだのは慶旬だ。祥紀は、侍衛に後ろ手にとらえられた彼を見やった。祥紀は、笑う。その表情に、慶旬はこれ以上は無理だというほどに大きく目を見開いた。

「あに、うえ……」

　この日の朝議の進行がすべてが計画されていたことであったと慶旬が気づいたときには、もう何もかもが遅かったのだ。

騒然とする朝議の間、祥紀は軽く振り返り冀攸を見やって、彼と目が合うと深く凄絶な笑みを浮かべた。

◇

後宮は、大きな騒ぎに包まれていた。

故王の妃のひとり、蘇秀香がとらえられたのだ。罪状は、不義密通。秀香妃の息子である李慶旬は、亡き王の息子ではないのだという。

「では、どなたのお子だというの？」

「秀香さまが、密通なさっていたなんて」

口々に噂する侍女たち、女官たちは、しかし本当に疑っていることを口にはしない。そのようなことを口にすれば自分が侍衛にとらえられ、秀香と同じ目にあってしまうのがわかっているからだ。

「淑雪さま、お聞きになりました？」

小青に言われて、淑雪はうなずいた。窓際の椅子に腰を下ろしている淑雪は、月のものゆえの体調の悪さにいささかぐったりしているものの、臥台《しんだい》に伏せていなくてはならないほどではない。

「秀香さまが、不義密通ですって」

その噂は、淑雪の棟にも伝わってきている。小青の口調に疑問の色が含まれているのは、不義をなしているといえば、淑雪の母の瑛蘭にほかならない——ほかの妃が疑われるとはどういうことなのかと、戸惑っているのだ。

「本当なのでしょうか」

「……そんなこと、わたしにはわからないわ」

淑雪が首を振ると、小青はもっともだと頷いた。

「もしそれが本当なら、陛下はよほどに……」

ひとりならずふたりもの妃に裏切られていたとは、大した凡愚《ぼんぐ》だと言いたいのだろう。

もちろん、小青も命は惜しいはずだ。それ以上は言わずに、ただ淑雪を見やった。

そこにやってきたのは、女官だった。外朝や内朝からの使いである簡素な青の装いの女は、淑雪の前に頭を垂れた。

「淑雪さまには王城の外苑《がいえん》においでいただくようにとの、朝廷からのお沙汰《さた》にございます」

「外苑に？」

王門を臨む、王城内でももっとも大きな院子《にわ》だ。外国からの使節を招いての宴や、端午《たんご》や七夕《たなばた》、重陽《ちょうよう》の節句の儀が催《もよお》される場所であるが、今はそのうちのどの時期でもないし、何よりもあと少しを残した故王の服喪中である。いったい何が行なわれるというのか。

「お召しものは、白を」

「……白ですって？」

女官の言葉に、淑雪はぞくりと身を震った。白とは、喪の色である。不吉な予感に、胸が騒いだ。

ともあれ、小青を始めとした侍女たちに手伝わせて身支度を整える。髪は簡素な形に結い上げ、案内の女官を待つ淑雪のもとに現れたのは、母の瑛蘭だった。

「用意はできたかしら、淑雪」

「お母さま。外苑で、何があるの？」

瑛蘭も、白い装いをしている。しかし喪の色に身を包んでいるというのにその表情は明るく、ますます淑雪は不吉な思いにとらわれた。

「行けばわかるわ。さぁ、早く」

瑛蘭は声高に女官を呼び、彼女たちの先導も待たずに歩き始める。小青が慌ててふたりについてきて、明るく暖かい春の陽射しに包まれた廊を進む。

「池に落ちたときは心配したけれど。あなたの体もよくなって、本当に嬉しいわ」

歩きながら、瑛蘭は明るい声で言う。

「そのうえ、こんな嬉しいことがあるなんてね。祥紀には感謝しなくてはいけないわ。あの子がこのような企みを持っていたなんて、思いも及ばなかったこと」

「お兄さまが……、企み?」

喪の色の衣、外苑への召致。祥紀の企みとは何なのか。さらには母の上機嫌には、ともに素直に喜べない色があるように感じられる。淑雪の不安は、ますます増した。

瑛蘭母娘が外苑に着いたとき、そこはものものしい雰囲気に包まれていた。武装した幾人もの武官たちが、手に鋭い槍を構えて立っている。彼らに指示を与えるのは、やはり武装した将軍たち。今から戦にでも赴くのかというほどの緊張に、淑雪は騒ぐ胸をぎゅっと押えた。

淑雪たちが案内されたのは、白い天幕だ。中には故王の妃たちがそれぞれの侍女たちといて、皆はいっせいに立ち上がり、瑛蘭と淑雪に頭を下げた。

前は開いていて、外苑の様子を見ることができる。女官たちに椅子に案内された淑雪は、目の前に開けた光景に、あっと息を呑んだ。

「な、に……?」

処刑台だ。淑雪の脳裏には、鮮やかに昔のことが思い出される。街の広場、白木の処刑台。ひざまずかされ後ろ手に縛られた男と女。首切り人の鎌がきらめいて落ち、台の上に転がったふたつの首——。

「秀香さまと慶旬さまの、処刑よ」

こともなげに、瑛蘭は言った。

「秀香さまはあろうことか犀国からやってきた庶民の男と通じ、慶旬さまはその男との子。いずれもこの侉国王家にはふさわしくない者として、断罪されるのよ」

侍女に手を引かれ、瑛蘭は椅子に腰を下ろす。深く腰掛け、満足げな吐息をついた。

「これで、王になるのは祥紀以外にないわ。くだらないことを言って祥紀のことをあげつらう者もあったけれど、その者たちも、真実のほどを思い知ったことでしょう」

「真実……ですって？」

返すべき言葉を失って、淑雪はまじまじと母を見た。瑛蘭は、満足げに頷く。

「王を欺《あざむ》いて、卑《いや》しい者と通じた女。卑しい者を父として生まれた子が、王子と呼ばれること。そんな罪のすべてが白日に晒《さら》され、浄化される——何と、素晴らしい日！」

瑛蘭は、歓喜の声をあげる。しかし淑雪は、座ることができないでいた。

真実——母の瑛蘭が、宰相だった燕呉宝と通じていたこと。ふたりが睦《むつ》み合うところを、淑雪は何度も見たのだ。祥紀か淑雪か、ともすればふたりとも燕呉宝との子かもしれない。そのような事実を差し置いて、瑛蘭は秀香母子の死を喜んでいるのだ。罪なら、瑛蘭にもあるはず——それなのに、自分の咎《とが》など存在しないかのように、瑛蘭は涼しい顔をして処刑台を見やっている。

淑雪は思わず、腹に手をやった。

自分に、母を責める資格があるだろうか。そこには因業の胤《たね》が宿っている——侉国の命運を握ると言われた形なき赤ん坊を宿したなどと、それは瑛蘭以上の不義ではないのか。淑雪は、手に力を込めた。ただ、あのとき——祥紀がふたりの子を望むと言ってくれた、因業の胤を宿した淑雪を『悪い子』だと言った、そのことだけが淑雪の心の支えだった。

「……あ、……」

ふと視線を巡らせ、目に入った姿に低く息を呑む。祥紀だ。彼は簡略なものとはいえ鎧を身につけ、手には鞘《さや》のない剣を握り先端を地面に突き立てている。仁王《におう》立ちでじっと、まるで石像のように微動だにせず処刑台を睨《にら》みつけていた。

床に伏せていた淑雪のもとを訪ねてくれた日から、祥紀には会う機会がなかった。淑雪の目は、久々に見た彼から離れなくなる。

いかに罪を背負おうとも、それでもやはり愛おしい彼——ふたりの間には拭《ぬぐ》い去ることのできない罪過《ざいか》があり、だからからこそ断ち切れないつながりがより太くなったような気がする。その思いは、奇妙な甘美となって淑雪を包んだ。

「——罪人だ！」

響き渡った声に、淑雪は大きく目を見開いた。王城の中から引き立てられてくるのは、簡素な白い衣に身を包んだ秀香と慶旬。彼らは後ろ手に縄をかけられ、屈強な男たちがそれぞれふたり、縄をぐいぐいと引いている。あまり乱暴に引くものだから、秀香と慶旬はよろめきつまずいている。

ふたりは、処刑台の上に引き立てられる。段を上るもやはり急き立てられ、しかし死に行く足がなめらかに動くはずもない。秀香はしきりに涙を流していた。慶旬が母を励ますように、何ごとかしきりに話しかけている。

再三の侍女の勧めにもかかわらず淑雪は、その光景を立ったまま見やっていた。ふたりの様子は痛ましく、胸がきりきりとするのを唇を噛んで耐える。

祥紀は——なおも、その場に立っている。秀香が涙声を立てようと、慶旬が幼い瞳を精いっぱいに尖らせて睨みつけてこようと、微動だにしない。彼らを、ただ冷ややかなまなざしで見つめている。

春の風が吹き、彼の艶やかな黒髪をさらさらとなびかせた。衣の裾をはためかせる。それでも祥紀は、石でできているかのように動かなかった。

その目は、処刑台の上に向けられている。やがて秀香と慶旬が台の上にひざまずかせられ、その後ろに剣を持った武官が立った。武官が、鋭く研がれた剣を振りかざす。秀香がぎゅっと目をつぶり、慶旬はなおも祥紀を睨みつけ——祥紀は、動いた。

「——断！」

祥紀の声は低く、しかし大きく、風に乗ってあたり一面に響いた。大気がびりびりと震えるほどの大声で、処刑台の上の武官は一瞬戸惑い、しかし祥紀の声に力を得たかのように腕に力を込めると、剣を振り下ろした。

血飛沫《ちしぶき》が上がる。母子は大きく目を見開いたまま、その首が落ちた。断面からは勢いよく血が噴き出して、台の上を真っ赤に染める。ごろり、と転がった首からも血は溢れ、ふたりぶんの血潮は処刑台から滝のように流れ落ちた。屋外だというのに、あたりには濃く血の匂いが立ちこめる。

その光景に——淑雪は、愉悦を感じていた。脳裏に鮮やかに蘇るのは、幼いころ見た処刑の光景。それが、日の前の眺めと重なった。

転がる首はあのとき見た男と女のものになり、くちづけあうふたつの首は祥紀と淑雪のものになり。そして噴流する血の色は、殺されてなお幸せなふたりの流した赤——祥紀と淑雪の、愛の色。

(あ、あ……っ……)

思わず、おのれを抱きしめる。ぞくり、と淑雪は震えた。それでも目の前の光景に重なった幻は一瞬で、再びもとの情景が目に映る。

再び、淑雪は震えた。このたびは畏《おそ》れのためだった。祥紀の表情が目に入ったのだ。処刑台に伏せる首のない遺体、そして転がったふたつの首——慶旬の首が、祥紀のほうを向いている。その目はかっと見開かれ、血まみれになりながら祥紀を見やっている。まるで生きているかのように、祥紀を睨んでいる。

死してなお鮮烈なその視線を前に、祥紀は笑ったのだ。慶旬のあのようなまなざしを向けられては、淑雪ならおののいてしまうだろう。しかしまるで死者の呪いのような慶旬のまなざしを前に、祥紀は笑っている。

口の端を持ち上げて、鮮やかに浮かぶは勝者の笑み。血の匂いのする風を身にまとい、凄絶な笑みを浮かべて立つその姿は偉容――。

（……あ、ぁ……）

その姿から、淑雪は目が離せない。

目の前にいるのは、王者だった。彼は父王の死の服喪中、北の呂国を征圧したという。もうすぐ淑雪が嫁ぐことで、南の醐国を。その手は瑛蘭の祖国・犀国、彼の妻、月繍《げっしゅう》の祖国・鄧《とう》国にも及んでいるという。残りの一国、皐《こう》国に至るも時間の問題だろう。

覇王――目の前に立つは、中原の覇王。怨嗟《えんさ》のまなざしを笑みで受けとめ、血腥《ちなまぐさ》い中にあっていっそう輝く、その風姿――。

彼こそが、淑雪の愛する男。この身すべてを投げ出しても惜しくない美丈夫。そう、淑雪は確かにとらわれていたのだから。昔ふたりで見た処刑の光景。そのときの彼の、厳しい目。そして彼が、淑雪と同じことを考えているということをはっきりと感じ取った、あのときから。さらには十年の歳月の中で威風を増した、抗えない蠱惑《こわく》を前にしてそれは揺るぎない想いとなった。

（お兄さま……）

血腥い風の中で新たに湧き起こる熱情を持て余しながら、淑雪はいつまでも兄を見つめていた。

第六章　罪という名の激情

淑雪《しゅくせつ》の醐国《ご》への輿入《こし》れは、七曜《しちよう》の巡りののちに迫っていた。

幼いころから慣れ親しんだ金蓮宮《きんれんきゅう》の房《へや》で眠るのも、あと数えるほどだ。

侍女たちは輿入れの支度《したく》で忙しい。淑雪も、衣装の見立てや装具の仕上がりの確認、輿入れ先の醐国に携行するものの選別で大わらわだ。

特に、すべてで五十五巻になる趙書《ちょうしょ》を入れることは忘れなかった。小青《しょうせい》などは、そのようなものをと眉をひそめる。

「醐国王に、学問ばかりを好む固い女だと思われては、淑雪さまにとってよろしくありませんわ」

書庫から書巻を取り出す作業をしながら、小青は膨れる。

「女は、舞《まい》に楽《がく》、詩に歌をよくすることが肝要《かんよう》ですのに。こんな、書物なんて」

「持っていたいのよ」

すべてを諳《そら》んじている五十五巻だけれど、折りを見て読み返すことで、祥紀《しょうき》とつながっているように思えることだろう。それを思うと、どうしても置いてはいけなかった。

「淑雪さま……」

侍女の声に、振り返る。困った顔をした侍女が、衝立《ついたて》の向こうから顔を覗かせていた。

「淑雪さまに、お目にかかりたいとおっしゃるかたが」

「……誰？」

どきりとした。祥紀だろうか。昼日中《ひなか》から彼の訪問を受けることにどうしようもなく戸惑いを感じたけれど、侍女もやはり困惑しているようだ。

「周冀攸《しゅうきゆう》さまにございます」

淑雪は、驚いて侍女に向き直った。祥紀の第一の近習《きんじゅ》、祥紀が正式に王となった暁《あかつき》には宰相《さいしょう》にと目されている人物だ。祥紀の臥房《しんしつ》に入ることさえも許されていて、だから祥紀と淑雪の関係を知っている者でもある。

「どういたしましょうか。お通ししてもよろしいでしょうか」

「……呼んでちょうだい」

いったい冀攸が、何の用なのだろうか。恐れもあるが、同時に好奇心も疼《うず》いて淑雪はそう言った。

客を通すための、窓の大きな房に移る。客のための房とはいえ、淑雪を訪ねてくるのは母やほかの妃たちくらいなものなのだけれど。

冀攸は、すぐにやってきた。祥紀よりは少し背の小さい、やや赤みがかった髪をしている青年だ。その目は黒く、祥紀が鋭い刃であるなら彼は油断を見せない野生動物のような、見ている者に胸の奥を覗かれているような思いを抱かせる瞳をしている。

「失礼いたします。淑雪公主」

礼儀正しく彼はそう言い、淑雪に向かって大礼をした。彼の礼を受けながら淑雪はますます、何用があってやってきたのかと警戒してしまう。

「まずは、お輿入れおめでたく存じます。淑雪公主には侈国と翢国の友好のため、大儀をお果しになられることと……」

「そういうことは、いいの」

淑雪は、冀攸を遮《さえぎ》った。冀攸は、わずかに笑う。その笑みはどこか祥紀の不敵な笑いにも似て、さすがに長い間を一緒に過ごしてきた主従だと思わせた。

「何なの、用って」

「八姦《はっかん》をご存じですね」

礼を尽くそうとしたらしいけれど、淑雪がそれを不要だと言ったことで、早々に用件を切り出すつもりのようだ。ひざまずいたままの彼からいきなり趙書の一節を聞かされて、淑雪の背がすっと伸びる。

「ええ、もちろん」

「では、一に曰《いわ》く同牀《どうしょう》。何をか同牀と謂《い》う」

「……曰く、貴夫人、愛孺子《あいじゅし》、便僻好色《べんぺきこうしょく》、此《こ》れ人主《じんしゅ》の惑《まど》うところなり」

いつぞや、祥紀とも同じ会話をした。あのときの淑雪は、一年ぶりに会った兄の魅惑にとらわれていた。そして彼は、淑雪こそが彼の愛孺子だと言ったのだ。

「おわかりですか。あなたは、祥紀さまにとっての愛孺子。かの人主を惑わせる」

淑雪は、強く手を握りしめる。一歩冀攸から遠ざかったけれど、その距離を詰めるかのように、冀攸は視線を尖らせた。

「あなたは、醐国に嫁がれる御身。一度佟国を出られれば、決して戻ってこられることのないように」

言われるまでもない。しかし冀攸がわざわざそのことを告げに来た意味。そうと言いながら疑うように淑雪を見やっている冀攸のまなざしの色に、怯《ひる》んだ。

「そして、二度と我が主君を惑わされませんように。あのかたは、中原を制されるかた。女に惑わされている暇はない。しかしあなたには……姦がある」

忌々しいことを口にするように、冀攸は言った。淑雪は、ごくりと固唾を呑む。

「あなたには、魔が潜《ひそ》んでいる。男を惑わす悪。国さえをも滅ぼす、背徳です」

「……どうして」

なぜ、冀攸にそこまで言われなくてはならないのか。淑雪はぎりっと奥歯を鳴らした。しかし——冀攸の突き刺すようなまなざしに、怯んでしまう。単に男を惑わすというだけではない、祥紀を兄と妹の矩《のり》を越えた道ならぬ関係に誘い、溺れさせた——淑雪は思わず、腹を押えた。

そんな淑雪の仕草を、冀攸はなおも厳しい目で見ていた。淑雪は口をつぐみ、房には重苦しい沈黙が流れる。

「趙書を修められた、淑雪さまです。かの説く理《ことわり》をお心得なさり……いいえ、すでに充分、人倫《じんりん》を越えてはいらっしゃいますが」

眉根に皺《しわ》を寄せ、冀攸はため息をついた。その呼気には嘲《あざけ》りの色が含まれていて、淑雪はたじろいだ。

「祥紀さまにも、何度も申し上げたのですけれどね。私の諫言《かんげん》虚《むな》しく、何度もあなたを寝所に招き入れられ……」

「……やめて！」

思わず、両耳を手で覆った。冀攸から視線を背け、淑雪は叫ぶ。

「わかったわ、わかったから……それ以上、言わないで！」

なおも、冀攸の声を遮るように淑雪は声をあげた。

「もうお兄さまにはお会いしないわ……、もう、二度と……」

「そう願いたいものですね」

淑雪の口調とは裏腹に、至極《しごく》冷ややかに冀攸は言った。

「淑雪さまも、直接教えを受けたわけではなくてもかの趙之鳳《ちょうしほり》の門下。法に忠実にて術を心得、智術の士として遠見にして明察ならんことを期待いたします」

なおも冷徹な声でそう言い、冀攸は立ち上がった。立ったままの簡素な礼を素早く取って、房を出て行く。彼の性格を表わすかのような、冷たい風の匂いが残った。

「淑雪さま?」

冀攸が去ったあと、小青が入ってきた。人払いをされている間どういう話があったのか、気になって仕方がないというようだ。

「冀攸さまは、何をおっしゃっておられたのです？　あんな、怖いお顔をなさって」

「……わたしに、他国に嫁ぐ公主としての心得を説きに来てくれたのよ」

「まぁ、後宮まで？　わざわざ?」

小青は、訝しさを隠さない。王以外には許されない後宮に足を向けるなどよほどの、直接言わなくてはいけない重要な用事があったのだ。確かに、人づてには聞かせられないことではあった。

「心得って、どういうお話でしたの？　後宮までいらっしゃるなんて」

「お前には、関係ないわ！」

淑雪は思わず大声を出してしまい、小青は驚いたようだった。大きな目を見開き後じさりをする彼女に、淑雪は小さな声で謝った。

冀攸に言われるまでもない。兄と妹の道を越える、人倫に悖《もと》ることであること。祥紀のためにならないこと。信奉する趙之鳳の教えに背くこと。

――それらすべてを乗り越えてでも、月繍《げっしゅう》を名乗るという見え透いた演技をもってしてでも。淑雪は祥紀を求めずにはいられなかった。そして未だなお、祥紀を求めてやまない淑雪は、苦言を呈したはずの冀攸の言葉の中にさえも、喜びを見出したのだ。

冀攸が言っていた。祥紀が淑雪を寝所に招き入れたと。あれは、淑雪の一方的な想いではなかったのだ。そして祥紀は、淑雪との子を望むと言ってくれた――。

（奚《なに》をか過《あやま》ちて忠臣に聴かずと謂う――過ちて忠臣に聴かず、独りその意を行なうは、則《すなわ》ちその高名を滅ぼし、人の笑いとなるの始めなり）

自分の心を抑えるための呪文のように、しきりに趙書の一節を唱えた。それでもどうしても諦めきれない、それどころかああやって諫言を聞かされてなお、だからこそ燃え上がる許されない想いは溶けた鉄のように淑雪の全身を駆けめぐる。

淑雪は自らを抱きしめて、くずおれるように窓際の椅子に腰を下ろした。小青が気づかってくれる言葉も、うまく耳に入らない。

今までそうであったように、冷静になろうとした。祥紀は白分の兄であり、淑雪は彼の妹であり、兄たる祥紀が中原の覇王《はおう》にならんとせんがため——すなわち祥紀の覇王としての、このうえなくも威風たる姿を見るがために淑雪は努めるべきであり——。

(それは……、でも、

ほかの男に、抱かれること。父よりも年上だと聞いている酬国王の寵愛《ちょうあい》を受け、すなわち床をともにして子をなすこと。それが、淑雪の義務。淑雪のなすべきこと。

(でも、いや)

そのような心を冀攸に聞かれれば、また趙書の一部を引いて諫《いさ》められるだろう。実際、淑雪の脳裏には自然にかの偉大な思想家の記した文字が巡っている。すでに死した人物の言葉なのに、まるで文字が生きて淑雪をさいなんでいるかのように。

(危道六あり。——二に曰く、法の外に断割《だんかつ》す。三に曰く、人の害とするところを利とす。四に曰く、人の禍《か》とするところを楽しむ。五に曰く——)

国を危険に晒《さら》す道には六つある。——法規を逸れて勝手に裁断すること、他人が害とすることを己《おのれ》の利とすること、他人が災いとすることを己の楽しみとすること——。

(いや……、いやなの)

そうやって理性で抑え込もうとしても、今まで胸のうちに隠していた感情があふれ出す。淑雪はぎゅっと、自分の体を抱きしめた。

（ずっと、お兄さまのそばにいたいの）

翻国王になど抱かれたくない。淑雪の体も心も、祥紀だけのものだ。ほかの誰にも触れられたくない。

（ずっとずっと、お兄さまに抱かれていたいの）

かなわぬ願いに、淑雪は涙を流した。慌てた小青がどうなさいましたか、と声をかけてきたけれど涙は途切れず、淑雪はいつまでも声を震わせていた。

◆

春の夜は静かに、わずかに冷たく、房に満ちていた。

翻国への輿入れを間近に控え、淑雪の房は落ち着かない。あちこちに荷物が積まれ、先に翻国に送っておくものはどれか、輿入れの行列に積むものはどれか、と特に母の瑛蘭《えいらん》と侍女たちは大わらわだけれど、淑雪だけは乗り気でない。

あまり淑雪が身を入れて準備をしないので、瑛蘭が苛立っているのはわかっているけれど、しかしどうやって活気を得ることができるというのか。兄から離れ、ほかの男のものになるための支度だというのに——。

（……あ）

臥台《しんだい》の上で、淑雪は目を開いた。すでに夜は深く、夜風に揺れる木の葉の音、壁に掛かった燭台《しょくだい》の音だけが静かに耳に届く中、聞こえた物音があったのだ。

それは、歩幅の広い足音だった。淑雪は、勢いよく身を起こす。衾《ふすま》が、体の上からはらりと落ちた。

「……お兄さま」

目の前にいたのは、祥紀だった。簡素な長袍《ちょうほう》に髪は後ろにひとつ束ねただけ。宵闇《よいやみ》に顔の陰影がはっきりとし、そのぶんその真っ黒な瞳の鋭さが増しているように思う。そのまなざしに射貫かれて、淑雪はそれ以上の言葉を失った。

祥紀は、逃れられない強いまなざしで淑雪を見つめたまま、臥台《しんだい》に近づいてくる。その姿に釘づけられた淑雪は、動けない。彼は臥台《しんだい》の縁《へり》に膝を乗せ、大きな手で淑雪の背を引き寄せた。

「あ、っ……」

広い胸に抱き寄せられる。彼の艶《なま》めかしいまでの香りに包まれて、淑雪は再び褥《しとね》に倒れ込みそうになった。それを、祥紀の手が支える。

「私の子を孕《はら》め。淑雪」

低い声で、耳もとにささやかれ、淑雪は大きく震えた。淑雪。そう呼ばれて抱かれるのは、初めてのことだったから。

「私の子を生め。お前の生む子は私の子。お前の腹には、私の胤《たね》以外は植えつけさせない」

自分の野望のために淑雪を嫁がせておきながら、その腹には己《おのれ》の胤を宿すという。己の血を引く者を酬国の次期王にしようという魂胆《こんたん》か、それとも淑雪をただ我がものと征服せんとする意気か。どちらも、何もかもを自分の一手にしようとするその横暴が、祥紀にはふさわしいように思われた。

圧倒的な偉力で中原を支配せんとする覇王――いわんや、求める女をも。抱きしめられる体のみならず、彼に捧げる心もすべてをその腕の中に包まれるように感じ、淑雪は大きく身を震わせた。

「いけないわ……、お兄さま」

わななく唇が、それでも理性の言葉を綴《つづ》ろうとする。

「わたしたちは、兄と妹……、矩を越えた先に宿るは、国の命運を背負った因業《いんごう》……」

幼いころの、あの光景が蘇る。処刑台の上の男と女に投げつけられていた言葉。聞くに堪えないような、罵《のの》しりの怒声。

「――その因業が、わたしには悪としか思えません。だから矩を越えた者たちは狗《いぬ》と、畜生と罵られ……蛇蝎《だかつ》のように嫌われて。決して、許されてはいけない……」

彼の腕の中で、淑雪は大きく震えた。そのことを、因業の胤《たね》を宿したと聞かされたときにまざまざと思い知ったのではなかったのか。自分の愚かさを呪ったのではなかったのか。

「……ふん」

淑雪の言ったことを嘲笑うように、祥紀は唇を歪めた。その耳もとに口を寄せ、耳の端をかりりと噛みながら、祥紀はささやく。

「お前が私に与えるものならば。背徳も呪いも、何もかもが甘美だ」

「あ、っ……、……」

兄と妹の矩を越えた——その罪の果てに生まれるもの。それを甘美と称した祥紀に、淑雪は頭の芯《しん》まで酔わされる。どれほど強い酒も、どれほどに妙《たえ》なる楽《がく》も、彼の言葉ほどには淑雪を翻弄しない。

「お兄さま……」

彼の胸にすがりながら淑雪は酔ったように、おぼつかない口でつぶやいた。

「わたしは、お兄さまのものです……、すべて。この身も、心も、わたしのものは、何もかもお兄さまのもの……」

ささやく唇に、熱いものが押しつけられる。その熱は全身に至り、淑雪はぞくりと身を震わせた。祥紀は強い手で淑雪を抱きしめ、唇を貪《むさぼ》る。吸い上げ、噛みしめるようにうごめかせ、その激しさに淑雪は息もできない。

淑雪に呼吸を許さず、そのまま殺してしまおうとでもいうように祥紀はくちづけを激しくする。唇全体を包み込み、吸い上げ食み、実際そのまま食べられてしまうかと思うほどに貪る音があがった。

強く吸われて、その隙間を縫って舌が入り込んでくる。それは素早く淑雪の舌をとらえ、絡み合わせるとくちゅくちゅと音を立てた。それに誘われるように、ぞくりと腰の奥が震える。絡んでくる舌に淑雪も応え、精いっぱい祥紀を受け入れようとした。

彼の背に手を回し、衣越しに撫で上げながらその厚い舌を吸い立てる。しかしその動きの巧みについていけず、舐めあげられてからめとられ、しゃぶるように刺激されては、舌が抜けそうなほどに吸われてしまった。

さらに舌は淫靡《いんび》にうごめき、淑雪の歯列を、歯茎を頬の裏を舐め啜《すす》る。そうやって、敏感な口腔が痺《しび》れるほどに徹底的に愛撫《あいぶ》された。

「ふ……ぁ、あ……ん、っ……」

鼻から抜ける甘い声とともに、淑雪の体から力が抜ける。抱きしめたままの腕は淑雪を臥台《しんだい》に横たえ、唇をほどいた。ふたりの間に、銀の糸が伝う。それが窓からの月の光を受けてきらめくのを、くちづけだけでぼやけた意識の中、淑雪は見つめていた。

「……あ、っ……」

祥紀の手が伸びる。しゅるり、と音がして淑雪の夜着の紐《ひも》がほどかれる。青い光に白い肌が、磨かれた銀のように光った。現れたふたつの乳房に、祥紀の硬い手のひらがすべる。

「はぁ……っ……」

思わず、息を詰めた。幼いころ、淑雪の柔らかい小さな手には痛かった、彼の手の胼胝《たこ》や肉刺《まめ》。しかし今の淑雪は、それらに敏感な部分を刺激されて艶《なま》めかしい声をあげることを覚えている。先ほどの奪い合うようなくちづけだけで乳首はすっかり尖っていて、彼の手のひらに潰されては体中に響く甘い衝撃があった。

「ぁ、……ん、っ……」

「こんなに尖らせて。やはり、お前は悪い子だな……」

淑雪の官能をもっとも刺激する言葉とともに、祥紀の手は両の乳房を、下からすくい上げるように撫で上げる。彼の手の中に収まる大きさのそれは、艶《つや》を増しては弾み、吸いつくように硬い手のひらに撫でられた。

「や、……ん、……」

「気持ちいいのだろう？　言ってみろ。私に、どうされたいのか」

手のひら全体を使って、あますところなく揉み上げられる。乳房の丸みを楽しむように、柔らかさを味わうように撫でられ、指の一本一本が絡みつき、尖った乳首をつまんでは、引っ張る。

「淑雪……、言え」

「んぁ、……そ、ん、あ……っ……」

身をよじる淑雪は、両足をもじりとさせる。その奥に生まれ始めているものに気づいているはずの祥紀は、しかし今は乳房への愛撫《あいぶ》を途切れさせることがない。硬くなった乳首を指先でそっとくすぐり、淑雪が身をすくめると強くつまむ。わずかな痛みに息を呑むとまた癒《いや》すように、楽《がく》の律動《りつどう》を刻むがごとく押し潰してくる。

「は……ぁ、ん……っ……」

体には、もうすっかり火が点いている。このままいきなり貫かれても苦痛がないほどに両足の間は濡れそぼり、その熱さを持て余して、淑雪は身をよじらせた。

「ね、お兄さま……、も、……っ……」

「もう……、なんだ?」

そう言いながら、祥紀は強弱をつけて乳房を揉む。胸の奥の疼《うず》きは耐え難いまでになり、さらには乱暴なほどの指遣いで乳首を擦り上げられ、つままれては撫でられ、するとそこはますます硬く凝ってきた。

「そこ、だけじゃなく……て……」

身をくねらせても、のしかかった祥紀の体は淑雪の自由を許さない。彼の放つ芳香は淫《みだ》らに涼やかに淑雪の鼻腔を刺激して、ますます体は燃え上がる。

「ん、んっ……んぅ、……っ……」

乳首が硬くなるほどに神経はますます鋭くなり、たまらない疼きが大きくなる。両足の奥、淫らな蜜口《みつくち》がぴちゃり、と音を立てた。触れてくれるもののないせつなさにまるで自ら快楽を求めようとでもいうように腹の奥がきゅうと収縮し、思わず足を擦りあわせるとまた音がした。

「や、ぁ、あぁん、っ！」

言葉にならない乱れた呼気を吐き続ける淑雪に、祥紀が昏《くら》い笑みを浮かべる。彼は右手はなおも乳房をすくい上げ力を込め、乳首をつまんで捏《こ》ねながら、顔を伏せる。先はどのくちづけで濡れたままの唇は左の乳首を含み、いきなり力を入れて、吸い上げた。

「んぁ、あ……あぁ、あ……っ！」

同時に、腹の奥までに響く愛撫だ。体中が痺れるほどに疼く。両足の間はますます濡れて、媚肉《びにく》は確かに、ぴくんとうごめいた。

「今まで、さんざん淫らな姿を見せてきたくせに」

なおも乳首を吸い、ざらりとした舌の腹で舐めあげては軽く歯を立てて。そうやって淑雪を追い立てる彼は、艶めく声もその震えでも淑雪が感じてしまうことを、知っているのだろうか。

「まるで、初めてのように反応するのだな。お前は」

「だぁ、……って……」

鼻にかかった、子供のような声。そのような声を洩らしてしまうことが恥ずかしいけれど、淑雪はすでに自分を制することができない。

ちゅく、と音を立てて吸い上げられた。敏感になった体は、それにも大袈裟《おおげさ》なほどに反応してしまう。淑雪の体を征服する覇者であるのに、同時に乳首に吸いつく赤ん坊――そんな連想はますます淑雪を追い立て、体がぴくん、ぴくんと反応する。

「あ、……ん、ふぁ、あ……あ」

祥紀の手は再び両の乳房に触れ、下から揉み上げながら舌は尖りにねとりと絡む。唇で挟んでは吸い上げ、軽く引っ張っては離し、舌を絡めてまた吸い上げる。

「やぁ、も……、そ、こ……ばかり……」

「お前が、かわいらしいのが悪い」

そのようなことを言われては、淑雪はそのまま蕩けるしかない。舌と指の愛撫を受ける乳首は硬く凝り、乳房は揉み上げられて揺れ、その軽い振動も淑雪の腹の奥に響く。

「あ……ぁ、ん、……んふ、っ……、も、ぉ……」

ちゅっ、と音を立てて口腔に吸い込まれる。中で舌を絡められ、乳首だけではなく乳暈《にゅううん》も刺激され、転がされて舐めあげられる。淑雪の手は祥紀の筋肉の張った肩に這い、彼を引き離そうとした。しかし彼の鋼のような体に、そうでなくても愛撫に力をなくしている淑雪の力など、羽根の撫でたくらいにしか感じられないだろう。

「も、や、ぁ、……あ、ん……」

だから、彼の体の下で身悶《みもだ》えるしかない。じゅく、じゅくと両足の間が淫らな音を立てる――それは祥紀にも聞こえているはずだ。乳首を吸い立てられる音と、自らの喘《あえ》ぎ声。間を縫うような祥紀の低い呼気、そして体の奥の淫靡《いんび》な湖の立てる音。触覚と同時に聴覚をも乱されて、淑雪は嬌声《きょうせい》を上げる。

「このまま、気をやれ」

くわえたまま、彼はささやいた。淑雪は、大きく目を見開く。

「乳首だけで、気をやってみろ。私に、気をやるところを見せろ」

「そ、……な、ぁ……っ……」

確かに、このまま達してしまいそうなほどの快感に包まれている。しかし胸への愛撫だけで気をやるなど――そう思うとまた体の奥がぐちゅりと音を立て、淑雪は息を呑む。

「できな、……できない、……そ、んな……」

「そのようなことを言って。ますます濡らしているくせに……。そうしてみたいのだろう？　こうされて、この小さな部分だけで……」

「ひぅ、う、んんっ！」

きゅう、と吸い立てられる。乳暈ごと吸い立てられて、唇越しに噛むように刺激される。

祥紀は唇をゆっくりと動かし、そこに集まる敏感な神経をあますところなく刺激しようとした。もうひとつの乳首も擦られて、ますます蜜園は淫らなしたたりをこぼすのに、決定的な愉悦には届かなくて、きゅっと鼻の奥が痛んだ。

「少し、手伝ってやろうか?」

目に涙をためた淑雪を憐れんだのか。祥紀は少しだけ、身を起こした。再び体を重ねられたとき、まだ夜着に包まれたままの両足の間、尖った芽がわずかに先端を覗かせるそこに触れた、熱いもの——。

「ぁ、あ、ああっ!」

同時に、ぎゅっと乳首をつねられた。片方は強く吸い上げられ、舌を絡められては軽く噛まれて、淑雪の下肢がぴくぴくと跳ねる。

「や、ぁ……あ、ああ……っ!」

今まで何度も受け入れた熱——淑雪の体の入り口をかき回し、突き上げては擦《こす》り上げ、奥の奥までを追い立てたそれをまざまざと感じる。脳裏に蘇った情交の記憶の鮮やかさと、容赦《ようしゃ》なく愛撫される尖りきった乳首からつながる敏感な神経が鋭くなるのは、同時だった。

「——ひぁ、あ……っ……」

びくびく、と体が震える。直接秘部をいじられたときほどではないものの、確かに目の前が真っ白になった。それはもどかしいからこそ今までにはない衝動となって、淑雪の全身を包む。

「は、……っ、あ……ぁ……」

胸の奥がちりちりと疼く。呼気も淫らに夜陰に混ざる。淑雪は、大きく目を見開いた。目の前には、淫猥《いんわい》な光を瞳に帯びた祥紀がいる。その色に、再び軽く気をやったように感じた。

「淑雪……」

彼は呻くようにつぶやき、唇を寄せてきた。淑雪も自然に彼に寄り添い、唇が重なる。そっと、まるで初めてかわすような優しいくちづけは、跳ね上がった淑雪の心の臓を落ち着けてくれる。

くちづけは、そのまま続いた。ややあって彼の舌が入り込んでくるのと、腹部に手を感じたのは同時だった。

「ん、ぁ……っ……」

祥紀の手が、残った夜着の紐を解く。そのまま前をはだけられて、肌は寒さを感じたけれど、下肢の茂みに指をすべらされて、淑雪の体はまた震える。

「見せてみろ」

淡い茂みを爪先で梳くように、微妙な愛撫を与えながら祥紀がささやく。

「ここが、どれほど濡れているのか……。私をどれほど求めているのか。自ら、見せろ」

「み、せる……」

淑雪は声を震わせた。どういうことかと戸惑う淑雪の耳に、祥紀の淫らな笑いが入り込んでくる。

「今まで、何度も私に見せただろうが。自分で、足を開いて。お兄さま、見て、と、自らねだったことを、忘れたか？」

「や、ぁ……！」

淑雪は思わず、耳を塞《ふさ》ぐ。そのようなことも、あったかもしれない。祥紀の臥房《しんしつ》に忍び、彼と身を絡めた夜。それはすでに数え切れないほどで、淫らに重なり合ううちに意識を飛ばし、よりいっそうの情交に身を染めたらしい——ということを、翌朝の体の痛みで知ったことも多々あったのだから。

「お兄さま、そのようなことばかり……」

「見たいんだよ」

彼が、小さく笑う。その声には胸を疼かせるような淫らが絡んでいたけれども、同時に自分を嗤《わら》う、嘲笑のようにも聞こえた。

「お前が、私を愛しているという証を。私を……私だけを、求めているという姿を」

耳から手を離して、淑雪は祥紀を見やった。目に映る姿が少し歪んでいたのは、こぼした涙のせいだったかのか。

「淑雪」

甘い声が、腰の奥にずくんと響く。祥紀に、名を呼ばれている。迫り上がる疼きに、淑雪は唇を噛んだ。恥ずかしい部分を開いて、彼に見せる。そのとき祥紀の瞳に浮かぶであろう淫猥を思うと、淑雪の手は自然に動いていた。

「あ、……っ……」

そっと足を開くと、ぬちゃりと音がした。思わず目を閉じ、同時に祥紀の声が飛ぶ。

「目を開けろ。私を、見ているんだ」

びくん、と弾かれたように淑雪は目を開いた。目の前、瞳に淫らな色を輝かせたまま食い入るように淑雪を見つめる祥紀の視線にさらされていることをまざまざと感じながら、淑雪は足を開いていく。

「ん、……っ……、っ……」

奥がひやりと冷たさを感じる。それに震えて、つま先が反った。くちゅ、ちゅ、と濡れた音とともに、そこが祥紀の視線の前にさらけ出される。すでに潤っている以上に、愛撫するような視線を感じて蜜がどくどくと垂れた。

「やぁ……、お兄さま。お兄、さま……、見、て……」

「ああ」

掠れた声が、淑雪に届く。

「ここ……、濡れて……。お兄さまがほしいの。お兄さまがほしくて、たまらなくて、どんどん濡れて……」

口は勝手に動き、そうやって自ら追い立てる淑雪は、欲望に逆らわなかった。自分の中のどこにあったのかと疑うような淫らに誘われるままに、そっと手を伸ばす。

「見て……」

自ら、先ほど祥紀に愛撫された茂みを指先で梳いた。そのまま、つんと尖っている芽を。そっと指先で触れるだけで、下半身が大きく跳ねる。

「あ、はぁ……あ、あっ！」

そうすることで、ますますの愛撫がほしくなる。足をますます大きく開き、くぱ、と音を立てて開いた秘裂の縁《ふち》へ。人差し指と親指で淫唇の膨らみを押さえ、大きく開くようにするととろりと溢れた蜜が指を濡らした。

「はぁ、……お兄さま……、ほし、い……の、ねぇ……、お兄さま」

しきりに祥紀を呼びながら、そこをきゅっと押さえつけた。と、腰がびくんと跳ねてつま先が反る。一瞬目の前が白くなったのは、軽く気をやってしまったのか。

頭の中まで弾けたように染まるような興奮の中、淑雪の指はますます大胆になり、花びらをなぞった。その奥にも指をやり、くちゅ、と軽く中をかき混ぜた。と、蜜口が開いているのがわかる。そこに入るものをほしがるように淫らに口を開け、たらたらと淫液を垂らしている。

「見て……、ここ。お兄さまの、あれ、が……ほしくて。奥まで入れて。わたしの中を、いっぱいにして……いっぱい、ぐちゃぐちゃにして……」

垂れ落ちる蜜に誘われるまま、中指をそっと差し入れた。中の生ぬるく温かい温度、待っていたかのように絡みついてくる媚壁《びへき》に、びくんと肩を震わせた。

「いっぱい……、ねぇ、これじゃ、いやなの……。いっぱいに、して。お兄さまの……陽《よう》のものを……。は、やく……」

自分のどこに、これほどの淫らがあったのか。身を揺すりながら淑雪は浮かされたようにつぶやく。両足の付け根が痛むほどに開き、指に絡む淫肉を擦り立てた。

「わたしを、孕《はら》ませて……、お兄さまの、お子を。お兄さまの子種で……ぇ、……」

祥紀はそのさまを、目をすがめて見ていた。低い呼気が洩れる以外は身じろぎもしない彼の目は、ただ淑雪の痴態《ちたい》だけに注がれている。視線がぐちゅぐちゅと音を立てる秘部に注がれていることに、また達しそうになる興奮を覚えた。

「お兄さまの、子種がほしいの……。わたしをいっぱいにして……めちゃくちゃに、して」

ふっ、と祥紀は息を吐いた。彼の手が動く。大きく開かれた淑雪の内腿にすべり、さらに開かせる。彼の吐息を濡れたところに感じた。と、ざらりと舐《な》めあげられて腰が跳ねる。

「は、ぁ……あああ、っ！」

柔らかく熱く、ざらついた舌が秘所を舐める。後孔からつながる部分を、ぱくりと開いた花びらを。その奥に突き込んでいる淑雪の指を。膨らんだ淫唇を、そしてその先、尖りきって震える芽《め》を。

「あぁ、あ……ああ……あ、っ……」

腰を突き上げ、淑雪は嬌声を上げた。びくんびくんと体を跳ねさせながら、淫らに蕩けた声をあげる。

そんな淑雪を内腿にかけた手で押えながら、祥紀は舌と唇を使う。先ほど乳首にそうしたように芽をくわえ、吸い上げた。それだけでもう充分な愛撫なのに、舌は口腔《こうこう》に含まれた芽の先端を舐めあげる。絡めては吸い立て、舐めながらすべり降りて芽の根もとを探ると、くちゅくちゅと音を立てながら濡れた肉をついばむ。

淑雪は蜜口に突き立てた指を引こうとしたけれど、その前に祥紀の手が淑雪の手首を摑んだ。

「ん、や……」

なおも芽を舐めているせいで、祥紀の言葉はない。しかし彼は淑雪の手首を摑み、そのまま上下させたのだ。

「あぁ、あ……や、ぁ……ん、んっ！」

ぐしゅ、ぐちゅと音があがる。自分で恐る恐るそうしていたよりもなお激しく出し入れされて、淑雪は身悶えた。しかし祥紀の力は強くて淑雪を離さず、同時に芽を吸われ舌先でくすぐられ、歯で軽く嚙まれて淑雪は、達した。

「――ふぁ、あ……っ……」

もう、何度達したかわからない。淑雪は目眩《めまい》を覚えて、それでも愛撫がやむことはない。自ら突き入れた指に、祥紀の節《ふし》くれ立った指が絡んでくる。指を絡み合わせることだけでも淑雪には充分な愛撫なのに、そうやって増えた指が蜜口をかき回した。媚肉を乱し、ますますの蜜を誘い出し、ぐちゅ、ちゅ、と濡れた音とともに抽挿を繰り返す。

「あぁぁ、あ……ん、っ、んんっ、ん！」

淑雪が腰を捩ると、吸われる芽に与えられる刺激も、指を受け入れる秘部も、その角度を変えて淑雪をますます翻弄した。そうでなくても、もう何度も絶頂を迎えているのだ。淑雪の呼気は絶え絶えに、それでもなお迫り上がる欲望は淑雪をさいなむ。

「ふぁ、あ、あ……んっ、っ……、ん！」

きゅうう、と強く吸い上げられて表から刺激され、中に入り込んだ指に芽の裏を擦り上げられて、淑雪は咽喉《のど》を仰け反らせた。自ら呑み込む指とは逆の手で祥紀の髪に触れ、それ以上の刺激を遮ろうとしたが、洩れる声の振動に震えさせられる。

「お前から、煽《あお》ったくせに？」

「や……くわえながら、や、ぁ……」

芽をぺろりと舐めあげ、舌を絡みつかせて擦り立て、歯で扱いて軽く嚙みつく。何度もそうやって淑雪を追い立てながら、さらには声の刺激でも淑雪を翻弄する。

「あのような、お前の姿を見て……。堪えられるとでも?」

「やぁぁ、あ、ん……んっ……」

「……もう少し、お前の誘う姿を見ていてもよかったが」

ちゅくん、と音がして、いじられていた芽が解放された。祥紀は体を起こし、それでも蜜口の指は抜かずに、そのまま一気に深くまで呑み込ませる。

「あ、ん、ん、んっ!」

声と同時に絡みつく媚肉を振りほどき、勢いよく引き抜かれた。淑雪の指も一緒に出ていって、先ほど深く抉られただけにそこは惜しむように、きゅうと蠕動《ぜんどう》した。

「あ、は……っ、っ……」

大きく肩で息をする淑雪は、絡み合った指がほどかれるのを惜しんだ。ふたりの指は、くちづけをほどいたときのように一本の糸でつながる。それがぷちんとちぎれるのを、淑雪は目を見開いて見ていた。

「私の、陽《よう》のものがほしいのだろう?」

あからさまな言葉に、自分がそう言ってねだったことを思い出す。淑雪はかっと頬を熱くして、同時に祥紀の行動から目が離せない。

彼は、乱れた長袍を脱ぎ捨てた。手早くすべてを取り去る彼の中心には、確かに淑雪の

ほしがったものが息づいていて——淑雪は、それから目が離せない。

祥紀の陽物《ようぶつ》は、驚くほどの大きさで硬くそそり勃《た》っている。先端は張りつめ、鈴口からは透明なしたたりがこぼれていた。それを舐め取りたい衝動に駆られ、身を起こしかけた淑雪を祥紀が制する。

「お前のものだ——すべて、お前にやろう」

ああ、と淑雪は熱い吐息を吐いた。嬉しい、と掠れた声でつぶやき、改めて足を大きく開く。ふたりの指に拡げられている蜜口はぱくぱくと嵌め込まれるものを待っている。

祥紀が臥台《しんだい》の上に膝を突き、淑雪の両足を抱え上げる。その一連の行為は、今までよりも性急で、彼自身欲望を堪えきれないでいるように感じられた——。

「……あ、ぁ……っ……」

濡れた鈴口と、蜜をこぼす秘所がくちづける。思わずひくりと腰を震わせてしまうほどに、それは熱かった。馴染ませるように祥紀はその部分でのくちづけを押しつけて深くし、やがてゆっくりと力強く突き立ててくる。ずくり、と太いものが淑雪の蜜口を裂いた。

「ぁ、は……ん、んふ……」

祥紀の二の腕に、指を絡ませる。祥紀は淑雪の臀《しり》に手をかけ、より秘部を押し広げるように指に肉を絡める。

そのまま彼は腰を進め、張り出した部分は柔らかい肉を大きく拡げた。ぬちゅり、と蜜液が溢れ、ふたりの結合を容易にする。淑雪は興奮に抑えられない息を何度も吐き、ひと呼吸のたびに熱くて太い、筋の浮いたものが入り込んでくる。

「くぅ……ん、っ……、……」

焦らすように、楽しむように時間をかけて押し拡げられ、内壁を擦られる。媚肉を擦り上げられて、淑雪は満たされた甘い吐息を吐いた。

「これ、が……」

思わずつぶやいた声に、祥紀がじっと濡れた視線を向けてくる。

「これが、ほしいの……、指、よりも……ずっと、……ぁあ……」

「ずっと?」

最後の部分は、ずくんとひと息に入ってきた。それに淑雪は身を跳ねさせ、しかし彼の手に下肢は押さえられたままだ。ふたりの、下肢の茂みが擦れあう。その感覚にさえ、淑雪は身悶えた。

「ずっと、……お兄さまと交わらない間も、ずっと……これが、ほしくて……」

「そして、先ほどのように指を使っていたわけか」

くちづけするぎりぎりのところに唇を寄せられ、そうささやかれて淑雪は肩を跳ねさせた。彼の唇は淑雪の濡れたそれを軽く食《は》み、そして下肢はずん、と深くを抉《えぐ》った。

「ひぁ……、あ……っ……」

「自分で慰めていたのか？　会えない間、毎日？」

「毎日、じゃ、ない……」

実は、それを試みたこともあったのだ。しかしほしいのは祥紀であり、自分自身でなど満たされないと、空しさにやめてしまった。

「ならば、一日置きにか？　それとも、三日に一回？」

「ちが……ぁ、ああ！」

大きく腰を突き上げられた。最奥の、子壺《こつぼ》の口を突き上げられるとたまらない疼きが走る。すべてを彼に持っていかれて、それでもなおもっと、とねだる貪欲《どんよく》な体はうごめき、内壁が突き立てる彼自身に絡む。

「私を思って、慰めていた……？」

「違うの、ちが……ぁ、あ……！　お兄さまでないと、お兄、さまが、ほしくて……」

深く眠れない夜には、現実とも幻ともつかない夢を見た。兄にくちづけられ、乳房をもてあそばれ、蜜壺を乱されて、熱すぎる子種を注がれる夢。

「お兄さまが、お兄さまだけが……！」

淑雪の声に従うように、媚壁は呑み込んだものを奥へ奥へと誘った。内部はうごめき、祥紀は苦しげな呻《うめ》きを洩《も》らす。

「お兄さまだけが、わたしのすべて……、わたしの、情人《こいびと》」

「私の、愛孺子」

体の奥に突き込んだまま、祥紀は腰を揺らした。と、たまらず淑雪は大きく震える。それは蠕動となって媚肉に伝わり、祥紀の低い声が、また聞こえる。

「悪い子だ……、私を、このように翻弄して」

「だって……、だぁ、って……」

ずく、ずくと子壺の口を突き上げられる。それは耐え難いまでの疼きになって、全身に伝わる。淑雪は大きく身を仰け反らせ、繋がった部分に力を込めた。蜜口が締まって祥紀自身を食い締め、それに淑雪も煽られたけれど、なおも突き上げる祥紀も同じように快楽を感じたようだった。

「もっと……もっと、お与えになって……、わたしに、悪い子の、わたしに……」

「ああ」

淑雪の腰を掴み、楽《がく》の音を刻むように突き上げてくる。その楽は、狂喜を孕むまでに凄まじい律を奏でていて、締めつける媚肉はしきりにうごめいた。襞《ひだ》を擦られ、抜け落ちるぎりぎりまで引き抜かれたかと思うと、また一気に最奥を突かれる。

「ひぅ、……う、ぁ、ああ、ぁ……！」

軋《きし》む媚壁をかき分けるように、逞《たくま》しい陽物が出入りする。ぐちゃ、ぐちゃとあがる音は、ふたりの垂らす愛液の絡む音。その音にも胸を疼かせ、内壁を乱され一番感じる子壺の口を突き上げられて、洩れるのはただ淫らに崩れた嬌声ばかり。

「お兄、さま……ぁ……、っ……」

愛おしい兄に、抱かれている――そのことが淑雪をますます煽る。手をすべらせて祥紀の汗に濡れた背に、手を押しつける。そのまま引き寄せると、淑雪の意図を読み取ってくれたらしい祥紀は、身を伏せてくちづけてきた。

「ん、く……っ、……」

くちづけは、すぐに舌の絡むものになった。ぺちゃぺちゃと獣のように互いの舌を舐め合い、その間も繋がった部分は互いに食い締め、絡みつき、それをかき分けるように突き上げ抜き去り、また突き上げる動きを繰り返す。

そうしているうちに、まるで兄と溶け合ってひとつになっているかのような――ともすればこうやって、一体となっていることが自然であるかのように感じられる。

「お兄さま、お兄さま……」

彼の閨では、口にすることが許されなかった呼びかけを味わった。祥紀もまた、掠れた声で淑雪、と呼んでくれる。その声を聞きたくて唇を離し、しかしそうすると彼と繋がった部分が分かたれることが惜しく、くちづけては呼びかけ、腰をうねらせては彼を食い締め、擦り立てられては悦《よろこ》びの声を洩らすことを繰り返す。

「あ、は……ん、んぅ……すご、ぃ……すごいの、お兄さま……」

激しく出入りされると、そのまま腰が溶けてなくなってしまうかというほどの快楽がある。いつの間にか足は祥紀の腰に絡み、もっととねだるように力を込めると、中で張りつめた祥紀が、大きくわななく。

「……悪さをするな。堪えられなくなるだろうが」

まるで拗ねた子供のようにそう言われ、淑雪の胸にはまた悦びが湧く。もっと、とつぶやいては引き寄せて、すると体内で祥紀の陽物が、先ほどよりも大きくはっきりとうごめいた。

「いいの、お願い……、中で、出して……わたしを、孕ませて……」

祥紀の体が、大きく震える。と、体内のものも膨張したように感じて、淑雪もまた身を震わせる。

「お兄さまの、熱い……子種を。わたしに……、わたし、だけに……！」

「……淑雪」

淑雪の臀にかかる彼の手に、力が入った。と、ぐいと引き上げられる。淑雪は高く腰を上げ、祥紀は膝立ちで、下から激しく突き上げる体勢になった。

「あ、は……ん、ん……、……ふぁ、あ、あ！」

突き上げる力が増して、今までにない深い場所を抉られた。淑雪は身悶え、しかし腰だけを高く上げている体勢では今までのように意識的に彼を締めつけることができない。

「あっ、あぁ……ぁぁ……、っ、お兄さま、お兄さま……も、ぅ……」

ずく、ずんっと最奥を突かれる。まるで子壺の口の奥の奥、さらに深いところに彼を受け入れたように感じた。体中を走る疼きに耐えられなくて、淑雪は声をあげる。

「は、ぁ……あぁぁ、ああ、や、ぁぁぁんっ！」

体の隅から隅までを、淫蕩《いんとう》な刺激が走る。淑雪はびくびくと体を震わせて、同時に腹の奥を灼く、熱すぎる飛沫《ひまつ》を感じていた。

「……ふぁ……あ、ん……、……」

同時に、不自然な恰好が楽になった。淑雪は全身を褥に預け、それでもまだ祥紀が突き上げてくる。彼が腰を動かすたびに体内に熱いものが撒かれ、それに溶けてしまうほどの愉悦を感じた。

「あ、……っ……、……」

深く、長い息を淑雪は吐いた。上下する胸に、祥紀が倒れ込むように顔を寄せる。敏感になった体はそれだけでまた感じ、きゅっと収縮した秘所の奥に、再び熱いものがかけられるように感じた。

「淑雪……」

名を呼ばれる。腕を回される。引き寄せられて抱きしめられて、祥紀の汗に濡れた胸に、顔を埋める。

淑雪もまた、背に回した腕に力を込めた。そうやって強く抱きしめあいながら、ふたりの荒い呼吸は絡みつくようにひとつになる。

互いの熱い呼気に誘われて、目を見合わせる。情欲に濡れそぼった瞳に引き寄せられるように、顔を近づけた。

唇を重ねる。すぐにそれだけでは足りなくなって、舌を絡ませて貪り合った。その間にも深く繋がった場所はひくひくと収縮を繰り返していて、受け入れたままの祥紀もまた、力を失っていなかった。

「愛しています……」

その言葉を口にできる喜びを噛みしめながら、淑雪はつぶやいた。

「愛しています、お兄さま。……お兄さま、だけを」

祥紀の、淑雪の体に回った腕にさらなる力が込められる。苦しいほどに抱きしめられて、息もとまりそうになりながら、しかしその苦しみは愉悦——誰よりも愛おしい者の腕の中で、淑雪はそっと目を閉じた。

第七章　恋の夜には薄紅の花びら

醐《ご》国の都《みやこ》・陽安《ようあん》は、すでに花が咲き誇り暖かい気候の訪れを迎えていた。

故国、佟《しん》国の都・乾城《けんじょう》を出て一月《ひとつき》。佟国公主、淑雪《しゅくせつ》の一行は陽安の中心に位置する王城に到着し、外苑《がいえん》にて華々しい出迎えを受けていた。

「ようこそお越しくださいました」

輿《こし》から降りた淑雪を迎えたのは年若い、幼いといっていいほどの年ごろの王子だった。まだ十歳をいくつも過ぎてはいないだろう。大きな瞳をした、かわいらしい少年だ。彼に従う官吏《かんり》たち、控える女官たちに声を揃えてのいっせいの歓迎を受けて、淑雪は丁寧に礼を取った。

「李《り》淑雪にございます。どうぞ、よしなにお願いいたします」

先頭に立っているからには、出迎えはこの王子の役目なのだろう。となれば、淑雪の夫となるべく醐国王は、王城の中だろうか。淑雪は、あたりを見回した。

「……あら……」

居並ぶ者たちには何か違和感がある。それが何なのか思い至る前に、王子はにっこりと微笑んで言った。

「淑雪さまがおいでになると同時に、春がやってまいりました。本当に、つい先日までは桜も辛夷《こぶし》も、蕾《つぼみ》だったのです。ですが、急に暖かい風が吹いて」

「まぁ」

「きっと、淑雪さまが春を連れてこられたのです。淑雪さまは、春の使者でいらっしゃいます」

「そのようなこと……」

王子の世辞《せじ》を言う口調に、淑雪は恐縮しながらも嬉しく思う。幼いながらも淀《よど》みない言葉に、彼は世継ぎの工子なのであろうと淑雪は思った。

ふわり、と暖かい風が裙子《くんず》の裾を揺らす。淑雪はあたりを見回した。

「見事なお院子《にわ》ですわ。どの木も、枝振りが素晴らしいこと」

ねぇ、と淑雪に傘を差しかけている小青《しょうせい》に声をかけると、さようにございますね、と返事があった。王子は、微笑みながら淑雪を見ている。

「私は、袁玉玹《えんぎょくげん》と申します。醐国第一王子でございます」

玉玹は、ふと口をつぐんだ。それ以上の言葉を、ためらっているようだ。首をかしげる淑雪に、彼は王城のほうを指し示す。

「お疲れのことと存じます。まずは、お房《へや》にておくつろぎのほどを」

「そちらに、陛下が？」

淑雪がそう尋ねると、玉玹はにわかに悲痛な表情をした。それに淑雪は尋ねてはいけないことを尋ねてしまったのかと不安になり、同時に自分の夫になる彼の父、醐国王の所在を尋ねることに、何の問題があるのかと不思議に思った。

首をかしげる淑雪は、たちまちに醐国の女官たちに囲まれた。女たちに丁重に案内され、王城の中の一室に侍女たちとともに入る。

湯浴みをし、髪を梳《と》かして衣を替えた。大きな榻子《ながいす》を勧められ、香り高い茶を出される。人心地ついたところに、玉玹が臣下をともなって現れた。

淑雪は、慌てて立ち上がる。礼を取ろうとしたけれど、それを玉玹が遮《さえぎ》った。

「淑雪さま。お話がございます」

礼の余裕もないほどに、玉玹があまりに苦しげな表情をしているものだから、淑雪も自然に体に力が入ってしまう。玉玹の後ろに控える五人の家臣たちは皆、淑雪の父よりも年上だろう。中には髭《ひげ》に白いものが交じっている者もある。

彼らの姿に、淑雪は目を見開いた。

「……あ！」

　醐国に着いたときから抱いていた違和感の理由に、気がついた。皆、白い衣をまとっているのだ。礼冠や帯の色と釣り合わない、白――それは、喪《も》の色ではないか。

「あの、わたし……気がつかなくて」

　おろおろと、淑雪は言った。

「どなたか、お亡くなりになったのですか」

　王子の玉玹まで白をまとっているということは、高官の死か王族の死か。玉玹が言葉に詰まっているようであることに自分の想像している以上のことを思い、淑雪は息を呑んだ。

「まさか……」

「……王は。父は」

　玉玹が、目を伏せる。背後の老官が、彼を労るように小さく声をかけた。それに頷いた彼は顔をあげる。その表情に刻まれた苦悶《くもん》に、はっとした。

　玉玹は呻くように、しかしはっきりと言った。

「醐国王は、過日亡くなりました。五日前のことです」

「……そ、んな」

　淑雪たちに知らされていなかったのも道理、たった五日前の話だなんて。あまりの驚きに言葉を失う淑雪の前、悲痛な表情のまま、玉玹は続けた。

「病を患《わずら》っていたわけでもなく、それほどの歳でもなかったのですが。突然苦しみ始め、医師たちが手を尽くしたものの間もなく……」

玉玹が沈んだ口調で、それでも淑雪を不安にさせないようにとでもいうのか。健気に淡々と言葉を紡ぐさまが、せつなさを煽る。

「……淑雪さまには、申し訳なく思っております」

深々と、玉玹は頭を下げた。淑雪は慌てて、首を振る。

「そのようなこと！　そのようなこと……誰が悪いわけでもありませんものを」

淑雪は、思わず玉玹に駆け寄った。胸の前で両手を組んで彼を見つめ、すると玉玹の気強いまなざしは、少しだけ癒《いや》されたように年相応にゆるんだ。

彼の身長は、淑雪の肩ほどしかない。いくら王太子として王の代わりとなるべく気丈ではあっても、彼はまだ年若い、子供なのだ。本来ならば、突然の父の死を嘆《なげ》き悲しんでもいいだろう。それなのに健気に、王子としての礼を崩さず淑雪を気づかってくれるのだ。

淑雪の鼻の奥がつんと痛み、涙がぽろりと流れ落ちた。幼いながらに己《おのれ》を律することを忘れない目の前の玉玹の心中を思うと、涙はとまらなかった。そんな淑雪に、玉玹は淡く微笑む。

「父のために泣いていただけるとは。……私も、救われます」

見も知らぬ亡き翢国王のために泣いているのかというと、自分自身のことながらそれはよくわからない。ただしかし玉玹が幼いながらにその双肩に重いものを背負い、それでいて淑雪を気づかってくれることに同情しているということは間違いなくて、淑雪は溢れる涙をとめられず、小青が差し出してくれた布で目もとを拭った。

「お優しいのですね、淑雪さまは」

玉玹の言葉に、淑雪は首を横に振った。そうやって淑雪を労《いたわ》ってくれる玉玹のほうが強くて、優しい。自分が彼ほどの年のころに、こんなふうに気づかいができただろうか。

ひとしきり涙を流した淑雪は、最後の一滴を拭って玉玹に尋ねた。

「王の殯《もがり》の宮に伺うことは許されますでしょうか。わたしがここにまいったのは、陛下の妃になるためだったのですもの。せめて一礼なりとも、ご挨拶申し上げたく存じます」

「そうしていただけますと、父も安らかに眠ることができます」

玉玹はため息をつく。そのときに少しだけ、彼の年相応の表情が見えたような気がした。王が突然死んだということは、近々彼が王の座に就くということだ。その小さな体で突然大任を負わされた心労はいかほどのものか。

彼をどうやって慰めればいいのか、自分は何ができるのか。涙ながらに、淑雪は考えた。

淑雪は醐国にあって、最初に案内された内朝の一室にいた。淑雪がその後宮に入るべく身支度を調えていた王が死んでいたとなれば、淑雪はどう身を処せばいいのか。

故国の兄王にはその旨《むね》の書簡を送ったけれど、侈国からは一月《ひとつき》かかったのだ。早馬を次々に取り替えて飛ばしても、十日か、それ以上。返事が来るのはずいぶんと先だろう。

醐国の侍女たちは、淑雪にも淑雪の侍女たちにもよくしてくれる。ふわふわの褥《しとね》に、暖かい衾《ふすま》。たっぷりの美味な食事に香り高い茶。

さすがに喪中のことで歌舞音曲はないけれど、毎日故王の鎮魂のために儀式が執り行なわれている中、結局妃にはならなかった淑雪がこのような待遇を受けていてもいいものか。妃ではないから儀式に出席することは許されないし、兄王の指示がなければ侈国の名代《みょうだい》としてもどう行動していいものか判断がつかない。結局淑雪は、もてなされるままに日々を過ごしていた。

玉玹の訪問があったのは、淑雪の到着から三日目のその日ことだった。

王子の訪問があると、先触れの侍女がやってきた。淑雪は広げていた趙書《ちょうしょ》の一巻を慌てて片づけ、小青に手伝わせて身なりを整える。やがてやってきた玉玹は、以前と同じ喪服のまま、彼の腹心らしい老年の臣を同行させていた。

「淑雪さま。お話がございます」

「ええ、……どうぞ、おかけになって」

そもそもが借りものの房だ。淑雪が勧めるまでもないのだけれど、玉玹は礼儀正しく、淑雪が勧めるまでは座ろうとはしなかった。

向かい合って、小さな円卓を間に座る。すぐに侍女が香りのいい茶を出してきた。その茶を間に、しばしの間沈黙が流れる。

「本日は、お願いがあってまいりました」

玉玹が、口火を切る。淑雪は身を乗り出した。玉玹はためらうように、恥じらうように、背後に立つ老官を見やる。彼が頷いたのに力を得たように、淑雪に向き直った。

「淑雪さまには……、私の、妃になっていただきたく存じます」

淑雪は、大きく目を見開いた。玉玹を見、後ろの老官を見る。

「そのようなことを、わたしは……」

そもそも淑雪は、亡き醐国王の妃になるはずだったのだ。そうできなかった場合の判断は、淑雪のすることではない。しかし代わりに玉玹の妃になるということは玉玹たちの間で話し合われ、出た結果なのだろう。

その意図は、佟国とのつながりを保っていたいからに違いない。猛火の勢いで中原に勢力を広げて続けている侈国と、王が亡くなり年若い王をいただくことになった醐国。醐国としては、王が成熟するまでの間ほかの国の侵略を受けないよう、侈国の後ろ楯《だて》を得ておきたいはずだ。

（……好機、なのだわ）

胸のうちで、淑雪は考えた。

（お兄さまは、醐国の支配のためにわたしをこちらに嫁がせた。その相手が玉玹さまのように幼いかたなら、お兄さまにとって醐国侵略はますます簡単な仕事になるでしょう）

思わず胸に手を置いた。侈国のための役に立てるということが嬉しい。兄のために働くことができるのが嬉しい――それが、たとえどのような形であっても。

いったい淑雪は、どのような表情をしていたのだろうか。玉玹は淑雪の顔を見て、安堵したような表情をした。

「了承していただけるのですか、淑雪さま」

「……あ」

決して淑雪は、その意味で微笑んだのではなかった。しかし玉玹は嬉しそうで、老官もほっとしたように頷いている。

「ええ……」

しかし、わざわざ誤解を解くこともないと思った。淑雪は控え目に頷き、すると玉玹はぱっと顔を輝かせた。

「この件については、佟国王に承認をいただかなくてはいけません。また、今は父の……先王の服喪中。婚礼をあげるのは先になりますが、それでも……」

玉玹は席を立った。淑雪も慌てて立ち上がろうとしたが玉玹は遮り、淑雪の前にひざまずいた。

「嬉しいです。淑雪さまが、受け入れてくださって」

彼は、恭しく淑雪の手を取った。淑雪が驚いたことに、彼はその甲にそっと唇を落としたのだ。

「何でも西の方の国では、婚約をかわした男女がこうするそうです」

目を輝かせて、玉玹は言った。言葉遣いや礼儀はしっかりとしていても、そのようなさまは確かに彼がまだ少年であることを思わせる。

「しばらくは服喪が続きますから、楽しい思いをさせて差し上げられない。けれど、私のできるかぎり淑雪さまには居心地が悪くないように……快適にお過ごしいただけるように、尽力いたします」

「そのようなこと……」

彼に手を取られたまま、戸惑う淑雪はつぶやいた。

「もう充分に、心地よく過ごさせていただいておりますわ。どうぞ、お気になさらないで」

玉玹の言葉からは、誠実さが伝わってきた。淑雪が侈国の者として、兄の役に立つために、打算的な意味合いで婚姻を受け入れたことに気づいていないかのような玉玹に申し訳なく思う。

それでも自分が祥紀《しょうき》の役に立てるという喜びに震えながら、淑雪は玉玹の手へのくちづけを受け入れた。

◆

玉玹は、毎日のように淑雪の房を訪ねてきた。

淑雪が居心地よく過ごしているか心配なのだと言う彼は、十三歳という年齢にはそぐわないほど気遣いに長け、淑雪を心に懸《か》けてくれる。ほぼ毎日淑雪のもとを訪ね、何かと贈りものをしてくれる。

それらは決して高価なものではなく、いかにも十三歳の少年が自ら選んだというような品で、淑雪を居心地悪くするものではない。それでいて、淑雪の心を明るくしてくれるものばかりなのだ。

王が亡くなったばかりで、先王からの官吏たちがいるとはいえ、しなくてはならないことが山積しているはずなのに。そんな中で毎日淑雪を見舞ってくれる玉玹の今日の贈りものは、淑雪を驚かせるものだった。

「まぁ、何て……かわいらしい」

淑雪は目を丸くした。玉玹に従っている侍女の持っているのは、両手で包むことのできるくらいの大きさの玻璃《はり》の丸い容《い》れもの。中には赤い魚が、二匹泳いでいる。

「金魚です。醐国には、金魚を育てることを生業《なりわい》にしている地方があるのです。今年献《けん》上《じょう》されたものの中でも、もっともかわいらしいものを選びました」

「……ありがとうございます」

指の先ほどの小さな金魚たちが泳ぐさまに、淑雪が思い出したのは幼いころのことだ。淑雪は祥紀とともに市街に出て、そこで小さな金魚を商っている舗子《みせ》を見た。王宮の園林《にわ》で飼っているものとはまったく大きさが違うことに、同じ金魚だとは信じられなかった。祥紀は笑いながら、これも金魚だと教えてくれたのだ。

そしてそのあと、処刑を見た。兄妹で通じることの罪深さを知った。祥紀と心をともにしていることに気がついた。そして自分の幼い胸にある、彼への想いも——。

（あ、っ……）

淑雪は、己《おのれ》の胸を押えた。あのときのことは今でも、まるで昨日のことのように鮮やかに脳裏に刻まれている。それを思い出させる金魚を、玉玹が持ってくるなんて。

「喜んでいただけて、嬉しいです」

淑雪の顔を見ながら、玉玹がにこやかに言った。淑雪の表情は、それほどに晴れやかだったのだろうか。祥紀のことを思い出させてくれる、小さな赤い魚――。

「窓際に置くと、美しいと思いますよ」

「そうですね。このお房は陽が入りますから、玻璃が光ってきっととても美しく……」

祥紀とかわした会話を、再び口にしている。微笑む玉玹を前に、淑雪は不思議に思った。淑雪はこの少年の妃になるのだ。そんな彼と、誰よりも愛おしい兄とかつてかわした言葉を繰り返している。

（……、これって、……）

ふと、淑雪の脳裏を染めた考えがあった。

これは、天啓《てんけい》なのかもしれない。目の前の少年を、兄を愛するように愛することになるという前触れなのかもしれない。兄との関係は許されないことだけれども、玉玹を愛することには何の問題もないのだから。

今までの淑雪にとっての愛とは、禁じられたものだった。愛する者を愛していると誰にも言えず、関係が深くなればなるほどいけないものだと自分に言い聞かせなくてはいけないものだった。

しかし、目の前の少年を愛することができたら――淑雪は、密かに息を吐いた。祥紀に捧げる想いのように激しいものではない、しかし優しい想いに身を委ねることができるのなら――それは淑雪にとっての陽光のように、今まで知らなかった穏やかで暖かなものであるように思えた。

淑雪の胸に温かい思いが満ち、淑雪は自然に口を開いていた。

「玉玹さま……」

そっと、淑雪はつぶやいた。玉玹は少し首をかしげ、淑雪を見やってくる。

「あの」

何と言おうか、迷った。つい声をかけてしまったものの、淑雪の胸にあることは口に出していいようなことではない。不思議そうな顔をしている玉玹を前に、淑雪は戸惑う。

「いえ、……その」

意味のない言葉をつぶやく淑雪を前に、玉玹は首をかしげる。この心をどう告げればいいのか惑う淑雪は、言葉を探して口ごもった。

「今日は、お天気もよろしいですわ。ご一緒に、お園林《にわ》にまいりましょう?」

淑雪は微笑んで、そう言う。淑雪の誘いに玉玹は嬉しそうに破顔した。その表情は年相応の子供のもので、淑雪も笑みを誘われる。玉玹は淑雪の前に立ち、そっと手を差し出してくる。

「え……?」

戸惑う淑雪に、玉玹は顔を赤くした。しかしそのまま淑雪よりも少しだけ小さい手で淑雪のそれを取り、そっと引き寄せた。

「お園林《にわ》に行くのでしょう?」

「え、ええ」

玉玹は、にっこりと笑った。その笑みにつられて淑雪も微笑む。彼に手を取られて園林《にわ》に面した露台に向かい、階を下りた。玉玹は一段一段を下りる淑雪の足を待ってくれて、彼にいざなわれて園林《にわ》に足を踏み入れたところにふわりと、雪のようなものが舞ってきた。

「……あ」

頬がくすぐったくて、淑雪は肩をすくめた。そこに、玉玹の手が伸びてくる。

「花びらが」

彼が指先に薄赤色の花びらをつまみ、微笑んでいる。その屈託《くったく》ない笑顔に、淑雪もつられた。

「ありがとうございます」

玉玹は、淑雪の頬から取った花びらを、ふぅと吹く。再びの風が吹き、新たに舞ったたくさんの花びらに、それは紛れた。

手を離し、玉玹は木に近づいた。雪が積もったかのように、無数の淡い赤の花を咲かせているのは桜の大木だ。玉玹は小さな一輪を取り、淑雪のもとに戻ってくる。

「玉玹さま……?」

手を伸ばした玉玹は、淑雪のこめかみに触れた。はっと目を見開いた淑雪の耳もとに、花が飾られる。

「お似合いです」

微笑んだ彼に、淑雪はどう返していいものか戸惑い、はにかみ、まばたきをして玉玹を見やる。彼は、眩しそうに目を細めていた。

「……父の喪中ですから、本格的なものはできないのですが」

申し訳なさそうにそう言う玉玹に、淑雪は花が落ちないように耳もとを押えながら首をかしげた。

「今宵は翺国の粋《すい》を凝らした晩餐《ばんさん》を用意しております。淑雪さまは、雉《きじ》はお好きですか」

「食べたことはございませんわ……」

鳥料理なら、侾国でも一般に食べられている。しかし雉というのは聞いたことがなく、淑雪は戸惑った。そんな淑雪に、玉玹は微笑む。

「それでは、お楽しみいただけることと思います。味には少し癖《くせ》がありますが、それほどではありませんし、その味こそがやみつきになると、外国からのお客さまはおっしゃいます」

「それは、楽しみですわね」

淑雪は微笑んだけれど、玉玹は心配そうな顔をする。彼はそっと、淑雪の耳もとに口を寄せた。少年の吐息が耳もとにかかって、淑雪はどきりとする。

「それでももし、食べられないようなことがあれば、私にこっそりとお教えくださいい。気づかれないように、私の皿に移してしまいます」

真剣な顔をしての玉玹を見て、淑雪は笑ってしまう。彼はそうやって、苦手な食べものをこっそり守り役や乳母の皿に移したことがあるのかもしれない。そのさまを想像すると笑ってしまい、淑雪は口もとに手を当てた。

「そうですね、もし、口にあわなければ。ですがお話を伺う限り、美味しそうですわ」

「ええ、私は大好きなのですけれどね」

玉玹は、じっと淑雪を見つめる。雉料理が淑雪の気に入るか、心配しているようだ。淑雪はにっこりと微笑んだ。

「玉玹さまがお好きなら、きっと私の口にもあうと思いますわ」

ふわり、と優しい風が吹く。玉玹は笑った。こうやって笑みをかわしていること、暖かい風に包まれて落ち着いた心持ちでいられることに、淑雪は驚きと喜びを感じていた。

（わたしは、玉玹さまを愛することができる）

心穏やかに、淑雪は考えた。

（玉玹さまは、わたしを変えてくださる……。このかたの妃になって、わたしは安らかな人生を歩んでいくの）

頭を過ぎるのは、激しすぎる感情で愛した、男性の姿。彼の姿が淑雪の脳裏を強く撲《う》って、淑雪は思わず頭を押えた。

「淑雪さま？　頭痛でも？」

「いいえ、大丈夫ですわ」

淑雪は微笑み、そんな淑雪に玉玹は眩しそうに目を細めた。

第八章　泉下茨姫

忙しい中であろうに、玉玹《ぎょくげん》は日を空けずに淑雪《しゅくせつ》のもとにやってきた。金魚の次の贈りものは、先日の桜の花を象《かたど》った飾りのついた銀の歩揺《ほよう》だった。

「先日の花もお似合いでしたが、こちらだといつまでも枯れませんから」

女官が、白い絹の上に載せた歩揺を玉玹に差し出す。玉玹はそれを取り上げて、淑雪のもとに歩み寄った。

歩揺はきらきらと輝いて、淑雪の目を射る。それは単に隅々まで磨かれているという以上の輝きを持って、淑雪の目を射た。

「玉玹さま、これは……」

顔をあげると、玉玹は微笑んでいる。その、どこかいたずらめいたような表情に淑雪は、はっとした。

「わざわざ、お作りいただいたのですか？」

「……そのようなこと、淑雪さまがお気遣いなさることではありませんよ」

彼は笑みを浮かべたままだ。淑雪の疑問には答えず、そっと歩揺を持ち上げると、淑雪の結い上げた髪に銀色の櫛《くし》部分を挿した。

金属でできた花の部分が触れ合って、しゃらりと音が立った。その音はとてもかわいらしくて、ふたりで目を見合わせて笑う。

「似合いますかしら？」

「もちろんです、とても」

女官が差し出してきた鏡に、歩揺に飾られた淑雪が映る。横から覗き込んできた玉玹の顔も映り、ふたりは丸い鏡の中で、頬を寄せ合って互いを見つめあった。

「淑雪さまは、白がお似合いになりますね」

鏡の中の玉玹が、そう言った。

「もちろん、白は不吉な色ですけれど……そう、このように緑とあわせたり、黄とあわせたり……。どのような組み合わせが淑雪さまに一番お似合いになるか。今度は、仕立人を呼びましょう。あなたに、新しい醐《ご》国ふうの衣を……」

玉玹が、淑雪を振り向いた。ともに鏡を覗き込んでいたふたりの距離は、近い。すぐそこにある玉玹の、驚いた顔。

ふたりはまるで、くちづけするほどの近さで互いを見つめている。

「……あ！」

玉玹が声をあげ、ふたりは飛び上がるように遠のいた。自分の胸が大きく鳴るのを、淑雪は感じる。

「……失礼いたしました」

「いいえ、……わたしこそ」

玉玹も顔を赤くしている。彼はちらりと淑雪を見上げ、目があうとぱっと視線を逸らせてしまう。

淑雪の胸は、とくとくと鳴り続けていた。そんな自分の反応に戸惑いながらも、同時に喜びも感じている。

(わたしは、玉玹さまを……)

その言葉は、甘く心に沁《し》み込んだ。

(玉玹さまを、お慕《した》いしている。このかたが、わたしの愛すべきかた)

淑雪は胸に手を置いて、ぎゅっと押しつけた。かすかに音を立てて贈られた歩揺を鳴らしながら、そっと彼にささやきかける。

「あの、玉玹さ……」

「玉玹さま！」

低い男の声に、淑雪は驚いた。急ぎの使いらしく息せききっている様子が衝立《ついたて》を通しても伝わってきて、淑雪は思わずそちらを見た。

「玉玹さま。お知らせが」

「どうした、入れ」

現れたのは、長袍《ちょうほう》の官吏《かんり》だ。彼は玉玹の前に跪くと、口早に何かをささやきかけた。

玉玹の表情が、にわかに驚いたものに変わる。そしてさっと引きしめられた。金魚や歩揺を持ってきてくれたときの表情とは裏腹だ。淑雪が驚きに目を見開いたほどに、ひと息にいくつも年を重ねたかのようだ。

「淑雪さま。お国から、遣いがいらっしゃったそうです」

「……佟国から？」

思わず、わかりきったことを問い返してしまった。どくん、と大きく胸が跳ねる。それは玉玹と顔を近づけたときよりも大きな鼓動で、そんな自分に淑雪は動揺する。

脳裏に、祥紀《しょうき》の顔が浮かんだのだ。王たる彼が、直々に来るわけはない。そもそも、これほどに早く醐国王の死が佟国に伝わるはずはないのに——。

玉玹はうなずき、淑雪のほうを見た。

「私は急ぎ、お迎えにまいります。淑雪さまも、お支度を調えられ、いらっしゃいますように」

「わかりましたわ……」

玉玹は、急ぎ足で従者とともに出ていった。淑雪の胸は、玉玹と顔を寄せたときとはまったく違う意味で、どくどくと鳴り始める。

（いったい、どういうわけで……？）

淑雪の婚礼のための官吏たちは、淑雪とともにやってきた。嫁ぐべき王が亡くなったということで彼らも房《へや》を与えられて侼国からの伝令を待っているが、しかし醐国王の死を侼国に告げ、侼国からの使いがやってくるにはあまりにも早すぎる。

（まるで、醐国王の死を知っていたみたいに……）

過ぎった思いを、淑雪は慌てて振り払った。小青とほかの侍女たちが、着替えの用意をしてくれている。彼女たちに言われるがままに腕を上げ下げし、落ち着いた青の衣に着替えながら、淑雪は胸騒ぎに取りつかれていた。

（いいえ、そんなこと。あり得ないわ。きっと、何か……お兄さまからのお文《ふみ》か何かよ。わたしの醐国入りに間に合わなかった何かを、持ってきたに違いない……）

淑雪の着替えと髪結いが終わるのを待っていたかのように、醐国の官吏がやってきた。彼に先導されて、淑雪は根拠のわからない不安に駆られながら内朝の廊を行く。

淑雪が通されたのは、議事の間と呼ばれる房だった。他国からの使者を通すのは、謁見《えつけん》の間なのではないだろうか。王が近臣たちと閣議をする房を使うなんて、まるで侼国からの使者は、王に類する身分の者であるかのようだ。

（倖国から……誰が来たというの？）

窓から吹き込む静かな風に、珠簾《しゅれん》がさらさらと揺れる。それを通り、淑雪は議事の間に入った。数人の人影が目に入った。誰も喪の白はまとっておらず、さまざまの落ち着いた色合いの衣は、淑雪を安堵させた。

「淑雪さま、こちらへ」

先導されるまま、淑雪は議事の間に歩を進める。広い室内にある者たちの顔が、はっきりと目に映った。

「……あ、っ……」

淑雪の目は、そこにあった姿に大きく見開かれた。

「お、……」

声が、大きく震える。胸の奥から、絞り出すような呻《うめ》きを洩《も》らす。

「……お兄さま」

祥紀が、いた。

房の奥、黒塗りの椅子に深く腰掛けていたのは、冀攸《きゆう》を従えた祥紀だった。ほかにも数人の近習《きんじゅ》を従えた彼は、目の荒い袍《ほう》をまとい冠《かんむり》はなく、いかにもたった今、馬から降りたという様子だ。しかしその表情に疲れは見えず、いつもの彼の、鋭いまなざしが淑雪に注がれている。

ごくり、と淑雪は固唾《かたず》を呑んだ。

「お兄さま……、なぜ」

「息災《そくさい》のようだな、淑雪」

唇の端を持ち上げて、祥紀は言った。いつもどおりの軽い挨拶ではあったが、その声、その姿。目の前にある光景が信じられず淑雪はただただ瞠目《どうもく》し、同時に体中に走るわななきに、その場に座り込みそうになった。それは淑雪の全身を包む、彼への愛しさだ。

(……嘘、だわ)

なおも目を見開いたまま、祥紀の姿を食い入るように見つめたまま、淑雪は胸のうちで苦しく呻いた。

(玉玹さまを、愛せるかもしれないなんて。……そんなこと、嘘)

仮初《かりそ》めにでも、そのようなことを思った自分を愚かだと思った。胸のうちで考えただけのこととはいえ、玉玹にすまないと思った。こうして祥紀を見て感じることは、ただひとつ。淑雪の心は祥紀のもとにしか存在せず、淑雪の心を満たすことのできるのは祥紀しかいないということなのだ。

震える唇を、淑雪は懸命に押えた。できるだけ、平静な声音を作った。

「お久しぶりでございます、お兄さま……」

緩みそうになった膝に力を込めて、淑雪は笑顔を作る。官吏に先導されるままに祥紀と向かい合って座る玉玹の隣に案内され、丁寧に礼を取ると、腰を下ろす。

「侔国王、御《お》自《ん》ら足をお運びくださるとは」

玉玹も、訪問者に驚いているようだ。ふたりを前に、祥紀はますます笑みを深くする。

「お父上には、お気の毒なことでございました」

十歳も年下の少年に、祥紀は目上を前にするような言葉遣いをした。当然、それぞれが国の王——玉玹はまだ即位前であるとはいえ——であるからして、歳がいくつであろうと礼儀を重んじるのは当然だ。しかし淑雪は、祥紀の口調にどこか、油断ならないものを感じた。

「報を聞き、急ぎまかりこしてございます」

「それは……」

玉玹は戸惑った表情をしている。淑雪と同じことを思っているのだろう。つまり、醐国王の死が侔国にまで伝わり、さらにそれぞれの都《みやこ》をつなぐ道をやってくるには早すぎると。

しかし祥紀は、そのような玉玹の戸惑いなど気にもかけていないようだ。一方の玉玹は、いま現在醐国でもっとも身分の高い者とはいえ、この間まで王太子だった少年にすぎない。いきなり現れた他国の王を前に、どう対応すればいいのか計りかねているようだ。彼についている近習も、このような突然の事態に戸惑うしかないという表情をしている。皆、先代に仕えていたのであろう好々爺《こうこうや》ばかりだ。

「わざわざ、王のおいでをいただくなど。思いもいたしませんでした」

「ことがことでございますから。葬礼には、私も出席させていただきたく存じます」

慇懃《いんぎん》に、祥紀は言った。祥紀とて、王となってからまだ日は浅い。それでもこれだけ堂々としているというのは年齢のこともあり、さらにはそもそもの素質の違いということなのだろうか。

「侈国王のご臨席をいただければ、父も喜びましょう」

ぎこちなくそう言いながら、玉玹はちらりと淑雪を見た。彼がこちらに視線を向けたことで、淑雪は初めて、自分が祥紀ばかりを見つめていたことに気がついた。

淑雪は慌てて、祥紀から視線をはずした。それでも祥紀が自分を見つめていることがわかる。玉玹を愛せるかもしれない——愛したいと思った心を、彼には見抜かれているのかもしれない。

そう思うと、後ろめたい思いが過ぎった。胸もとに手を置き、ぎゅっと握りしめる。そんな淑雪を見据え、そのまなざしにやはり心をの中を読まれていると淑雪は不安に駆られ、それでも兄から目を離せずに、玉玹と話す祥紀を見つめていた。

突然の侈国からの訪問者に、ざわめく時間はやがて暮れた。いつもどおり淑雪は与えられた宮での夕餉《ゆうげ》を終え、侍女に手伝われて就寝の準備を調える。薄い夜着でもわずかに汗ばむほどの気候の中、臥台《しんだい》に横たわり薄い衾《ふすま》をかけられる。

ふぅ、と息をつく淑雪の声と、失礼いたします、と低く響く小青《しょうせい》の声。それらが宵《よい》のぬるい空気の中にかき消え、同時に淑雪の脳裏に浮かぶのは、昼間見た祥紀の姿だ。

あれから淑雪は場を辞し、祥紀にはそれ以来会っていない。夕餉も、ときおり玉玹とともにしてきたものの今日はひとりで、突然の来客にどこもかしこも慌ただしいのであろうさまが、給仕をしてくれる女官たちの様子からも窺《うかが》い知れた。

「……っ、……」

臥台《しんだい》の中で丸くなり、胸に押しつけた手をぎゅっと握りしめる。久々に見た、祥紀の顔。精悍《せいかん》に雄々しく、鋭く尖った瞳が淑雪を射貫くさま——思い起こすだけでぞくりと震えてしまう、誰よりも愛おしい兄の顔。

自分を抱きしめながら改めて彼への愛を確認し、彼の顔を思い起こすだけでまるで彼に触れられたかのように、体中に広がる感覚を甘受しながら目を閉じる。

脳裏に蘇るのは、彼の愛撫《あいぶ》。彼のごつごつとした手のひら、硬い指に濡れた舌、巧みな唇。淑雪の体にのしかかる、汗に濡れた逞しい体軀《たいく》。苦しいまでの体の重み、ささやきかけ、低くすべり込んでくる声。立ち上《のぼ》る、艶《なま》めかしい汗と体臭の混ざった匂い——。

「あ、ぁ……」

思わず、両足をもじりとさせる。その奥が濡れているような気がした。実際、濡れ始めていたのかもしれない。祥紀の姿、声、匂いを思い起こすだけでまるで彼に抱かれているかのような錯覚に陥る。ますます強く自分自身を抱きしめながら、淑雪は胸の奥で兄を呼び続けた。

(お兄さま、お兄さま……)

声にはしない呼びかけは、それだけでも熱を帯びて淑雪を包む。衾の中で身を捩《よじ》りながら、熱い呼気を連綿と洩らす。

(お兄さま……、やはりわたしは、お兄さまだけを)

ふと、淑雪は耳をそばだてた。遠くから、聞き慣れた音がする。それは、歩幅の大きな男の足音。今までに何度も聞いてきたその音に、淑雪は息を呑んだ。

勢いよく、臥台《しんだい》から身を起こす。だんだんと大きくなる音に疼く体を、掛布ごと抱きしめた。胸が、どきどきと大きな鼓動を刻む。淑雪は大きく目を見開いて、近づいてくる足音を聞いていた。

「淑雪」

薄闇の中、耳に忍び込んできた声にどきりとする。

衝立の向こうから現れたのは、着崩した長袍をまとった祥紀だった。髪は後ろにひとつまとめてあるだけで、一筋頬にかかっているさまが艶めかしい。

その姿に、大きく強く、胸を衝かれた。祥紀は淑雪が身動きもできない間に臥台《しんだい》に歩み寄ってきて、端に膝をかけた。

ぎしり、と臥台《しんだい》が鳴った。侉国のそれぞれの臥房《しんしつ》で、長い夜の始まりを知らせた音と同じだ。彼の体温が、近づいてくる。

「久しく見ないうちに、また美しくなったな。淑雪」

祥紀の手が、淑雪の顎《あご》にかかる。くいと上を向かされて、熱い吐息を唇に感じた。そうやって褒められるだけで、触れられるだけで、彼の熱さを感じるだけで、淑雪の体は反応する。下腹の奥が、きゅっと疼《うず》いた。

「あの子供に、かわいがってもらっているのか?」

「そんな……、玉玹さまは」

玉玹とは閨《ねや》をともにしていない。そのことを言おうとしたのだけれど、声は形にならなかった。祥紀が、ぐいと唇を押しつけてきたからだ。

「ん、……ふ……」

呼気を奪われる。背中に回った手に、強く抱きしめられる。息ができない苦しさの中、祥紀の高い体温と情熱をまざまざと感じ、その中で淑雪は身をうねらせた。

「あ、……ぅん……」

淑雪の唇を味わうように、祥紀の唇は触れてくる。吸い上げては舐めあげ、唇全体を包むように合わせられ、軽く嚙まれてはまた吸い上げられる。淑雪の唇は祥紀のそれに食《は》まれ、吸い上げられたところから愉悦《ゆえつ》が生まれる唇を包まれ吸い立てられることに体を捩《よじ》ると、抱きしめてくる腕が強くなった。

「お前の味は……、変わらず、蜜《みつ》より甘い……ますます、たまらない美味が加わっている」

「お兄さま……、お兄さま、も……」

彼に抱きしめられることの悦び、その熱に包まれ唇を求められ、彼を満たすことができるという愉悦に、淑雪は大きく身震いした。

「お兄さまと、こうできて嬉しい……、こう、したかったの。ずっと」

「これだけか？」

くすり、と祥紀は笑う。その動きも唇を通じて直接伝わってきて、淑雪はぞくぞくと身を震わせた。

彼がなぜ、醐国にやってきたのか。なぜ、どうあってもあり得ない速度で醐国に到着することができたのか。

それもこれも、何もかもどうでもいい。求めた彼をこれほど近くに感じ、抱きしめられてくちづけし、彼のすべてに包まれる、この時間の至福に優るものはない。

「いいえ……、もっと。お兄さまを、もっとたくさん感じさせて……」

淑雪の言葉が終わる前に、祥紀の手は動いた。淑雪の胸もとにすべり、夜着の紐《ひも》をしゅるりと解く。薄い布地を肩からすべらせて、淑雪の乳房を剝き出しにした。

なおも唇を合わせたまま、淑雪は臥台《しんだい》に横たえられる。口もとからちゅ、と音が立った。祥紀の舌が淑雪の口腔《こうこう》に入り込んできて、中をかき回したのだ。淑雪も迷わず、それに応える。舌を絡め合わせ、くちゅくちゅと音を立てながら互いにかき回しあう。

淑雪は手を伸ばして、祥紀の広い背中を抱きしめた。そうやって引き寄せると、彼の胸板で乳房が潰され、その先端の尖《とが》りが刺激を受けてきゅっと疼く。

「ふ……、ぁ、あ……ん……」

それがもどかしくて、祥紀の下で腰を捩らせた。しかしそれを許さないというように、祥紀は体重をかけてくる。そうやって淑雪を拘束しながら、なおも舌を絡ませ、しゃぶり、淑雪の舌を引き出しては嚙みつき、啜《すす》り上げる。

「ん、……ん、……っ」

そうやって口もとを愛撫されていると、自然に甘い声が洩れる。彼の胸板に刺激されている敏感な箇所からつながった神経が、甘く痺れる。それらの感覚は下半身につながっていって、両足の間がじくりじくりと濡れていく。

「あぁ……、っ、ん……」

必死に祥紀にしがみつきながら、深すぎるくちづけを受けとめる。陸地にありながら溺れていくような、それがどうしようもなく心地いいような――意識が遠くなる。体中に甘い痺れを感じながら、神経すべてが快楽を感じ取る淑雪の胸に、祥紀の手がすべった。

「あ、あ、ああっ！」

いきなり、膨らみをぎゅっと掴まれる。その感覚に覚醒したように目を見開いたけれど、柔らかい肌に指が絡み、力を入れて揉みしだく、その動きに目は細められ、ただただ甘い感覚を享受《きょうじゅ》する。

「ふぁ、あ……ん、んっ……」

彼の指は乳首に絡み、ぎゅっとひねっては撫で、つまんでは力を込め、痛みぎりぎりの愛撫を施した。口は息もできないほどに隙間なく吸われて、両の乳首は指先でもてあそばれ、膨らみはそれ以外の指と手のひらで揉まれる。感じる神経をすべて煽られて、淑雪は快楽に乱れた呼気を吐くしかない。

「や、ぁ……ん……ぁ、あ……」

びくん、と淑雪の体が大きく跳ねる。くちづけと、胸への愛撫《あいぶ》だけで達してしまったのかもしれない。両足の間は、確かにどろりと濡れた。

「あ、やぁ……お、兄さ、ま……」

彼の逞しい体が、檻のようになって淑雪は身動きできない。その状態で舌を吸われからめとられて吸い上げられて。うまく呼吸もできないままに胸を揉みしだかれて、体中に響く神経を刺激されているのだ。

「ね、ぇ……、ぁ……ん、……」

「なんだ」

ちゅっ、と音が立って、絡み合っていた舌がほどける。銀色の糸で繋がったふたりは、見つめあった。見下ろしてくる、祥紀の鋭い黒の目。久しぶりに見たそれは、淑雪の体の奥までを深く貫くかのようだ。

「苦し、……っ……」

「悦んでいるくせに」

嘲るように彼が言う、それさえも快楽だ。艶《あだ》めいた息を吐く淑雪は、祥紀が体をずらしたことにはっとした。

「ぁ、ん……っ……」

彼の濡れた唇は、淑雪の尖った乳首に触れる。何度もつまみ上げられてじくじくと疼くそこは、柔らかい舌を絡められて今まで以上に敏感な神経を目覚めさせられた。

「やぁ、あ……！」

ほんの小さな部分でありながら欲望を孕《はら》むそこを、口腔に収められてちゅっと吸われる。体が、大きくぴくんと跳ねた。

佟国の王は、まるで赤ん坊であるかのようにそこを吸う。唇で挟み、軽く引っ張っては音を立てて吸い立て、くるりと舐めあげてはまた吸って力を込め、執拗《しつよう》に何度も、乳首への刺激を繰り返す。

「あふ、ん……っ、……や、ぁ……」

「今まで何度も吸ってやったのに。いつまで経っても慣れないな……それどころか、いつでも初めてのような反応をする」

そう言いながら、彼の唇は両の乳首、それぞれを吸う。吸われていないほうは唾液のすべりを借りて指先で揉まれ、そのたびに下半身に響く疼きを感じ、淑雪は腹に力を込める。するとますます感じてしまい、どぷりと溢れ出たものが内腿を濡らしていくのがわかった。

「こうやって吸うと、かわいらしい……桜色になって。もっとと求めて、尖ってくるな」

「あぁ、ん……、そんな、お兄、さ……ま、言わない、で……」

愛撫だけでもたまらなく感じるのに、言葉でも煽られては逃げ場がない。また、乳首をちゅっと吸われる。口腔に吸い込まれて、舌先でころころと転がされる。そうされると秘部が新たに濡れてしまって、どうしようもない。

「言われたくないのか？　私の声は、いやか？」

「や、ぁ……じゃ、な……」

ふるふる、と淑雪は首を振った。すると髪が頬を叩く刺激も性感につながって、淑雪は淡い声をあげた。

「違うの……、お兄さまの、声が……」

ああ、と淑雪は声をあげた。乳暈《にゅううん》までを含まれて吸い上げられ、ぶるぶるっ、と大きく身を震わせる。

「感じる……、の……」

掠《かす》れた声でそう訴えると、ちゅく、と音がして祥紀の口が乳首から離れる。刺激を失ったことを惜《お》しんで視線を落とすと、祥紀が微笑んでこちらを見ていた。

「声でも感じるのか……？　どうしようもない淫らだな」

そうやって侮られることも、快楽になる。左の手は淑雪の乳房を摑み、荒々しいほどに揉み上げて淑雪の呼気を乱しながら、耳もとに口を寄せてくる。

「こんなに尖らせて、私の手を悦んで……もっと、どうしてほしいか言ってみろ」

「や、ぁ……ん……っ……」

言え、と言われて言えるはずがない。淑雪は身悶《みもだ》え、しかしそんな淑雪の耳を、祥紀の歯がとらえた。

「あ、っ、！」

「もっと、つまんでひねって……、吸って、転がして。してほしいと、言え」

「やぁ……あ、お、兄さま……の、意地悪……」

拍子に耳朶を吸われ、艶めいた音があがった。それにつられて、自分で耳にするのもいやらしい声があがる。

「意地悪だと？　そうだな、淑雪が私の、意地悪な心をそそるからいけない……」

彼の低い、甘く蕩けた声。耳もとでささやかれて全身を包まれ、それだけで達してしまいそうになりながら、淑雪はもじりと腰を揺らす。

「……こちらも、触れてほしそうだな」

祥紀の手がすべる。閉じた淑雪の両膝を撫で、淑雪は声をあげた。祥紀の手が、そこにすべり込んでくる。割るようにされ、そっと開いた箇所は糸を引くほどに濡れている。

「お前のかわいらしいところを、見せろ」

きゅっと乳首をつまむのと、耳朶を嚙むのとを同時にされながら、ささやかれる。ぴくん、と腰がまた跳ねた。

「見せ、……見て、お兄さま……」

ゆっくりと、足を開く。濡れそぼったそこは、祥紀の視線に射貫かれるだけで達してしまえそうだ。

祥紀が、体を起こす。彼はまとったままだった長袍を脱ぎ捨て、床に落とす。褲子《こず》も脱ぎ捨て、ふたりして互いに肌を晒すことにうっとりと見つめあう。

「この、奥……見、て……」

ちゅくり、と音を立てて淑雪が両足を開く。そこはひくひくと収斂《しゅうれん》し、祥紀のまなざしを受けることで、こぽりと蜜を溢れさせる。

「お兄さまに、見てほしいの……、わたしが、お兄さまを……どんなに、ほしいか」

「ますます、淫らになって」

祥紀が、自分の唇をぺろりと舐めた。その仕草が艶めかしくて、腰の奥がぞくりとする。

祥紀は鍛えられた腕を伸ばした。何隠すものなく開かれた淑雪の両足の間に、指が這う。

「は、ぅ……う、っ……」

蜜がしたたって濡れた内腿に指をすべらせられると、腰が大きく跳ねた。もうひとつの祥紀の手が、膝を押える。そのまま彼の指は奥に進み、興奮しきって充血している花びらに触れた。

「や、ぁ……あぁ、あ！」

それだけで、達してしまったように感じた。実際、達してしまったのかもしれない。それでも淑雪の秘所はもっとと求め、祥紀が軽く引っかき、ぬるぬるした感触を塗り込めるように動くのにぴくぴくと震える。花びらの奥、芽はふくりと膨らんでいたけれど、それを乳首にそうしたのと同じようにつままれたときには、ひくんひくんと腰を跳ねさせてしまった。

「……ぁ、あ……っ……」

「気をやったようだな」

甘い声が、楽しげにつぶやく。

「ここに少し触れただけで、達するとは。自分で触れてもいなかったのか？」

「そ、んな……こと、しな……」

あぁ、と淑雪は身悶えた。芽を押し潰され、つまんでひねられ、すると達して敏感になった部分がますます感じやすくなる。淑雪は自らを抱きしめて身をよじったけれど、胸の前で交差した腕に乳首が擦れるのさえ、感じてしまう。

「もっと、よがれ。感じているところを私に見せろ」

艶めいた声での命令に、淑雪は逆らわなかった。彼の指は芽を転がしながら指の腹でつまんで花びらを擦り、なおも溢れる蜜《みつ》を塗り込める。膝に置かれていた手はほどかれ、そちらの指が、濡れそぼる蜜口をそっと押し開いた。

「ひぁ、あ……んん、っ！」

指が一本、中に入ってくる。ぐるりと入り口をかき回され、空虚だった蜜洞《みつほら》にくわえこむ悦《よろこ》びを甘受する。と、同時に花びらに熱いものを感じた。

「あ、あ、あぁっ！」

祥紀が、淫唇《いんしん》に舌を這わせたのだ。ざらりと舐めあげ、くわえて吸い上げる。舌先でくすぐるように花びらを、舌を刺激されて、淑雪はあまりの快感に唇を大きく震わせる。

「やぁ、あ……あぁ、ん、！」

芽を吸い立てられ、軽く噛まれる。花びらを掘り起こすように舌で探られ、蜜を啜《すす》り上げられる。全体に食らいつくように唇で挟まれ、ぐちゅぐちゅと音を立てながら擦り合わされる。続けざまの行為に、淑雪は息もできない。

「あぁ、お兄さま……ぁ、あ……」

それが、誰よりも愛おしい兄にされていることだと思うと、体中はどうしようもない疼きにさいなまれる。

「お兄さま、お兄さま、もぉ……」

指が芽をつまみ、こりこりと擦《こす》る。ぺちゃ、くちゅと音を立てながら花びらを吸われ、ぐちゅぐちゅと媚肉《びにく》をかき乱される。このままではまた達してしまう、と意識が白くなりかけたとき、喘ぐ淑雪の口に指が伸びてきた

「そちらの口も、塞《ふさ》ぐぞ?」

「く、ち……?」

彼が何を言ったのか、わからなかった。愛撫を受けていた秘所から、祥紀が遠のく。突然奪われた快楽にぼんやりとしていると、体を引っ繰り返される。力のうまく入らない四肢で立つ格好になった淑雪の唇に、熱いものが押し当てられた。

「な、ぁ……」

「そのまま、口を開けろ」

祥紀の声が、どこから聞こえてくるのかわからない。言われるがまま口を開くと、押し込められたのは太く熱く、濡れたものだ。

「舌を絡めろ。くわえて、吸い上げるんだ」

「ふぁ、……ん、っ……」

きゅっと吸い上げてみると、口の中に苦いような甘いような味が広がった。恐る恐る、指を絡める。それが祥紀の欲望で、自分も四つん這いになって彼の顔をまたいでいるのだと気がついたとき、淑雪もまた、芽を吸われて舐めあげられた。

「あ、ぅ……ん、んっ……」

角度を変えて舌を這わされる刺激に、腰がきゅっとしなる。しかし口の中の熱が邪魔をして、声はくぐもってしまう。

「深くまでくわえろ。同じように、私もお前を愛してやる」

「同じ、よう……に……」

また、淫芽を吸い上げられる。もっと舐めて、吸い上げてほしい――そんな思いに押されるように淑雪は祥紀の欲望の根もとに指を絡め、舌を全体に絡め、顎を動かす。祥紀の欲芯に口腔を擦られることにもまた感じて、淑雪は舌を、歯を、頬の裏までを使って拙《つたな》い技巧を凝らした。

そのたびに、淑雪の芽が吸われる。擦られ、吸い立てられる。花びらの根もとを抉られて、また入り込んできた指に蜜口をかき回され、内壁を乱される。ぐちゅ、ぐちゃ、という音が二方向からあがった。互いの秘所に口を寄せ、直接的な性感の源を口で愛撫しあっているという倒錯《とうさく》に、淑雪は酔った。あまりの淫らに体中が熱くなり、追い立てられるように夢中になって祥紀自身をしゃぶった。

「ぁ、ふ……っ、う……」

張り出した部分に舌を絡め、鈴口を舌先でつついて蜜を吸う。同時に淑雪の蜜園は舌先でかき回され、荒々しいくちづけをいくつも落とされ、吸い立てられては軽く噛みつかれ、その痕を舐めあげられて、また吸われる。

「ふぁ、あ……ん、んぅ！」

祥紀にも、余裕がないように感じられた。彼の蜜洞をかき回す指は、一気に三本に増えた。しかしすでに柔らかく蕩けている秘所は彼の硬い指を難なく呑み込み、ぐちゃ、ぐちゃとかき回すような抽挿《ちゅうそう》に絡みつき、もっととねだるように蜜液をこぼす。

「やぅ、う……っ……」

迫り上がってくる愉悦に、腰を捩る。淑雪の下肢はびく、びくと大きく震え、快楽がつま先にまで満ちて今にも達してしまいそうだ。それでもまだ意識が自分の口腔を犯す祥紀の熱杭《ねっくい》にあるから、まだ最後の砦《とりで》を越えずに済んでいる。

「だ、ぁ……め、……」

ちゅく、と吸い上げながら、淑雪は呻《うめ》いた。

「だめ……、っ、ふ、ぁ……」

必死に祥紀自身を吸い立てることで堪えているものの、このままでは達してしまう。それを訴えようとしても、口が塞がれているから声をあげられない。

「お、に……さ、ぁ……っ、あ……あ」

「……淑雪」

ぴちゅ、くちゅとあがる艶めいた音の間から、うわずった祥紀の声がする。その声にも、感じた。淑雪の全身に力がこもり、思わず口腔の祥紀の熱を強く吸い上げたとき。

「……出すぞ」

「ん、く……っ……？」

「出すぞ。呑み込め」

「やぅ……ん、っ……」

蜜壺に埋められた指が、激しく動いた。内壁を擦り立てられ、芽の裏をも強く刺激されて背が大きく仰け反る。快楽が体中に満ちて自由に動かせなくなり、強く引きつったのと、同じ瞬間。

「あう……ん、んっ！」

口の中の熱が、弾けた。どろりとした熱いものが、口腔に満ちる。呑め、と言われたことに反射的に従って咽喉《のど》を鳴らす。しかし淑雪自身も絶頂にあって、ほとんどはうまく咽喉に流れ込まずに、口の端からたらたらと垂れた。

「く、ぅ……ん、っ……」

全身の倦怠に、四肢が崩れる。そんな淑雪の下から這い出た祥紀が、淑雪の体を仰向けにした。たぐり寄せた布で口もとを拭われ、額に唇を落とされる。そのくちづけは甘くて、優しく全身に伝わった。

淑雪は、微笑む。口の中には苦くて生ぬるい欲液が残っていたけれどそれをも舐め取り、再び咽喉を鳴らす淑雪を祥紀がじっと見ていた。

「淑雪……」

彼の舌が、淑雪の唇の端を舐める。淑雪も舌を出し、彼の舌を舐めた。すると祥紀も舌を躍らせて、互いに舌を追いかけあう、児戯《じぎ》のような行為が続いた。

ふたりして目を見合わせ、微笑んだ。しかし祥紀の目にはまだはっきりと情欲の色が浮かんでいる。淑雪はそれを見つめ、彼が身を起こし、淑雪の両腿の裏を持ち上げたのに息を呑んだ。

「お前のここを、まだ悦ばせてやっていない」

自分の唇の端を舐めて、祥紀はささやいた。

「ほしいのだろう？　ひくひく、している」

「……ええ、お兄さま」

いったん、大きく達したせいだろうか。淑雪は恥じらいを忘れて、そう言った。

「お兄さまが、ほしいの。……入れて」

祥紀は、にやりと笑う。手は淑雪の足を押えて大きく開かせたまま、なおもそそり勃つ楔《くさび》を、腰の動きだけで彼の指にほぐされた蜜口に押し当てた。

「んぁ……あ、あ……っ……」

きゅう、と腹の奥が疼く。蜜口は、指に開かせられていたとはいえ彼の楔の大きさはそれ以上だ。肉は軋《きし》みをあげ、しかし熱を悦んで歓待する。それはゆっくりと、淑雪を焦らすように中に入ってくる。

「やぁ、……は、や……、っ……」

もっと、速く激しく突いてほしいと淑雪は腰を捩る。しかしそれは焦らすようにゆっくりと、媚肉をかき混ぜながら進む。ぴくん、ぴくんと腰は跳ね、進んでくるそれに絡みついた。その心地よさに淑雪は熱い吐息をつく。

「あぁっ、あふ、あ……っ……」

焦れったい動きは、体の奥底の炎を大きくする。淑雪は手を伸ばして祥紀の腰にすがり、早く、と急かすのに彼はなかなか、奥にまで達しない。

「ぁ、ん……っ……ぁあ……」

媚肉は絡みつき、締め上げるように擦り立てる。そうやって内側の敏感な部分が刺激され、淑雪は息を呑んで胸を大きく仰け反らせた。と、足を拡げさせていた手がほどける。祥紀の手は淑雪が快楽に揺らす両胸にすべり、ぎゅっと揉み上げられたのと奥を突かれたのは、同時だった。

「きゃ、……う……っ、っっ！」

しかしそのまま祥紀はすべてを抜いてしまい、激しく擦られた内壁への余韻《よいん》を淑雪が味わっている間に、再び中ほどまでを突く。ずく、ずくと深くを突き上げられ、そのたびに再びの絶頂のような感覚が全身を貫く。

淑雪はきゅうと秘部を締めつけて、祥紀が低く呻きをあげながら腰を前後させた。彼の大きな手に掴まれた乳房も張りつめ、乳首は尖って硬い手のひらに刺激されることを悦ぶ。

「あ、はぁ……ん、っ……、んん、っ！」

引き抜かれ、蜜口はきゅんとせつなさを訴えた。しかしすぐに張り出した先端に拡げられ、そうやって押し伸ばされるのがいいと淑雪は嬌声《きょうせい》を上げる。淑雪の呼吸に逆らうように祥紀の欲望は媚肉《びにく》をかき分け、内壁をぐりぐりと刺激しながら進んだ。

「やぁ、……全部、ぜん、ぶ……、入れ、……」

焦《じ》らすように媚肉を押し上げ、しかし最奥までを突かないことに悶《もだ》えて、叫ぶ。祥紀は触れるだけのくちづけを落として、唇を重ねたままささやいた。

「全部？　入れて、それからどうしてほしい？」

その声に、ぞくりと背が震える。淑雪は両手で必死に祥紀を引き寄せ、彼が腰を使いながら揉み上げる胸を反らせて、叫ぶ。

「入れて……、お兄さまを、奥まで……、中、ぐりぐり、って……」

「……こうか？」

彼自身が中でうごめき、敏感な襞《ひだ》を突き上げる。それを誘い込む自分の内壁の動きも刺激になった。淑雪の蜜口が、きゅうと締まる。

「そ、……う、それ、で……もっと、奥……」

じりっ、と内壁に絡む熱杭が進む。それでもまだ最奥には届かず、淑雪はもどかしく腰を揺らした。

「あぁ、お兄さま……ぁ……」

「淑雪……」

祥紀の手が、ぎゅっと淑雪の乳房を掴む。形が変わるほどに掴まれて、揉みしだかれて、その刺激は直接下半身に伝う。呑み込んだ楔がぬるりとうごめくほどに蜜が溢れ、突き上げられる角度が変化した。

「く、ぁ……ん、っ……」

「……っ、……」

荒い祥紀の呼気に、また煽られる。彼の腰にかけた指に力を込めて褥《しとね》の上をずり下がるようにして、もっと深くと祥紀を呑み込む。

「ねぇ、え……ぁ、ん……っ」

「お前、……生意気なことを」

そうすればもっと深くまで呑み込めると知った淑雪は、淫らに腰を動かした。褥から臀《しり》を上げると挿入は深くなり、もっと腰を浮かせると先端が子壺《こつぼ》の口を突いた。

「いぁ、あ、ああっ！」

その瞬間、びりびりと全身に痺れが走る。さらなる刺激をねだって、腰を揺らす。と、乳房を揉みしだいていた大きな手がほどけ、淑雪の揺れる腰を摑んだ。

「この……、淫乱めが」

「んふぁ、ぁ……あ、ああんっ！」

奥の奥を突かれながら、上下にも激しく揺すぶられた。繋がった部分が、ぐちゃ、ぐちゅと大きく音を立てる。ずくずくとした感覚がたまらなくて、子壺の口の隆起したところを突かれるのがあまりの快感で、喘ぎを洩らし続ける淑雪の口もとからは、したたりが流れ落ちた。

「私を、お前の思うままにするつもりか？　生意気な」

「やぁ、だ、ぁ……って……、っ……」

淑雪の腰は淫らに躍り、祥紀はその奥で淫猥《いんわい》な律動《りつどう》を刻む。引き抜かれそうになってはっとしたが、中ほどまで抜くとすぐにまた突き立ててくる。

「そこ……、こりこりした、とこ……ろぉ、……す、ごく、……」

「ここ、か？」

「ひぁ、ああんっ！」

薄く目を開くと、涙で曇《くも》った先に祥紀の笑みがあった。目を細め、口角を持ち上げたさまはあまりにも淫らで、それにもぎゅっと胸を突かれる。同時に最奥を突かれて淑雪はのけぞり、それにまた違う角度から突き立てられた。

「あふ、ぅ……ぁ、あ……っ……」

絡みつく肉をかき分けて進み、擦り立てては突き上げる感覚に感覚のすべてを奪われる。子壺の口をつつかれるたびに甲高い声が洩れた。淑雪のすべては祥紀の腕の中にあり、それ以外のすべては、もうどうでもよかった。

「お兄さま、お兄さま……ぁ……」

呼びかけると、祥紀がにやりと笑った。彼は顔を伏せ、腰を持ち上げられることで反り返った胸に顔を埋める。ちゅく、と右の乳首を吸い上げられ、もうこれ以上はないと思ったのに体内の新たな角度を突き上げられ、全身が引きつる。あまりの感覚に、自分が本当に蕩けてしまったかと思った。

「……気をやったな」

乳首を吸い立てながら、祥紀が口を動かす。

「ここを、こんなに締め上げて……。そんなに、私がほしいか？」

「あ、ほし……、ほしいの、お兄さま……」

淑雪の声は掠《かす》れ、はっきりとした形にならない。そんな淑雪の耳もとに口を寄せ、柔らかい耳朶を噛みながら、祥紀は淑雪を追い立てる声を注ぎ込む。

「私の子種がほしいと言え」

あまりにも艶めかしすぎる、獰猛《どうもう》な声で祥紀は言った。

「私の子を孕《はら》んで……一生、私だけのものであると言え」

「は、ぁ……、んっ、にい、お兄さまの、もの……」

そうやって言葉でも攻め立てながら息を弾ませ、揺すり立てては中をかき回し、何度も何度も感じる部分ばかりを突かれる。

「お兄さまの、お兄さまの……、ぁ、ひぁ、ああ……」

ぐちゅ、ちゅと音を立てながら激しく出入りされ、そのたびに感じる神経ももう限界だ。うまく言葉を綴ることもできず、ただ彼に応えるように蜜口を締めると、中でうごめく祥紀がびくりと跳ねた。

「淑雪……、っ……」

彼が、ひと回り大きくなったように感じる。閉じることのできない口から蜜を垂らしながら、新たな性感を感じ取る。祥紀の突き立てる速度は増して、また中で彼が震えるのがわかった。

「あぁ……、お兄さま、出して……、わたしの中で、いっぱい……」

「ああ」

唸るような声で祥紀は答え、淑雪の腰を抱え直す。そんな彼をもっと深く呑み込みたくて、秘所に懸命に力を込めた。祥紀は胴震いし、息を詰める。

「……いくぞ」

「は、ぁん、っ……、きて……、はや、く……っ……」

突き上げる速度が増し、腰を抱える腕に力がこもる。子壺の口を突き上げられ、ずく、ずくと擦り立てる動きに悶えながら、早く、と彼を促した。

「あっ、や……ぁ、あ、あ……っ……」

いきなり、井戸に突き落とされたように感じた。それは深すぎる絶頂で、強く彼に腰を押しつける。祥紀もまた子壺の中に至るほどに深く突き込むと、熱い飛沫《ひまつ》を吐いた。

それが、体中に沁《し》み渡る。淑雪は呼吸も忘れて、ただただとめどない快楽に身を浸した。

「んぁ……、ぁ……っぁ……」

祥紀は小刻みに腰を動かし、すべてを淑雪の中に注ぎ込む。吐き出すものがなくなってもなお繋がりは解かれずに、いつまでも彼のすべてを受けとめている感覚に淑雪は酔った。

「ふ……っ……う、っ……」

抱きあげられていた腰が褥に降ろされる。と、なおも硬さを失わない祥紀の欲望が中でずるりと動き、淑雪はまた腰を跳ねさせる。

繋がったまま、顔を寄せられた。淑雪は目を閉じてそれを受け入れ、先ほどまでの情交が嘘のように重ねるだけの淡いくちづけをかわす。

「んっ、……ぁ……」

しかしすぐに、重ねているだけでは足りなくなる。互いの唇を吸いあい、舌を求めては絡み合わせ、ぐちゅぐちゅと音を立てながら求め合った。ふたりの淫液の絡まる下肢も、同じように淫らに濡れた音を立てて、交わりの深さを知らしめる。

「お兄さま……、愛して、ます」

淑雪の胸には、その言葉しかない。ささやくように、呻くように、情交の色の残った苦しい声でそうささやきながら、淑雪は祥紀の胸にすがった。

「お兄さま……、お兄さま……」

彼の強い腕が、淑雪を抱きしめる。彼の腕に包まれながら、淑雪は目を閉じた。淑雪の耳もとに唇を寄せた祥紀が、ふ、と息を洩らす。

兄は笑ったのかもしれない、と思った。しかしそれがなぜなのか、甘い靄《もや》に包まれたま

まの淑雪にはわからない。そして今は、わかる必要もなかった。

祥紀の首もとに顔を深く埋め、淑雪は目を閉じた。なお濃くあがる情交の匂い、汗ばんだ祥紀の艶めかしい匂いに包まれながら、淑雪は最後に彼に抱かれてから初めて、心地よい深い眠りに陥った。

◆

醐国の気候は、侉国のそれよりもかなり温暖だ。

侉国ではまだ芽吹いたばかりであろう桜が、すでに満開だ。淑雪はひとり、仮住まいの宮の園林《にわ》を歩いていた。

あれから連夜、祥紀に抱かれている。こうやっている今でも彼の腕の強さ、背中のぞくりとするような艶めかしい匂い、穿ってくる楔の生々しい熱さが蘇ってくるようだ。

深い吐息とともに、淑雪は胸を押えた。昨夜も激しく抱かれた余韻《よいん》に浸っていたくて、小青やほかの侍女たちがついてくると言うのを遮り、独りここにこうしている。

ふわり、と風が吹いた。目の前を、薄紅色の靄が流れる。

(桜は、目には美しいけれど)

手を差し出し、花びらを手のひらに受けながら淑雪は過ぎる思いに身を任せる。

（香りがないのが残念だわ。次の……醐国の梅の時季には、梅を見せていただけるかしら）

この園林《にわ》を賑わせているのは桜だけれど、その陰にひっそりと梅の木もある。より香り高い白梅の見事な枝振りに、淑雪はにっこりと微笑んだ。

「あ……」

そんな、薄紅に染まった靄の向こうに現れた姿がある。暗紅に鈍金で椿の刺繍された長袍をまとった、祥紀だ。

「お兄さま……」

彼は微笑んで近づいてきて、手を伸ばした。淑雪は、先ほどまで思い返していた逞しい腕に抱き取られ、大きくどくりと胸を鳴らした。

「ご機嫌だな」

「そう、かしら……？」

祥紀は、淑雪の髪に鼻先を埋める。髪油の匂いをかぐようにされ、そういえばそれは椿の油から作るのであり、彼の長袍に刺繍された花と同じだ、と思った。そのようなどうでもいい、つまらないことを嬉しく思う自分に苦笑する。

「ほら、今も笑っている」

「それは、お兄さまが……」

「私が？」

顎に、節《ふし》くれ立った指が伸びる。上を向かされて、くちづけられた。唇を重ねるだけの淡いくちづけは、しかし淑雪の体の奥をぞわりとくすぐった。

「……あ、……」

すぐに、入り込んできた舌先で唇を舐めあげられる。くちゅ、と音がして唇が離れた。もっと、とねだりたくなる体を押さえつけ、淑雪は尋ねる。

「どうなさったの？　このような時間に、おいでになって」

ふたりの逢瀬はもう数えきれぬほど、とはいえ常にそれは夜で、慌ただしく身を重ねるばかりだ。そのたびごとに兄への愛は深まるとはいえ、話らしい話は何もしていない——彼がなぜ醐国に来たのか、なぜあれほどの短時間で醐国に到着できたのか。それを淑雪は尋ねることができないでいる。

「お兄さま……」

それらのことを尋ねようとすると、はぐらかされてしまうのだ。祥紀は淑雪を抱きしめくちづけて、口を塞いでしまう。そして再びの情交にいざない、淑雪の脳裏から快楽と愛以外のすべてを消してしまう。

「だいたいのことが、片づいたからな」

唇の端を持ち上げて、祥紀は言った。首をかしげる淑雪に、彼はちゅっとくちづけを落とした。

「片づいた、って……？」

祥紀の腕に抱きしめられたまま、顔をあげた淑雪がそう問うたときだった。

「……淑雪さま！」

突然の声に、淑雪は大きく目を見開いた。そこにいたのは、玉玹《ぎょくげん》だった。彼は息せききっていて、今にもふたりに飛びかからんばかりの勢いだ。

「何を、なさっているのです……？」

まばたきを忘れた瞳に、玉玹が映る。淑雪は動揺した。脳裏が、くらりと大きく波打つ。

「あ、の……、玉玹、さま……」

淑雪は、必死に祥紀の腕から逃れようとした。誰にも見られてはいけない、知られてはいけないふたりの関係――しかしこのように抱き合い、くちづけまでしているところを見られては、どのような弁解もできるはずがない。

「これはこれは、玉玹さま」

しかし、淑雪の焦燥とは裏腹に、至極呑気《しごくのんき》な口調で祥紀は言った。

「このような奥園にまでおいでとは。いったい、何のご用かな？」

「用、とは……！」

玉玹の幼い瞳は、驚愕《きょうがく》と怒りに燃えていた。いつも稚《いとけな》く穏やかに、淑雪を安堵させてくれる表情は、明らかに引きつっていた。

「あなたがたは、兄妹ではないのですか……」

ぶるり、と淑雪は震えた。自分の罪を思い出させられる言葉を吐かれ、身震いした淑雪に気づかなかったわけがないのに、祥紀は腕を離さない。

「血をわけた兄妹の間で、そのような……」

そこで言葉を切り、玉玹は、ひゅっ、と息を呑んだ。

「穢《けが》らわしい！」

再び、先ほどよりも大きく淑雪は震えた。しかし祥紀は腕を離さず、なおもにやにやと笑うばかりだ。

「はて、玉玹さまは何をおっしゃっておられるのか。確かに、我々は兄妹。兄妹が仲睦《むつ》まじくしていて、何が悪いとおっしゃるのか？」

「仲、睦まじい……？」

引きつった表情を隠しもせずに、玉玹は言った。

「抱きしめ合ったり、くちづけたり。それをあなたは、兄妹の仲睦まじさだとおっしゃるのですか……？」

「そのような言葉をお遣いになるとは、そのお歳には似合いませんよ、玉玹さま」

唇の端を持ち上げたまま、祥紀は言う。

「清童のあなたが、そのような淫らな言葉を。いけませんね」

その口調は玉玹に忠告するかのようだけれど、祥紀が玉玹を侮《あなど》っているのは明らかだ。玉玹の怒りを孕んだ顔は、不純な関係を目の前に見たことと同時に、明らかに侮辱《ぶじょく》されたことにかっと赤くなった。

そんな玉玹の表情を楽しむように、祥紀は唇の端を持ち上げる。

「男と女のことを話すのは、もっとお歳を取られてからでよろしかろう。子供は子供らしく、清らかに素直に生きなさるのがいいかと存じますよ」

そう言って祥紀は、大きな声で笑った。そして淑雪の耳もとに唇を押しつけ、びくんと震える淑雪に、ささやきかけた。

「また、今宵」

「あ、っ……」

祥紀のぬくもりは、去ってしまった。彼はいつもの大きな歩幅で玉玹のもとに歩き、わざとらしいほどに丁寧な仕草で彼に挨拶をした。玉玹は、凍りついたように強ばって挨拶を返す余裕もないようだ。そんな玉玹に目を細めて微笑みかけて、祥紀は彼から遠ざかる。

ふわりと薄紅の風が流れて、祥紀の去ったあとを彩った。淑雪は玉玹とふたりきりにされ、どう言っていいものかもわからずにおろおろと手を組み合わせた。

「あの、玉玹さま……」

「……脅されているのですね？」

低い声で玉玹がそう言ったことに、淑雪は目を見開いた。

「祥紀さまに脅されて、無理やりあのようなことをされているのでしょう？」

「いえ、あの……」

それは、違う。自分も彼を愛している。愛し合っているがゆえに抱きしめ合いくちづけをするのだと、そう言おうとして淑雪は口ごもった。言えなかった。

そんな自分はずるい――しかし、祥紀がただの男ならそう言えたのかもしれない。玉玹の妃になる身で許されたことではないけれど、自分は密かに愛する人がいる。ためらいながらも、そう告白できたかもしれない。

だが、祥紀は淑雪の兄だった。明らかに母をともにし、父すらも同じ人物かもしれない。そのことを、目の前の玉玹の表情に自覚させられた。自分の陥っているのは道ならぬ道、許されぬ愛に身を焦がす己の罪深さに、改めて大きく身を震った。

「お気の毒に、淑雪さま。……私が、お救い申し上げます」

「そのような、こと……」

震える声で、淑雪は言った。しかし玉玹は、なぜ淑雪の声が震えているのか気づくことができなかったようだ。

「祥紀さまの拘束から、あなたを救って差し上げます。私が子供だろうと、祥紀さまが侍国王であろうと……関係、ない」

十三歳の少年とは思えない、鋭い表情で玉玹は決意を口にした。

このとき、淑雪が真実を告げていたら。淑雪は兄妹の矩《のり》を越えて祥紀を愛していて、彼の子を身籠《みご》もりたいと願うほどに彼のことを想っていて。自分でも恐ろしいと思うほどの情愛の前では、禁忌《きんき》の扉など易々《やすやす》と開いてしまうものであると言っていれば。

（あ、っ……）

そう言っていれば、何かが違っていたかもしれないのに。

淑雪の脳裏に躍ったのは、幼いころの記憶だった。処刑台の上の、男と女。兄と妹でありながら通じ合った重罪人。彼らに浴びせられる罵声。侮蔑《ぶべつ》のまなざし。

同じものを玉玹から浴びせられることを、淑雪は甘受した。罵《ののし》られることは、甘美だった。それだけ淑雪は玉玹の真摯《しんし》に打たれていたのだけれど、だからこそ彼に禁忌《きんき》を指摘されることに頽廃《たいはい》の悦びを感じた。

（わた、しは……）

自分も祥紀を愛しているのだと——口に出さなかったのは、もっと侮ってほしい、貶めてほしい——自分たちが畜生《ちくしょう》にも劣る行為に身を堕としているのだと、思い知らしめて、もっと、もっと奈落の底に落としてほしかったから。

「あなたを、救います」

自分自身に言い聞かせるように、玉玹は繰り返した。ぐっと口もとを引きしめ、手を握りしめて呻くようにつぶやく。淑雪は、思わず玉玹に手を差し伸べた。

「淑雪さま」

その手を玉玹は取って、引き寄せる。ぎゅっと握ってきた手の力は、子供のものとは思えないほどに強かった。

しかしそれは、あのごつごつとした手ではない。節くれ立った指ではない。淑雪の身も心も揺り動かす、あの手ではないのだ。

(玉玹さまに、辛い思いをしていただきたくない)

その思いもまた、真実だ。しかし淑雪が玉玹に向ける思いは、祥紀に再会した今にして思えば、たとえば姉が弟に抱くようなものだ。兄を愛している淑雪の考えることではないけれど、ただ純粋に、年若い弟を愛おしく思う感情なのだ。

(皮肉なこと)

真摯《しんし》に淑雪を見つめる玉玹を見やりながら、淑雪は思った。

(実の兄であるお兄さまをこれほどに……どうしようもなくお慕《した》いしているのに、何の血のつながりもない玉玹さまは、まるで弟のように感じるなんて)

そんな自分に苦笑する思いが浮かぶ。そんな淑雪の脳裏を知るよしもない玉玹は手を強く握りしめ、絞り出すような呻き声を洩らす。

「あなたを、道ならぬ魔手から……、私が。私、が。あなたを、お救いいたします」

淑雪は、固唾を呑む。玉玹がどのようなことを考えているのかはわからない。しかしよからぬことが起きる予感が、はっきりと胸に湧きあがった。

玉玹の、黒い瞳。まるで淑雪しか見えていないとでもいうような玉玹の目の中に、祥紀の言うようなただの子供ではない、確かに男の色を見たのだ。

「玉玹さま……」

弟としか思えなかった彼に男の色を宿したのが、淑雪と祥紀の兄妹の道ならぬ関係だとは。その皮肉に淑雪は笑おうとし、しかしそうできなかった。

「ど、うか……」

その場にじっと立っていられないほどの悪寒にとらわれて、淑雪は震えた。震えながらも、懸命《けんめい》に言葉を綴《つづ》る。

「どうぞ、おかしなことは……ご無体なことは、なさらないで」

そんな淑雪の言葉を、どう取ったのか。玉玹はなおもじっと淑雪を見たまま、瞳の色を鋭くする。彼は、淑雪が一番恐れていることを決意したような視線を注いでいた。

◆

静かになった淑雪の宮に、足音が響く。

大きな歩幅で、まるで自分の宮殿であるかのように、鞋《くつ》の音を鳴らしながらやってくる者。淑雪は彼を待ちかね、そして彼がやってくることに脅えていた。

「淑雪」

低く淑雪を呼ぶ、艶めかしい声。衝立を避けて迷いなく、淑雪の臥台《しんだい》に歩み寄ってくる。

褥《しとね》の上の淑雪は、大きく体を震わせた。

「待たせたか」

「お兄さま……」

臥台《しんだい》を軋《きし》ませながら起き上がり、淑雪は彼に手を差し伸べる。節くれ立った手が伸びてきて、しかしそれが自分の手を取る前に、淑雪は彼から遠のいた。

「もう、おいでにならないで……?」

「あの子供に、気を遣っているのか?」

淑雪の言葉に、祥紀は気を悪くしたようだった。あからさまに眉をしかめ、その表情に淑雪はびくりと身をわななかせた。

「気を遣うなんて、そのようなことではありませんわ。わたしは、玉玹さまの妃になる身なのでしょう? そんなわたしが、お兄さまと……なんて」

ごくり、と固唾を呑んで淑雪はささやく。声を潜めたのは侍女たちの耳を気にしたのではない。なぜか、玉玹がどこかにいてこの逢瀬を見ているような気がしたのだ。

「今さら？」

嘲笑うような祥紀の声に、淑雪はびくりと身を震わせた。確かに、彼の言うとおりだ。今さら、知る者は知る秘密を、誰に隠すというのか。玉玹だって知っている。

「むしろ、私はお前とのことを誰しもに知らしめたいと思っているが。このような美姫《びき》が、我が真実愛する妻であると、な」

「だめ……そんなこと、だめ……！」

反射的に、淑雪は叫んだ。しかし祥紀は、そんな淑雪を楽しむように唇の端を歪めて見つめている。その瞳は冷ややかで、確かにそれは淑雪をとらえて離さないものではあるのだけれど。

しかし祥紀には、兄妹だという後ろめたさはないのだろうか。否《いな》、そのようなことは実際にも些細《ささい》なこと、大切なのは互いにここまで惹《ひ》かれ合う心だというのか。

「お前は、私を愛していないのか？」

是、という返事があることなど、考えもしていない口調で祥紀は言った。淑雪は祥紀を見つめ、その不敵な笑みを見つめ、注がれる強いまなざしに、身震いをした。

「……いいえ」

震える唇で、淑雪はつぶやく。

「お慕いして、おります」

小さく笑った祥紀は、淑雪の顎《あご》に指をかけた。

「誰よりも、お兄さまを……、お慕い、して……」

祥紀は淑雪に、上を向かせる。強い力に、淑雪は逆らわなかった。祥紀の吐息が降ってきて淑雪は目を閉じ、すると唇に柔らかいものが押しつけられる。

「ん、っ……」

祥紀の愛撫に慣れた体は、すぐに彼に反応し始める。唇を触れ合わせるだけのくちづけだけでも淑雪の体の奥は反応を始め、より深く唇が重なっていくことで、下腹部の奥がずくんと疼く。

「……ふ、ぁ……」

淑雪は、自分からも身を寄せた。すると強い腕が淑雪の腰に回る。ぎゅっと引き寄せられて、彼の逞《たくま》しい体にすがりつく恰好になって、淑雪は呻いた。

「あ……」

自分のあげるかすかな嬌声に重なって、がしゃんと鈍い音がするのに淑雪は気がつく。淑雪は、はっと大きく目を見開いた。しかし祥紀は淑雪の体を離さない。強く抱きしめたまま、音のしたほうを見やった。

「玉玹、さま……!」

そこにいたのは、玉玹だった。彼の少年の手には大きすぎるきらめく剣を持っている。

右手で柄を握り、左手で鞘《さや》を半分ほど引き抜いていた。夜の房《へや》を照らす燭台《しょくだい》の薄明かりが、研がれた刃《やいば》を光らせている。

「離れろ、佟国王……！」

剣以上に鋭い声で、玉玹は叫んだ。

「淑雪さまから、離れろ！　許さない、このような……」

「何をおっしゃっておられるのやら」

なおも淑雪を抱きしめながら、とぼけた声で祥紀は言った。彼の腕の中でもがくも、淑雪は離れることを許されない。

「また、つまらないことを言って私を戸惑わせるおつもりですか？」

「……けだものめ！」

突き刺さるような声で、玉玹は叫んだ。その言葉に、淑雪は全身を揺すぶられたかのような衝撃を受けた。

「淑雪さまをそのかし、罪に陥れる魔ものめ！　淑雪さまを離せ！　さもないと……」

（けだもの……、魔、もの……）

きらり、と玉玹の剣がきらめいた。淑雪がひっと小さな声をあげるのを、祥紀がかばうように胸に抱く。

「さもないと？」

そして、彼は笑った。右手を挙げて、大きな声をあげた。

「であえ！」

その大音声に、ばらばらとたくさんの足音がした。淑雪は驚いて目を見開く。

それは、手に大きな剣を持った男たちだ。二十人、三十人はいるだろうか。皆、兜《かぶと》に鎧《よろい》にと武装していて、ここは果たして戦場だったかと一瞬錯覚に陥るほどだ。

「侈国王に害なす者だ！　取り押さえろ！」

鬨《とき》の声のような怒声があがる。ひとりひとりが見上げるほどの体躯の彼らは、その中にあってまるで侏儒《こびと》のように小さく見える玉玹を隙なく取り囲んだ。

「とらえろ、決して逃がすな！」

「どう、いう……」

確かに、先に剣を持って現れたのは玉玹だ。しかしこのように武装した男たちに囲まれて、どうすればいいのかわからないのだろう。おろおろとする玉玹の手を、男たちが摑んだ。その手から、かしゃんと剣が落ちる。

「お兄さま！　いったい、これは……」

「手筈《てはず》は、すべて整ったな？」

祥紀の言葉に、進み出てきた者がある。祥紀の腹心、冀攸《きゆう》だ。彼が武装しているところを淑雪は初めて見た。てっきり文官だと思っていた彼のそのような姿は、この場の物々しさをますます強く、異様に感じさせる。

「何を……、何を、離せ！　我《われ》は、翻国王なるぞ！」

後ろ手に腕をとらえられ、縛り上げられる玉玹は叫ぶ。祥紀は淑雪の体から腕を離し、玉玹に近づいた。ひざまずいて、彼の身長に視線を合わせる。

彼は、子供に言い聞かせるようにつぶやいた。

「翻国王などいないない」

その言葉に大きく目を見開いたのは、玉玹だけではなかった。淑雪もまた、彼の言ったことに瞠目する。

「翻国はもうないのですよ。玉玹さま」

「な、にを……?」

そこで、淑雪は気がついた。現れた武装兵たちはすべて、『佟』の文字の紋《もん》のついた旗を持ち、鎧をまとっている。

翻国に現れた議事の間で会った祥紀は、数人の文官を従えているだけだったのに、いつの間にこれだけの武官が翻国に集められていたのか。この狭い房の中、集まった武官たちは一部だろうに、それでは果たしてどれほどの軍が翻国に送られてきていたのか。

「あ、っ……」

その考え、目の前の光景に、淑雪はすべてを理解した。なぜ、翻国王——玉玹の父の死が、あれほど早く佟国に伝わっていたのか。なぜ、祥紀たちはあれほど早く醐国に到着することができたのか。

淑雪の目の前は、頭を殴られたように真っ白になった。

すべては、仕組まれていたことだったのだ。醐国王の突然の死も、あり得ない素早さで祥紀たちが醐国に現れたことも、玉玹が淑雪と祥紀の逢瀬《おうせ》を日撃したことも。

こうやって玉玹が淑雪の臥房《しんしつ》で剣を抜いたことも、それを取り押さえるという名目で佟国の武装兵たちが現れることも、すべて。

（お兄さま……！）

淑雪は、祥紀を見やった。淑雪を振り返った彼は目を細めて微笑み、その壮絶なさまは、淑雪の脳裏にひらめいたことを肯定した。

何もかも企てられていたこと。すべては佟国による醐国侵略であったこと——淑雪の婚儀も、そのために利用されていたのだということ。

（……あ、ぁ……）

その事実を前に愕然《がくぜん》としながらも、淑雪は深く得心していた。それこそが、祥紀のやりかた。淑雪の愛した、祥紀という男。

彼は呂国も、こうやって侵略した。祥紀の手はこのように醐国に伸び、そしてこの先、犀《さい》国、鄧《とう》国、皐《こう》国。祥紀の支配は近隣諸国全土に及び、やがて彼は中原の覇王になる——。

佟国の兵士に引き立てられていく玉玹が、淑雪を振り返った。悲痛な表情で、嘆願《たんがん》する声を振り絞る。

「どうぞ、この者たちをとめて――お助け、ください！」

「あ、……っ……」

淑雪の足は、引き寄せられるように一歩前に動いた。しかしそれ以上、玉玹のもとには進まなかった。淑雪の腰は、伸びてきた手に引き寄せられたのだ。

力強い、祥紀の腕。淑雪は祥紀の胸の中に包まれるように、抱きしめられた。

「淑雪さま……」

玉玹に呼びかけられながらも、淑雪は祥紀の腕に身を委ねた。玉玹には声をかけず、そっと祥紀を見上げる。

祥紀は微笑んでいた。その壮絶な笑みに、淑雪の目は釘づけになった。

（お兄、さ……ま、……）

それは醐国の侵略に成功したことに満ち足りた笑みか、淑雪が玉玹ではなく、祥紀の腕に身を預けたことに対する笑みか。

どちらでもいい。淑雪は、祥紀の微笑に見とれた。満足げに微笑む彼を誰よりも美しいと思い、自分の心にはただこの人だけが住んでいるのだと実感し――彼が兄だという禁忌《きんき》さえも、今の淑雪には何よりの甘美だった。

◆

淑雪は、鏡に向かって座っていた。小青が髪を調え、ほかの侍女が、目のうえには灰色の粉を塗り唇には淡い紅を掃く。頬を淡く染め、続けて歩揺《ほよう》に珥璫《みみかざり》に戒指《ゆびわ》、首釧子《くびかざり》に珠鐶《うでわ》を嵌《は》めていく。

それらの化粧も装身具も、すべて控え目に調えられている。これから向かう先を考えれば、当然だ。最低限の、しかし隙のない身だしなみを確かめて、淑雪は立ち上がる。

まわりにいるのは、倖国からの侍女ばかりだ。醐国の者たちは主の運命を嘆いてか、朝から姿を現わすことはなかった。無理からぬことと、淑雪はそのことを口にはしない。

「……まいります」

淑雪の言葉に、侍女たちが立ち上がる。静かに衣擦れの音だけを立てて、皆、房をあとにした。廊を、さらさらと静かな足音がゆく。

「淑雪さま……！」

一行の行く手を、阻《はば》む者があった。淑雪は、はっと顔をあげる。

「淑雪さま、お願いがございます……！」

目の前にひれ伏したのは、いつも玉玹に従っていた老官だ。彼は身を投げ出し、体中を振り絞るような声をあげた。

「何とぞ、玉玹さまをお救いいただきたく……！」

淑雪の前に、侍女たちが守るように立つ。老官は、なおも伏せたままだ。

「何とぞ、淑雪さま！　ぜひとも淑雪さまから、佟国王にお取りなし願いたく存じます！」

ごくり、と淑雪は固唾を呑んだ。

淑雪たちが向かっているのは、王宮の外苑だ。そこでは今日、処刑がある。首を落とされるのは、この醐国の――否、すでに佟国が侵略を果たした今、佟国と塗り替えられた地をかつて治めていた一族の、最後の主――。

「何とぞ、何とぞ、切願申し上げます次第にございます！　淑雪さまからお取りなしいただけましたら、佟国王も、我が王の命を奪いはすまいことかと存じます」

「それは……」

淑雪は、一歩踏鞴《たたら》を踏んだ。目の前にいるのは、力などなさそうな老官ひとり。淑雪に牙を剝くはずもないのに、女官たちは淑雪の前を固めて彼を警戒している。

「醐国を復興しようなどと、大それたことを考えているわけではございません。ただ、玉玹さまのお命を……せめてお命だけは、お救いいただきたく……！」

老官は、ますます強く額を床に擦りつける。彼の姿に、淑雪は戸惑うばかりだ。

それは、淑雪も考えたことだった。玉玹の、せめて命だけは救ってほしいと祥紀に願い出ようと何度も思った。しかし淑雪がそうできなかったのは、祥紀に対しての後ろめたい思いがあったからだ。

(わたしは……、お兄さまを愛する身でありながら一度でも、玉玹を愛そうと考えた。玉玹を愛せると考えた。しかしそのような思いは、ひと目祥紀を見た瞬間に、砕け散った。

淑雪には、祥紀しかいないのに――言わずとも、淑雪の迷いは祥紀には知れていることだろう。それを思うと恐ろしい。兄が淑雪に背を向けることは、何よりの恐怖だった。

そんな淑雪の心を揺り動かそうとするように、老官は張り裂けるような声をあげる。

「どうぞ、ご厚情を……！　淑雪さまのお取りなしだけが、お頼りするよすがなのでございます。玉玹さまはまだ幼き御身、憐れと思《おぼ》し召《め》して……」

「わたし、は……」

淑雪は、低く息を呑む。そしてはっと、顔をあげたその先。

(……！)

大きく見開いた目に映ったのは、廊の向こうにいる祥紀だった。ここからでは、指ほどの大きさの彼が見えるだけ。彼のかたわらには、近習《きんじゅ》の冀攸がいる。

祥紀は、老官を前にした淑雪が何と答えるか待っているかのようにそこにいた。円柱にもたれかかり腕組みをして唇の端を持ち上げ、じっと淑雪にまなざしを注いでいるのだ。

（あ、っ……、……）

祥紀の姿に、淑雪の逡巡のすべては吹き飛んだ。淑雪の目には祥紀の姿だけが映り、それが淑雪の何もかもになる。

淑雪は、低く息を呑む。

「……顔を、おあげなさい」

ゆっくりと、淑雪は言った。老官は、恐る恐るというように頭を持ち上げる。

彼は淑雪の顔を見て、絶望したような表情をした。すべての希望が、剝がれ落ちた面持ちだった。

「これは、侈国王のお取り決め。逆らうことは、許されません」

その言葉に、老官はただでさえ白かった顔色を失った。ひび割れた唇が、ふるふると震える。

「醐国王のことは、お気の毒に思います。けれど、これは醐国の運命。わたしにはどうしようもない――これが、中原の運命」

そして。淑雪は、視界の向こうにいる祥紀を見やる。

彼はもういなかった。しかしその存在は強く淑雪の胸に刻みつけられていて、淑雪の心のすべてを塗りつぶしていた。決してほかの色を重ねることのできない、鮮やかすぎる色彩が淑雪を支配している。

淑雪は、胸に手を置いた。そこに宿る熱は自分自身でも怯んでしまうほどに熱くて、それでいてそこにあることが心地よくて、何ものにも代え難く、決して離したくなくて。

これだけが、わたしの求めるすべて――。

あの日も、このように晴れ渡った日だった。

桜が綻び、花びらが散っていた。雪のように舞い散る薄赤い花の中、幼い淑雪は硬い兄の手に手をつながれて歩き、舗子《みせ》を見て回り、かわいらしい金魚に歓声を上げ、そして白木の処刑台を見た。その前に釘づけられたように、離れられなかった。

あのときと同じだ、と淑雪は思った。暖かい風が、淑雪の裙子《くんず》をさらさらと揺らす。

違うのは、ここには誰ひとり声を出している者がないということ。あたりはしんと静まり返り、春の優しい風が場違いなまでに穏やかに吹いている。

処刑台の上には白い髭の老爺が幾人も、また淑雪の母ほどの年齢の女性、そして年若い少年――玉玹が縄打たれ、ひざまずいて顔だけをあげさせられているというのに。

彼らの後ろには、それぞれ屈強な男たちが立っている。彼らは侈国の紋の入った鎧をまとい、手には鋭い剣を持っている。よく研がれたその輝きは、春の光を反射して眩しいほどだ。

醐国の亡き王に仕えた老官たち、醐国の皇太后、そして即位前の新王——彼らは醐国を侵略した佟国王の名のもと、とらえられ斬罪に付されようとしている。そのさまを、淑雪は処刑台の前に張られた天幕の中から見つめていた。

今まで何度、こうやって斬首の光景を見ただろう。そのたびに淑雪のかたわらには、祥紀の姿があった。いつも淑雪は、祥紀とともに流れる血を見た。転がる首を見た。胴と離れてなお、見開かれた血走る眼球を見た。

それは残忍な記憶であるはずなのに、ともに祥紀の姿があることで淑雪の中では甘やかな、歓喜の追憶として刻まれているのだ。

そして、また。目の前で血が流れる。処刑人たちの剣が艶めかしいまでに光るさまに、淑雪はぞくりと体を震わせた。

「恐ろしいのか」

嘲笑うような声がかけられる。淑雪は、隣を見やった。そこには椅子に腰を掛けた祥紀がいる。彼は顔は処刑台に向けたまま、目だけを動かしてかたわらに立つ淑雪を見つめた。

黒い、輝く宝石のような瞳が、淑雪を映す。彼に見つめられているというだけで、全身を鋭い疼きが走った。淑雪は、大きく身をわななかせる。

「……いいえ、お兄さま」

淑雪の声は、震えていた。しかしそれは、恐怖のためではない。淑雪は祥紀のまなざしを前に、自分が悦んでいることを知った。

あのときの歓喜、あのときの愉悦を思い出させる処刑の光景――祥紀に抱きあげられて、見た男と女。血をわけた兄妹だというふたり。首を落とされてもなお、互いを見つめくちづけをかわしているようだったふたり。死の甘美を、幼い淑雪に教えたあのさま――。

「恐ろしくは、ないわ」

処刑台に目をやり、淑雪はつぶやいた。

「これが、お兄さまのゆかれる道なのならば。わたしは、それについてまいります」

小さく、祥紀は笑った。彼は乱暴に手を伸ばし、淑雪の腰に回す。いきなり引き寄せられて、淑雪は口の中で悲鳴を上げた。しかしそんな彼女には構わず、強く引き寄せたまま祥紀は処刑台の前に立つ男に目を向ける。

それは、祥紀の腹心である冀攸だ。彼も鎧をまとい、剣を手にし、微動だにせずに祥紀の命《めい》を待っているのだ。彼は眉をひそめて、兄妹を見た。

あたりに、痛いほどに張りつめた静寂が広がる。さら、さらと桜花を揺らす風はその静けさをいや増して、それに圧されるように、壇上の者たちは皆強く目を閉じた。

ただひとり、目を見開いたままだった者――玉玹は、淑雪を見つめていた。彼の見開かれた目は、鏡のように淑雪を映している。

彼の表情は淑雪を責めるような、それでいて許すような。慕うような恨むような――幼い淑雪の見た斬首に処された男女以上に強い印象を持って、淑雪の眼《まなこ》に映り込んだ。

「……淑雪、さ……」

弱々しい、聞き取れるかどうかというほどの淡い、玉玹の呼びかけ――。

「断!」

切り裂くように、祥紀の鋭い大声が響いた。軍吏たちの剣が、計ったように同時にひらめく。その刃は青天を映し舞う花びらを映し、そのまま振り下ろされて、きらめきはおびただしい真っ赤な血飛沫となった。

「……ぁ、……っ……」

淑雪の小さなため息とともに、抑えた悲鳴がこだまする。台上にはいくつもの首が転がり落ちた。断面からは湧き水のごとくに血が流れ、白木の処刑台はたちまち真紅に染まりゆく。

目を見開いて見つめる淑雪の腰から、祥紀は手をほどく。立ち上がり、淑雪を振り返ることなく大きな歩幅で歩き、ためらいなど微塵《みじん》も見せずに足音を立てて処刑台に登った。

その放つは、覇王の意気。誰も逆らえない、圧倒的な、支配者の鬼気――。

祥紀はひとつひとつ、落ちた首が確かに死んでいると確かめるかのように髪を引いては持ち上げ、したたる血を見つめる。恨みがましく見開かれた目を見つめ、魔もののように笑い、首を放り出す。首は髪を振り乱して、台の上を転がった。

彼の手は血に染まり、衣も汚れ、さながら鬼神のその様子は、淑雪の目に焼きついた。

転がる首は、淑雪の目の前で昔と重なる。幼いあの日に見た男と女のものになり、くちづけあうふたつの首は祥紀と淑雪のものになり。

噴き上がり流れる血の色は、殺されてなお幸せなふたりの流す匂い立つ鮮紅——祥紀と淑雪の、愛の色。

祥紀は、最後に玉玹の首を持ち上げた。彼の目は淑雪を映したときと同じく、大きく見開かれている。まるで今にも「淑雪さま」と声をかけ、桜の花を耳に挿してくれるかのような——。

しかし、彼は死んでいた。祥紀が殺したのだ。淑雪の、誰よりも愛おしい男が。血をわけた兄が。中原の、覇王が。

「淑雪」

声をあげ、祥紀は毬《まり》でも投げるような調子でそれを投げてきた。玉玹の首は淑雪の足もとに、血飛沫を散らしてごろりと転がる。淑雪に傘を差しかけていた侍女たちは、揃って悲鳴を上げて逃げまどったけれど、淑雪だけは微動だにせずに視線を落とす。

ほんの足先にある玉玹の首を、淑雪は目をすがめて見た。

淑雪を美しいと言ってくれた口、言葉よりも鮮やかに彼の心を示した瞳。まだ幼い、かわいらしい少年の斬り落とされた首――。

（……、……）

こちらに血走った眼球を向け、睨みつけるとも助けを求めるとも、憐れむともしれないまなざしを向ける玉玹。その首から視線を逸らせると、淑雪はまっすぐに顔をあげて祥紀を見た。

血濡れた兄は、濃い血の匂いの漂う処刑台の上から淑雪を見つめている。彼の獣のようなまなざしを正面からとらえ、視線を逸らさずに淑雪は目を細めた。

覇王は、ゆっくりと言葉を紡いだ。

「それが、答えか。淑雪」

「さようにございます、お兄さま」

恭しく、淑雪は言った。そして血で濡れた手を差し伸べ、兄のほうに一歩、一歩ゆっくりと歩み寄った。

終　章　燃えよ爛れよ、ただひとかけら

貴人を乗せた輿《こし》は、規則的に揺れながら砂埃《すなぼこり》のあがる山道を進んでいく。

漆塗りの黒檀《こくたん》で組まれ、細かく編まれた御簾《みす》に覆われた輿は、中で身を寄せ合うふたりを運んでいた。道は、北に。傪国《しん》の都、乾城《けんじょう》に帰るのだ。

輿の中には、傪国工が胡座《あぐら》で座っていた。彼に身を寄せて座るのは、その妹姫だ。

兄の胸に頭を寄せかけながら、淑雪《しゅくせつ》はあの光景を思い起こしていた。

流れた血、白木を染めた鮮やかな真紅。あたりに満ちた、腥《なまぐさ》い匂い。それらを思い出して、淑雪はぶるりと身を震う。

「どうした、淑雪」

ぎゅっと、肩に回された腕に力がこもった。顔を埋めていた伴紀《しょうき》の胸から顔をあげ、自分を見下ろす兄を見つめる。

がたがたと揺れる車の中、ふたりは身を寄せ合って座っている。侈国の都に戻る途中、狭い中とあって自ずと体が近づくのは当然ではある。しかし祥紀が淑雪の肩に手を回し、淑雪が祥紀の胸に頭を寄せているのは、その狭さのせいばかりではない。

「……何でも」

こうやって愛おしい相手と身を寄せ合っているというのに、ほかの者のことを頭に過ぎらせるなんて。歩揺を揺らして淑雪は首を振り、しかし祥紀はそんな淑雪の脳裏を読んでいるかのように目をすがめた。

「あの王子のことが、気になるか」

「お兄さまが、お手にかけたかたですから」

その言葉の意味を、どう取ったのか。祥紀は淑雪の肩に回した手に力を込めて、痛いほどに抱きしめた。淑雪は淡く、声をあげる。

「お前が、私以外の者のことを考えるとは。許せぬな」

「ですから、そのようなこと……」

顎《あご》に指をかけられ、上を向かされる。くちづけられて、息ができないほどに深くまで塞《ふさ》がれる。奪われるように、吸い上げられる。

「んく……っ、……」

すぐに入り込んできた舌に、唇を舐めあげられた。それにぞくぞくと身のうちを走る痺

れを感じ、淑雪は身をよじらせる。しかし逃がさないとばかりに抱きすくめられ、ますますくちづけを深くされて、淑雪は焦燥《しょうそう》した。

「……このような、ところで。誰かが覗き見でもすれば、どうなさいますの」

「構わぬ」

音を立てて唇を離し、それでも表面だけ擦りあわせたまま祥紀はささやく。

「何なら、ここで抱いてやろうか。お前を抱いて、濡らして、深くまで貫いて……お前の奥に、私の熱を注ぎ込んで。お前のすべてを、私で染めてやろう」

「あ、あ……ぁ……」

淑雪は喘《あえ》ぐ。この場で衣をたくし上げられて体をまさぐられ、身を絡め合い祥紀の熱を受け入れることを夢想して、震えた。

「期待しているくせに」

くちゅ、ちゅ、と艶めいた音を立てるくちづけを繰り返しながら、祥紀は淫らな甘い声でささやいてくる。

「私に抱かれたいと……私で満たされたいのだろう?」

「はい……」

彼の手に背を、腰を、下肢を撫でられて身をわななかせながら、淑雪は答えた。

「お兄さまに、抱かれたい……」

淑雪の言葉に、祥紀は満足そうに笑った。その表情を目に、ああ、と淑雪は熱い吐息をこぼす。

（こうやって、お兄さまに抱かれることだけが、わたしの悦《よろこ》び……）

頭を過ぎるのは、昔祥紀に言われた言葉。ずっと淑雪の心に焼きついていた言葉。

（わたしは、悪い子、なのだわ）

その、甘美な響き。幼いころ、祥紀に抱きしめられてささやかれた言葉。淑雪は兄を恋い慕うという禁忌《きんき》を犯しながらも、その言葉に背を押されて生きてきたのだ。

（わたしは、悪い子）

淑雪の、何もかもすべては兄である祥紀のためにあって、それが悪いことであるというのなら、確かに淑雪はあのころからずっとずっと、『悪い子』であり続けたのだ。

「お兄さま……」

自ら祥紀に身を擦り寄せながら、淑雪は吐息とともに誰よりも愛しい者に呼びかけた。

「……お兄、さま……」

けだものと、魔ものと罵《ののし》られ、穢《けが》らわしいと侮られても、それでもなお淑雪は悦びを感じこそすれ、祥紀を想うことをやめられない。彼のことを考えるだけで満たされ、抱きしめられて体が熱くなり、唇が触れ合うともう何もかも忘れてしまい――。

淑雪は、そっと腹を撫でた。後宮に住まう、妖しげな女に聞いた話を思い出したのだ。

闇婆《やみばあ》の言った因業《いんごう》の胤《たね》とやらは、よきものだったのか悪しきものだったのか。近しき血の粘つくまでの深すぎる交わりは、果たして何を生んだのか。

——何もかも、愛するただひとりの人がいれば、それでいい。

愛する兄の腕の中、胸の奥でそっとつぶやき、淑雪は息をついた。

——永遠に、お兄さまだけを愛してる。

胸の奥でそうつぶやいて、厚い胸に身を這わせるように擦り寄る。抱きしめてくる腕に、新たな力がこもった。

顔をあげると、甘美な背徳を共有する唯一の者の笑みが目に入る。

——わたしは、あなたの、ただひとりの——秘密の、花嫁。

彼のすべてに満たされて、淑雪はうっとりと目を細めた。

あとがき

お手に取っていただきありがとうございます、ゆきの飛鷹《ひだか》です。

中華で兄妹でインセストタブー（近親相姦《きんしんそうかん》）！　何という萌えのコラボレーション！（ふるふる）。このお話は、お電話で担当さんと打ち合わせをして「こういうお話にしましょう」と概要を決めてお電話を切り、その体勢のままですべてが頭の中に構築されました。担当さんに見せるために言語化するのにも三日かからず、むしろできあがったのは「これを一冊に収めるのは無理……！」という量で、それだけの『物語』がひと息に手の中に落ちてきたというのは、なかなかに珍しい体験であります。明らかに容量越えの部分、さらなる祥紀《しょうき》と淑雪《しゅくせつ》のお話は、いつかお目にかけられたらいいな、と思います。

とにかく、タブーものが好きなんですね。そのうち兄妹ものというのは最大の萌えで。常々自分の趣味はマイナーだ、という自覚があったのですが、しかしその最大級、しかも大好きな中華とのコンボでご依頼を受ける日が来るとは！　長生きはするものだ！　願わくば、お読みくださった皆さまにもこの荒ぶる萌えを味わっていただいていますように。

本文中に出てきます『趙書《ちょうしょ》』としたのは『韓非子《かんぴし》』の内容です。書き下し文は『韓非子上・下』（訳注・町田《まちだ》三郎《さぶろう》氏　中公文庫）から引用しました。また守屋洋《もりやひろし》氏の『韓非子』に関する著作を参考にさせていただきました。この場を借りまして、お礼申し上げます。

趙之鳳《ちょうしほう》は中国戦国時代の思想家、韓非（『韓非子』の著者）をモデルにしております。中国思想の代表とされ今でも一般的である孔子《こうし》の『論語《ろんご》』に異を唱え、人間不信の哲学に則った韓非の思想は理論的で理性的、骨太で大変面白いものですので、未読でしたらぜひ。

謝意を。イラストを担当してくださった、成瀬山吹《なるせやまぶき》さま。麗《うるわ》しい世界の描写に惚れ惚れし、描いてくださったふたりのイメージ通りの姿に、筆がどんどん進みました。成瀬さんの描かれるキャラの目力——淑雪の潤んだかわいらしい瞳、祥紀の鋭い眼光——には、特に胸を射貫かれます。かわいい女の子萌えも凛々《りり》しい青年萌えも、あーんなシーンやこーんなシーンも、存分に萌えを満たしていただき、ありがとうございました！

お世話になっております、担当さん。萌えどころの共有に、いつもお仕事を越えた興奮を感じております。ふたりで盛り上がった世界が形になるといいですね。

激励、応援してくれる友人各位、家族。本作に関わってくださったすべての皆さま。そして何よりも、読んでくださったあなた。この本はゆきの飛鷹、ティアラ文庫での十作目の著作になります。これまでやってこられた原動力をいただけたことに、最大級の感謝を捧げます。

今後とも頑張ってまいります。ぜひともまた、お目にかかりましょう！

ゆきの飛鷹

禁断《きんだん》の花嫁《はなよめ》

兄王《あにおう》に愛《あい》されて

ティアラ文庫をお買いあげいただき、ありがとうございます。
この作品を読んでのご意見·ご感想をお待ちしております。

✦ファンレターの宛先✦
〒102-0072 東京都千代田区飯田橋3-3-1
プランタン出版 ティアラ文庫編集部気付
ゆきの飛鷹先生係／成瀬山吹先生係

ティアラ文庫WEBサイト
http://www.tiarabunko.jp/

著者——ゆきの飛鷹（ゆきの ひだか）
挿絵——成瀬山吹（なるせ やまぶき）
発行——プランタン出版
発売——フランス書院
〒102-0072 東京都千代田区飯田橋3-3-1
電話（営業）03-5226-5744
（編集）03-5226-5742
印刷——誠宏印刷
製本——若林製本工場

ISBN978-4-8296-6604-3 C0193

ティアラ文庫

Tia6554

♥ 好評発売中! ♥